DER LIEBESARCHITEKT

EIN ETWAS ANDERER DATINGCOACH

ROMAN

SUSI BARTMANN

Lektorat: Conny Sellner
Illustrationen am Cover und Backcover: Kaila Ingram
Foto der Autorin: Matteo Savio

Druck und Vertrieb im Auftrag von Susi Bartmann: Buchschmiede von Dataform Media GmbH, Wien
www.buchschmiede.at

ISBN Paperback: 978-3- 99129-880-9 (Paperback)
ISBN Hardcover: 978-3- 99129-879-3 (Hardcover)

PRINTED IN AUSTRIA

1

„Mir reicht's!“

Mit diesen Worten stürmte Olivia in ihre WG in Wien. Ihre Mitbewohnerin Carla, die sich gerade in der Küche einen Mitternachtssnack kochte, blickte neugierig hoch.

„Was ist passiert? Hattest du nicht ein Date mit Nik?“, fragte sie gespannt.

Während sich Olivia im Vorzimmer ihre Jacke auszog, antwortete sie: „Das kannst du dir nicht vorstellen! Weißt du, was der gemacht hat?“

„Mooooment!“, unterbrach Carla, nahm ihr Essen vom Herd und stellte zwei Cocktailgläser auf den Tisch. „Wenn schon eine Olivia-Geschichte, dann bitte mit Cocktails!“

Sie mixte schnell zwei ihrer leckeren Drinks nach einem Rezept aus dem Buch, das sie von ihren Mitbewohnern geschenkt bekommen hatte, und von dem jetzt die ganze WG profitierte.

„Prost! Und jetzt bin ich ganz Ohr“, schmunzelte Carla.

Sie liebte Olivias Dating-Geschichten, die besser waren als jedes Fernsehprogramm. Seit sie vor drei Jahren in die WG eingezogen war, hatte sie mehr kuriose und peinliche Dating-Geschichten gehört als je zuvor. Und das alles verdankte sie ihrer Single-Freundin, die ein Händchen für komische Typen zu haben schien.

Olivia war eine attraktive 30-jährige Designerin, die außergewöhnliche Food Trucks entwarf und sich vor ein paar Jahren mit ihrem Business selbstständig gemacht hatte. Mit ihren langen braunen Haaren, ihren braunen Rehaugen sowie ihrer schlanken, weiblichen Figur war sie durchaus eine Erscheinung. Kein Wunder, dass sie so viele Männer kennenlernte und immer wieder zu Dates eingeladen wurde. Warum Olivia überhaupt noch Single war, konnte sich Carla nicht erklären.

Aber das wusste sie von sich selbst ja auch nicht. Carla schien nämlich auch immer nur jene Männer anzuziehen, die keine richtige Beziehung mit ihr wollten.

„Okay. Also, Nik und ich hatten uns ja im U4 verabredet", unterbrach Olivia Carlas Gedanken.

„Da war ja alles noch voll okay. Wir haben gescherzt und getanzt – und dann lädt er mich zu sich in seine Wohnung ein. Mitten in der Nacht! Aber egal, er wohnt ja in der Nähe des Clubs. Wir gehen also in seine Wohnung und – die ist total verdreckt! Ich sag's dir, mir hat so gegraust, als ich da barfuß auf Zehenspitzen durch die Wohnung spaziert bin. Überall der Lurch und der Parkettboden hat gepickt. Wovon, will ich gar nicht so genau wissen. Uah!"

Olivia schüttelte sich.

„Oh mein Gott! Und was ist dann passiert?", amüsierte sich Carla köstlich.

„Dann nimmt er auf einmal meinen total verdreckten Fuß in die Hand und beißt mir in den großen Zeh!", ekelte sich Olivia allein beim Gedanken daran.

Carla brach in schallendes Gelächter aus.

„Hahaha, das kann auch nur DIR passieren! Ein Fußfetischist, echt jetzt?!"

Carla konnte sich vor Lachen kaum halten.

„Ja! Ich sag doch: Mir reicht's!"

Olivia war gerade nicht zum Lachen zumute. Stattdessen zeigte sie Carla die Bissspuren auf ihrem großen Zeh.

Carla saß schon am Boden vor lauter Lachen und hielt sich dabei ihren Bauch.

In der Kanzlei, in der sie als Anwältin arbeitete, ging es oft seriös und trocken zu. Da waren die Dating-Geschichten von Olivia eine willkommene Abwechslung.

„Ich wünschte, ich wäre dabei gewesen. Was für ein Spinner! Komm her, ich geb dir etwas Eis drauf."

Carla beruhigte sich langsam von ihrem Lachflash, holte einen Kühlbeutel aus dem Gefrierfach und legte ihn Olivia behutsam auf ihren großen Zeh.

„Bitte entschuldige, aber bei deinen Geschichten kann ich einfach nicht anders", erklärte Carla ihre Reaktion.

„Schon gut. Ein bisschen kann ich über meine Männergeschichten ja auch schon selbst lachen. Apropos Männer: Wo ist eigentlich Toni?"

Toni war ihr anderer Mitbewohner, der Medizin studierte und ständig am Lernen war. Er war 27, hatte etwas längere dunkelblonde Haare und braune Augen. Vermutlich paukte er gerade wieder für die nächste SIP, die alles entscheidende Prüfung, die nur einmal im Jahr stattfand.

„Stell dir vor: Toni hat jemanden kennengelernt. Sarah. Studiert auch Medizin. Die beiden haben gerade ein Date."

‚*Mist*', dachte Olivia.

Schließlich flirtete Toni mit ihr, seitdem er eingezogen war.

„Männer!"

„Das kannst du laut sagen."

„Wie läuft's eigentlich mit dir und Philip? Ist das gerade on oder off, oder soll ich besser gar nicht fragen?"

„Besser, du fragst nicht."

Carla sah Olivia genervt an und seufzte.

„Ich werde jetzt schlafen gehen. Frühstücken wir morgen gemeinsam und reden dann weiter?", fragte Carla Olivia.

„Gerne. Schlaf gut!"

2

In der Früh läutete es an der Tür. Olivia und Carla zuckten kurz zusammen, weil sie beim Frühstück wieder einmal so in ihr Gespräch vertieft waren, dass sie rund um sich alles andere ausblendeten. Wer konnte das bloß sein?

Sie öffneten gemeinsam die Tür und dort stand ihr Postler – Franz. Sie mochten Franz, er war immer gut drauf und brachte ihnen zuverlässig ihre Post.

„Hallo Ladies, was für ein genialer Tag heute!“, strahlte Franz die beiden an und überreichte ihnen ein goldenes Paket mit einer großen roten Schleife dran.

„Ich würde so gerne wissen, was da drin ist. Bei DER Verpackung! Vielleicht ist es ja eine mega Überraschung“, lächelte der Postler und ließ Olivia unterschreiben.

Die beiden bedankten sich bei Franz und nahmen das goldene Paket mit in die Küche.

„Hier steht *für die wundervolle Olivia Lamini* und unsere Adresse, aber es gibt keinen Absender. Seltsam“, murmelte Carla.

„Na, dann schauen wir mal, was drin ist“, meinte Olivia und öffnete vorsichtig das Paket.

Darin befanden sich eine kleine goldene Schatulle und ein Brief, den Olivia laut vorlas.

Liebe Olivia,

Seit einiger Zeit beobachte ich dich und dein Dating-Leben. Immer wieder hast du lustige Geschichten auf Lager, doch mit den Männern scheint es einfach nicht zu klappen. Deshalb habe ich beschlossen, dass du jetzt für meinen größten Schatz bereit bist: den Schlüssel zu deiner wahren Liebe!

In der Schatulle findest du deinen ganz persönlichen Motivator und Liebesexperten: Mr. Freudenkuss. Ich habe ihn jahrelang entwickelt, trainiert, mit mentalen Techniken und unglaublichen Fähigkeiten ausgestattet. Er wird dir dabei helfen, deine wahre Liebe zu finden.

Alles Liebe,

Bob

PS: Ich habe ihm vorher ein Schlafmittel gegeben, sonst wäre er mir niemals in die Schatulle geklettert, also bitte vorsichtig aufwecken!

„Bob? Kennst du einen Bob?!", schaute Olivia Carla fragend an.

„Nein, aber wen interessiert's? Öffne schon die Schatulle!", sagte Carla ganz aufgeregt und hielt das Kästchen an ihr Ohr. Und tatsächlich: Sie konnte darin ein leises Schnarchen hören.

‚*Sollte hier tatsächlich Mr. Freudenkuss drin sein, dann hat Yasmin aus der Kanzlei doch die Wahrheit erzählt*', dachte sich Carla.

Dabei hätte sie ihn nur googlen müssen und sofort gesehen, dass er eine Berühmtheit ist.

„Da ist wirklich jemand drin! Mach schon auf, bevor er erstickt!"

Olivia hatte keine Ahnung, was sie erwarten würde. Mr. Freudenkuss – wie der wohl aussah?

Unter der Schatulle fanden sie den passenden Schlüssel, mit dem sie die Box behutsam öffneten. Als sie den Inhalt sahen, staunten sie nicht schlecht: In der Schatulle schlief ein wenige Zentimeter kleiner, sehr attraktiver Mann im Anzug tief und fest. Das war also Mr. Freudenkuss.

„Aufwacheeeeeeen!", schrie ihn Carla an – so laut, dass Olivia zusammenzuckte.

„Was, wie, wo?"

Der kleine Mr. Freudenkuss schreckte aus seinem Tiefschlaf hoch und schaute sich verwirrt um.

„Wo bin ich? Und wer schreit da so?“, fragte er verschlafen.

„Guten Morgen! Ich entschuldige mich für meine laute Mitbewohnerin. Ich hoffe, es geht dir gut? Darf ich dir einen Kaffee anbieten?“, fragte ihn Olivia freundlich.

Da dämmerte es ihr, dass sie gar nicht wusste, in welchem Gefäß sie ihm bei seiner Größe etwas zu trinken servieren sollte. Sie konnte ihm doch schlecht eine normal große Tasse hinhalten. Wie sollte er die denn heben? Also suchte sie in der Wohnung schnell nach etwas Passendem. Ein Fingerhut! Bingo!

„Hier, damit du munter wirst.“

Olivia servierte dem kleinen Mann einen frisch duftenden Kaffee in einem Fingerhut und sah Carla böse an.

„Okay, okay, ich war vielleicht etwas zu laut. Aber ich bin ja so aufgeregt! Das ist Mr. Freudenkuss höchstpersönlich! Eine Kollegin aus der Kanzlei hat mir letztens erst davon erzählt, wie er ihr dabei geholfen hat, ihren absoluten Traummann zu finden. Aber als sie sagte, der Liebesexperte wäre nur sieben Zentimeter groß, dachte ich, ehrlich gesagt, sie nimmt mich auf den Arm“, entschuldigte sich Carla mit hochrotem Kopf.

Ihre Affekthandlungen waren ihr oft peinlich.

Was war nur in sie gefahren?

Mr. Freudenkuss nahm Carlas Entschuldigung mit einem müden Lächeln an. Er schlürfte erst mal genüsslich seinen Mini-Kaffee und kam langsam, aber sicher, zu sich. Schon nach wenigen Minuten war er auf den Beinen, stolzierte auf dem Tisch hin und her und zwinkerte den zwei Frauen keck zu.

„Ladies, jetzt erinnere ich mich wieder! Bob meinte, eine gewisse Olivia brauche dringend meine Hilfe in Sachen Liebe. Wer von euch ist denn Olivia?“, lächelte er die beiden an.

„Ich bin Olivia“, antwortete sie etwas zögerlich.

Schließlich hatte sie keine Ahnung, was sie jetzt erwarten würde.

„Meine Teure, es ist mir eine Ehre", schmeichelte Mr. Freudenkuss und hauchte ihr einen Kuss auf die Hand.

Dass dieser Mini-Kuss sie lediglich etwas kitzelte, erwähnte sie nicht. Bei der Größe von Mr. Freudenkuss ja auch kein Wunder.

Nun hatte Olivia endlich Gelegenheit dazu, sich den Winzling genauer anzusehen: Er hatte dunkle Locken, ein markantes Kinn, tiefbraune Augen, war braun gebrannt und hatte eine sportliche Figur – ein charmanter Südländer in klein.

War er etwa Italiener oder Spanier? Der blaue Armani-Anzug stand ihm jedenfalls hervorragend. Ein richtig fescher Kerl.

‚Schade, dass er zirka 170 Zentimeter zu klein ist', dachte sich Olivia bei seinem Anblick.

Währenddessen hatte es sich Mr. Freudenkuss auf einer Serviette bequem gemacht und wartete, bis er ihre volle Aufmerksamkeit hatte. „Also, liebe Olivia. Du fragst dich sicher, was ich hier mache. Bob hat mich zu dir geschickt, damit ich dir dabei helfe, deine wahre Liebe zu finden. Dazu brauche ich jedoch zuerst eine Unterschrift für ein Versprechen an dich selbst."

Geheimnisvoll ging er zur Schatulle und holte eine kleine Pergamentrolle heraus, die sich in Sekundenschnelle wie durch Zauberhand vergrößerte. Darauf stand geschrieben:

Ich, Olivia Lamini, verspreche mir selbst und Mr. Freudenkuss, dass ich mein Bestes geben und die Übungen, die er mir vorschlägt, machen werde.

Ich verspreche, ehrlich zu mir selbst zu sein. Ich möchte mich weiterentwickeln und entscheide mich bewusst dazu, Erfolge in der Liebe zu feiern.

Unterschrift der Klientin

Unterschrift der Zeugin

Ort und Datum

Erwartungsvoll sah Mr. Freudenkuss zu Olivia und reichte ihr einen Kugelschreiber. Sie musste schmunzeln, denn er hatte immense Mühe, ihr den Kugelschreiber, der größer war als er selbst, hinzuhalten. Damit ihm vor lauter Anstrengung nicht noch mehr Schweißperlen die Stirn hinunterliefen, nahm sie ihm den Kugelschreiber ab, las alles noch einmal genau durch und unterschrieb den Vertrag. Carla fungierte dabei als Zeugin. Sobald alles unterzeichnet war, rollte sich die Pergamentrolle von selbst zusammen, aus dem Nichts erschien eine rote Schleife, welche das Schriftstück zuband, und schließlich verschwand die Rolle wieder in der goldenen Schatulle.

„Hast du das auch gerade gesehen, oder bin ich schon beduselt heute?", fragte Carla ihre Mitbewohnerin. Da war doch Magie im Spiel!

„Ich hab es auch gesehen. Und ich kann noch immer nicht glauben, dass ich mit Mr. Freudenkuss rede. Sei's drum! Was mich vielmehr brennend interessiert: Wer ist dieser Bob, von dem du dauernd redest?", wandte sich Olivia an Mr. Freudenkuss.

„Das bleibt ein Geheimnis", lächelte der kleine Mann im Anzug schelmisch und machte es sich wieder auf der Serviette gemütlich. Nun konnte es losgehen.

3

Bist du bereit für deine erste Lektion, liebe Olivia?", fragte er sie.

„Ich glaube schon … ich meine, es kommt darauf an, was da jetzt auf mich zukommt."

„Bist du jetzt bereit oder nicht?", fragte Mr. Freudenkuss sie schon etwas ungeduldiger.

„Okay, ja – ich bin bereit. Bring it on!", forderte Olivia den Mini-Liebescoach auf.

Was hatte sie schon zu verlieren?

Der kleine Mr. Freudenkuss lächelte zufrieden, und auf einmal wurde es ganz still in der Küche.

Olivia und Carla hielten den Atem an. Man hätte eine Stecknadel fallen hören können. Mr. Freudenkuss schien diese Anspannung zu genießen, denn er ließ sich ziemlich viel Zeit.

Nach einer gefühlten Ewigkeit meinte er schließlich:

„Die erste Lektion lautet: *Liebe dich selbst*".

„Aaaaaah! Was ist das denn?!", schrie Toni, der plötzlich in die Küche platzte und mit offenem Mund auf den kleinen sprechenden Mann im Anzug deutete.

„Ich bin Mr. Freudenkuss – höchstpersönlich! Und unterbrich mich gefälligst nicht!", empörte sich der Liebescoach im Kleinformat.

Er war schließlich weit gereist und hatte eine Aufgabe zu erfüllen. Dass er hier in einer WG in Wien gelandet war, damit hatte er nicht gerechnet. Lieber wäre ihm eine Villa mit Pool und Blick über das Meer gewesen, aber das konnte er sich schließlich nicht aussuchen. Noch nicht. Doch wenn er bei diesem Auftrag Erfolg hätte, hatte ihm Bob versprochen, dass er sich seine Aufträge in Zukunft selbst aussuchen dürfte. Und das wollte er unbedingt. Endlich frei sein. Endlich wieder mehr reisen. Endlich …

Carla holte ihn jäh aus seinen Tagträumen.

„Das ist Mr. Freudenkuss. Noch nie von ihm gehört? Er ist DER Experte, wenn es darum geht, seine wahre Liebe kennenzulernen", schwärmte Carla, die mittlerweile im Internet nach ihm geforscht hatte. „Er wird auch *der Liebesarchitekt* genannt."

„Aha, kenn ich nicht", erwiderte Toni gelangweilt und holte sich ein Bier aus dem Kühlschrank.

Dass ein sieben Zentimeter großer Typ in seiner Küche war, schien ihn nicht weiter zu verwundern.

„Dann stör ich euch nicht länger. Mein Date mit Sarah war übrigens großartig. Sie ist ja sooo heiß!", zwinkerte er Olivia zu.

„Schön für dich", antwortete Olivia und ärgerte sich insgeheim, dass immer nur alle anderen Erfolg in der Liebe zu haben schienen.

Und sie verfluchte gedanklich all die Momente, in denen Toni oben ohne durch die WG stolziert war und ihr vielsagende Blicke zugeworfen hatte.

Was sollte das dann?!

Egal. So konnte sie wenigstens einen Blick auf seinen netten Sixpack werfen.

Toni schlenderte aus der Küche und Mr. Freudenkuss konnte endlich seine erste Lektion fortsetzen.

„Also: *Liebe dich selbst*. Weißt du, was das eigentlich bedeutet?", sah der kleine Mr. Freudenkuss Olivia auffordernd an.

„Na ja, ich hab mal gelesen, dass man sich im Spiegel betrachten und zu sich selbst *‚Ich liebe dich'* sagen soll. Meinst du das damit? Hast du keine Wunderpille für mich, mit der das schneller geht und ich mich auf der Stelle selbst liebe?", meinte Olivia neckisch.

„Die Wunderpille, die du so gerne hättest, bist du selbst", sinnierte Mr. Freudenkuss und holte sogleich einen Spiegel aus der Schatulle.

„Wartet, ich zeig's euch."

„Was ist bitte noch alles in dieser magischen Schatulle versteckt?", flüsterte Carla irritiert.

Während sie noch auf eine sinnvolle Antwort wartete, stellte sich Mr. Freudenkuss ganz nah vor seinen Spiegel und sah sich selbst liebevoll in die Augen.

Dann nahm er einen tiefen Atemzug, setzte ein strahlendes Lächeln auf und begann, mit sich selbst zu sprechen.

„Du bist ein großartiger Mann. Wow, sieh dich an! Deine lockigen Haare, dein Sixpack, deine funkelnden Augen – und dieses verführerische Lächeln! Du bist so mutig und probierst viel Neues aus. Ich bin so stolz auf dich! Die letzte Kundin war so glücklich mit deiner Arbeit, dass sie dich sogar zu ihrer Hochzeit eingeladen hat. Wie schön ist das denn?", strahlte er sein Spiegelbild an und sah anschließend zufrieden zu Olivia und Carla.

„Bist DU eingebildet!", patzte ihn Carla an.

„Und, was soll das bringen?", fragte Olivia mit einem skeptischen Unterton.

„DAS, meine Ladies, ist nur der Anfang der ersten Lektion: Wenn du dir selbst schöne Dinge sagst, sind auch deine Gedanken dir gegenüber liebevoll, und du fühlst dich großartig. Und nein, das ist keineswegs eingebildet, liebe Carla. So sollten vielmehr alle Menschen mit sich selbst reden. Willst du es auch mal versuchen?"

„Na gut, aber dann schau ich endlich meine Serie weiter."

Carla holte den großen Spiegel aus der Garderobe und stellte sich ganz nah vor ihn hin. Dabei sah sie sich selbst direkt in die Augen, nahm einen tiefen Atemzug und … begann zu weinen.

„Carla, was ist denn los?", fragte Olivia besorgt und legte einen Arm um die Schulter ihrer Freundin.

„Ach, weißt du: Wenn ich den Gedanken in meinem Kopf zuhöre, macht mich das traurig. Die sagen, ich sei zu dick und hätte eh nichts erreicht im Leben, und dass ich doch so gern mit Philip zusammen wäre. Aber irgendwie klappt das nicht", schluchzte sie.

„Stopp!", unterbrach sie Mr. Freudenkuss laut und schnippte mit den Fingern. Olivia und Carla drehten sich gleichzeitig zu ihm um.

„Genau das, liebe Ladies, werden wir trainieren. Jedes Mal, wenn eine von euch in dieses Gedankenkarussell verfällt und darüber grübelt, was sie denn alles schlecht oder falsch macht – sagt ihr euch gedanklich ‚Stopp' und schnippt mit den Fingern."

Demonstrativ machte er es noch einmal vor.

„Und dann lächelt ihr und sagt euch bewusst etwas Schönes. Selbstliebe heißt nämlich vor allem, sich so anzunehmen, wie man ist. Carla, sieh dich doch an mit deinen heißen Kurven – die sind doch großartig! Magst du es nochmal probieren mit dem Spiegel?", forderte der kleine Liebesexperte Carla auf und zwinkerte ihr vielversprechend zu.

Carla atmete tief durch.

„Okay, ich versuche es. Stopp!"

Sie schnippte mit ihren Fingern, lächelte und sagte schließlich laut und deutlich zu ihrem Spiegelbild: „Carla, du bist so eine Strahlefrau mit richtig heißen Kurven. Und weißt du, was ich so richtig an dir mag? Dein herzliches Lachen! Du lachst so aus dem Bauch heraus, das ist richtig schön und ansteckend!"

Daraufhin lachte Carla lauthals los und ihr Spiegelbild lachte zurück. Und sie hatte recht: Innerhalb von Sekunden lachten auch Olivia und der kleine Mr. Freudenkuss herzhaft mit.

„Herrlich! Genau so!", meinte Mr. Freudenkuss und sah Carla aufmunternd an.

Diese strahlte übers ganze Gesicht.

„Was für ein Unterschied!", lachte sie und war noch immer ganz geflasht von dem, was sie gerade über sich selbst gesagt hatte.

Schließlich war sie viel öfter damit beschäftigt, sich selbst zu kritisieren. Dabei konnte sie mit ihren 33 Jahren wirklich stolz auf sich sein. Sie hatte in Mindestzeit Jus studiert und einen Job in einer der größten Anwaltskanzleien Österreichs ergattert. Mit ihren schulterlangen, lockigen roten Haaren und ihren blauen Augen war sie *Emma Stone* wie aus dem Gesicht geschnitten. Ihre weibliche Figur versteckte sie oft hinter weiten Blusen und unförmig geschnittenen Kleidern. Etwas, das Olivia nicht verstehen konnte. War Carla in ihren Augen doch eine echte Augenweide.

Nachdem Carla merkte, wie viel positive Energie die Übung mit dem Spiegel in ihr freisetzte, fasste sie sich ein Herz und wandte sich an den Liebescoach. „Mr. Freudenkuss, ich weiß, du bist eigentlich hier, um Olivia zu helfen. Aber wäre es denkbar für dich, dass ich das Training mitmache?", fragte sie vorsichtig.

Obwohl er sich eigentlich nur um Olivia kümmern sollte, beschloss der Liebescoach kurzerhand, sich auch Carla anzunehmen.

Sie schien seine Hilfe mindestens genauso nötig zu haben wie ihre Mitbewohnerin. Er überlegte also nicht lange, sah Carla fürsorglich an und nickte. Schließlich würde es auch Olivia helfen, wenn ihre Mitbewohnerin ebenfalls mentale Techniken lernte und sie sich gegenseitig unterstützten.

Carla konnte ihr Glück kaum fassen und stieß ein lautes *‚Juhu!'* aus. Mr. Freudenkuss lächelte. Es war immer schön zu sehen, wenn seine Kundinnen so eine Begeisterung an den Tag legten.

„Diese Woche widmen wir uns voll und ganz der Selbstliebe. Und damit ihr wisst, was das bedeutet, habe ich für euch ein Erinnerungsposter, das ihr in die Küche hängen könnt, um es immer wieder anzuschauen."

Mr. Freudenkuss ging wieder zu seiner goldenen Schatulle und holte ein Poster hervor, das auf wundersame Weise größer wurde, nachdem er es auf den Tisch gelegt hatte. Olivia und Carla lasen leise die Botschaft darauf, die Mr. Freudenkuss für sie bereithielt.

Sich selbst zu lieben, bedeutet, auf sich selbst, seinen Körper und seine Seele zu achten, sich selbst zu schätzen, sich im Spiegel anzusehen und aus voller Überzeugung „Ich liebe dich" sagen zu können. Und das ganz ohne überheblich, arrogant oder eingebildet zu sein – sondern einfach, weil man sich selbst schätzt und sich Gutes tun möchte.

Selbstliebe bedeutet auch, seinen Körper mit gesundem Essen zu versorgen, sich zu bewegen, Sport zu betreiben und hinzuspüren, was der eigene Körper gerade braucht. Selbstliebe bedeutet, sich selbst gegenüber liebevolle Gedanken zu haben. Das Wort bedeutet außerdem, auf seine Intuition zu hören und beruflich das auszuüben, was man selbst gerne machen möchte, und nicht das, was sich Eltern, Familie oder Freunde für einen wünschen. Selbstliebe bedeutet, sich mehr mit den Personen zu umgeben, die einem guttun. Es bedeutet auch, in der Freizeit das zu machen, was einem Spaß macht, und all dem Raum zu schenken, was einen glücklich macht und erfüllt. Selbstliebe bedeutet in erster Linie, all das zu schätzen und wahrzunehmen, was schon da ist, und was einen ausmacht, statt ständig das wahrzunehmen, was fehlt, oder was man besser machen könnte.

Sich selbst zu lieben bedeutet, sich seiner eigenen Talente bewusst zu werden und sich so anzunehmen, wie man ist – mit all seinen Stärken und Schwächen.

Mit wahrer Selbstliebe siehst du dich im Spiegel und deine Augen beginnen zu strahlen und zu leuchten. Genau dann hast du eine wunderschöne Ausstrahlung, die dich von innen nach außen leuchten lässt. Und genau diese Ausstrahlung nehmen auch andere wahr, wenn sie dir begegnen, wenn du einen Raum betrittst, oder wenn du unterwegs bist. Du wirkst anziehend. Du schwingst in deiner Resonanz.

„Das alles bedeutet Selbstliebe? Na, dann haben wir ja einiges zu tun!“, lachte Olivia.

Sie dachte eigentlich, sie wäre mit sich im Reinen, doch als sie das Plakat von Mr. Freudenkuss gelesen hatte, war sie sich nicht mehr ganz so sicher, ob das wirklich der Fall war. Gemeinsam mit Carla durfte sie jetzt überlegen, wie sie die kommenden Tage mit Selbstliebe füllen wollte. Dafür bekamen sie von Mr. Freudenkuss viele kleine, bunte Post-its zum Brainstormen.

„Was braucht ihr, damit es euch so richtig gut geht? Was esst ihr? Womit und mit wem verbringt ihr euren Tag? Was sind eure Gedanken während des Tages? Über das alles könnt ihr ab sofort gemeinsam nachdenken. Ich werde mir inzwischen – passend zum Thema Selbstliebe – etwas *Me-Time* gönnen“, verkündete Mr. Freudenkuss und verschwand in der nächsten Sekunde.

„Hast du das gesehen? Er kann sich einfach so in Luft auflösen? Kann er uns, glaubst du, noch hören?“, fragte Carla verwirrt.

Auch wenn sie schon jetzt ein Fan von Mr. Freudenkuss war. Etwas suspekt war er ihr dann doch.

4

Natürlich kann ich euch noch hören, dachte sich der kleine, nun unsichtbare Mr. Freudenkuss, doch das mussten die Freundinnen ja nicht wissen.

Vergnügt hopste er vom Tisch und kletterte durch ein offenes Fenster hinaus auf die Fassade. Zum Glück war er ein guter Kletterer, denn so konnte er sich ganz einfach auf der Dachrinne abseilen und auf den Weg machen, um die Gegend zu erkunden.

Er schlenderte durch die Straßen und dort, mitten im 19. Bezirk, fand er einen wunderschönen Park: den Setagaya Park. Es war Frühling – die perfekte Zeit für die Liebe. Die Kirsch- und Magnolienbäume standen in voller Blüte, die kleinen Schildkröten ließen sich im Teich sonnen, und es duftete herrlich nach Sonne und Blumen. Mr. Freudenkuss machte es sich auf einem Stein direkt am Wasser gemütlich, ließ seine nackten Füße ins kühle Nass hängen, streckte sein Gesicht in die Sonne und nahm einen tiefen Atemzug.

‚Jetzt mit meiner wahren Liebe hier zu sitzen, das wäre so schön', dachte er sich und plötzlich spürte er einen Stich in seinem Herzen.

So vielen Singles hatte er schon zu einer glücklichen Partnerschaft verholfen, doch bei ihm selbst schien es nicht zu klappen.

„Wenn du eine Frau kennenlernst, in die du dich verliebst, und die sich in dich verliebt, dann verwandle ich dich zurück in deine normale Größe."

Das hatte ihm Bob versprochen. Bis dahin musste er mit diesem Mini-Format leben. Doch seine winzige Größe und die Fähigkeit, sich unsichtbar machen zu können, hatten natürlich auch ihre Vorteile. Schließlich konnte er auf diese Weise unsichtbar durch die Gegend wandeln und andere belauschen.

‚Nicht, dass ich das so oft machen würde', grinste er verschmitzt.

Gedankenversunken sah der kleine Mr. Freudenkuss den verliebten Pärchen zu, die gemeinsam durch den Park streiften, und freute sich wie ein kleines Kind darüber, das beobachten zu können.

Auch wenn er es sich für sich selbst auch wünschte, vergönnte er ihnen das Glück. *Love was in the air…*

5

Wo steckt er bloß?“, fragte Olivia ungeduldig.

Sie war mehr als bereit für das Liebestraining, das Mr. Freudenkuss für sie ausgearbeitet hatte. Schließlich war die Liste an katastrophalen Dates schon viel zu lang.

Seit dem Besuch des kleinen Liebesexperten in der WG hatten sie und Carla jede Menge Post-its mit Möglichkeiten beschriftet, wie sie ihre Selbstliebe stärken wollten.

Einen Kletterkurs machen
Zur Massage gehen
Mehr Obst essen
In der Natur spazieren gehen
Sich bewusst ernähren
Richtig schöne Kleidung anziehen

… solche und ähnliche Vorhaben standen auf den kleinen Zettelchen.

Jetzt fehlte nur noch Mr. Freudenkuss, um die nächste Lektion in Angriff zu nehmen.

Um die Wartezeit zu verkürzen, erkundigte sich Carla nach einer von Olivias Männergeschichten, die sie eigentlich schon verdrängt hatte: „Was ist eigentlich aus Raphi geworden? Der war doch ganz süß.“

„Das hab ich dir gar nicht erzählt? Nun ja. Also Raphi – wie soll ich sagen – hatte es im Bett einfach nicht drauf“, druckste Olivia herum.

Doch sie wusste ganz genau, dass Carla nicht lockerlassen würde.

„Komm schon, erzähl! Oder warte kurz: Gehört ‚*Ordnung halten in der Wohnung*‘ eigentlich auch zur Selbstliebe?“

Olivia war froh über die Ablenkung und antwortete prompt: „Ja, ich denke schon. Wird Zeit, endlich die Putzfee zu engagieren, die mir Fred empfohlen hat. Ich ruf sie gleich an."

Sie hatte gerade keine Lust, noch eine ihrer peinlichen Dating-Geschichten zu erzählen, daher lief sie in ihr Zimmer und vereinbarte gleich einen Termin mit der neuen Putzfrau.

„Erledigt", seufzte Olivia zufrieden, als sie wieder in die Küche kam.

„Super, danke! Aber jetzt zurück zu Raphi."

So leicht ließ sich Carla nicht abschütteln.

„Ich biete dir einen Deal an. Ich erzähle dir meine peinlichste Sex-Geschichte und du erzählst mir deine mit Raphi. Dafür brauchen wir aber noch zwei Cocktails!", grinste Carla etwas schadenfroh und machte sich sogleich an die Arbeit.

Dieses Mal mixte sie zwei köstliche Caipirinhas mit Schirmchen und Zitronenschale. Das war schon ein verlockendes Angebot.

Olivia liebte gute Dating-Geschichten.

„Hm, na gut. Aber du startest!", willigte sie Carlas Vorschlag ein.

Ihre Mitbewohnerin vollendete die beiden Caipis und überreichte Olivia feierlich ihren Cocktail.

„Also, erinnerst du dich an diesen Anwalt, den ich vor zwei Jahren gedatet habe? Cedric? Nun ja, das habe ich dir nie erzählt, aber der hatte ein kleines Problem mit seinem Schniedel", eröffnete Carla die Geschichte.

„Mit seinem *Schniedel*? Bitte Carla, so kannst du doch nicht sein bestes Stück nennen!", prustete Olivia laut los.

Das fing ja schon gut an.

„Hat er ihn nicht hochgekriegt, oder was ist passiert?", wollte sie neugierig wissen.

„Naja, wir haben uns geküsst, und es ist so richtig heiß geworden. Er hat mir unter die Bluse gefasst und mich begrapscht, dann haben wir uns immer weiter ausgezogen, und schließlich ist er nur mehr in seinen Boxershorts neben mir gesessen. Also hab ich meine Hand auf seinen *Schniedel* gelegt und ihn massiert. Da zuckt der Typ plötzlich zurück und sagt ‚Nicht so ziehen!'"

„Hahaha ... 'nicht so ziehen'? Was hast du mit dem Armen gemacht? Eine Runde Seilziehen gespielt?", kugelte sich Olivia vor Lachen.

Allein die Vorstellung daran war herrlich. Nun musste auch Carla grinsen. Die Sache war schließlich schon zwei Jahre her, und sie hatte damit abgeschlossen.

„Jetzt kannst du dir sicher vorstellen, wie irritiert ich dreingeschaut habe, als er das gesagt hat. Ich dachte mir nur: ‚Was meint er denn damit?'", kicherte Carla und nahm einen Schluck von ihrem Caipirinha.

„Und was ist dann passiert? Warst du hoffentlich vorsichtiger mit seinem *Schniedel? Hihihi ...*"

Olivia kriegte sich gar nicht mehr ein.

Sobald ihr jemand eine Geschichte erzählte, hatte sie alles sofort bildlich vor sich und war mit vollen Emotionen dabei.

„Naja, ich hab ihn dann wirklich ganz vorsichtig berührt da unten und er meinte wieder *‚Bitte nicht so ziehen!'* Anscheinend wurde er bei der Vorhaut operiert und ist seitdem *sehr empfindlich*", gluckste Carla. „Zum Sex ist es dann gar nicht erst gekommen. Ich meine, wenn ich ihn nicht einmal berühren darf – wie geht's ihm dann erst, wenn er in mir drin ist?! Also hab ich meinen Vibrator rausgeholt und es selbst erledigt. Dann ist er gegangen."

Olivia saß mit offenem Mund da. Sie wusste nicht, ob sie den armen Kerl bemitleiden sollte, oder die Geschichte einfach nur lustig finden durfte. Sie schmunzelte und prostete Carla zu. Diese hatte in der Zwischenzeit ganz vergessen, dass sie ja eigentlich ihre Serie schauen wollte …

„Auf die kuriosen Dating-Geschichten!"

In diesem Moment kam Toni zur Tür herein und gesellte sich zu ihnen. „Worüber redet ihr?"

„Über peinliche Dates. Jeder erzählt eine Geschichte. Bist du dabei?". Carla sah ihn auffordernd an.

„Mit Caipis? Sehr gerne. Ich bin gespannt, was ihr zwei so auf Lager habt!", erwiderte Toni amüsiert.

Carla mixte ihm prompt auch einen Caipi. Sie genoss diese WG-Abende sehr, wenn sie alle drei gemeinsam Zeit verbringen konnten. Das kam nur leider viel zu selten vor.

6

Heute hatte sich Carla freigenommen. Normalerweise würde sie bis 22 Uhr in der Kanzlei Verträge wälzen. Sie liebte ihren Job. Sie liebte das Treffen mit Klienten und den Rausch, der sie überkam, wenn sie wieder einmal einen millionenschweren Deal an Land gezogen hatte. Doch das hatte auch seinen Preis: Sie hatte eine 70 bis 80 Stunden Woche und dadurch nur wenig Freizeit – geschweige denn Zeit, um jemanden kennenzulernen. Sie war auf allen gängigen Dating Plattformen angemeldet, doch ihr fehlte einfach die Zeit, jenen Männern, die ihr gefielen, zurückzuschreiben. Sie freute sich schon, wenn sie es einmal schaffte, eine Folge von *The Good Wife* anzusehen ohne gleich einzuschlafen.

Und dann war da noch Eduard – ein 35-jähriger Anwalt aus ihrer Kanzlei. Gut gebaut, schwarze kurze Haare, grüne Augen und unglaublich *sexy*. Regelmäßig schaute er in Carlas Büro vorbei, strahlte sie mit seinen wunderbar weißen Zähnen an und *flirtete mit ihr*.

Zumindest empfand sie das so. Er machte ihr Komplimente, sah ihr lange und tief in die Augen und berührte sie manchmal ganz *beiläufig* an der Schulter.

Vorgestern hatte er sogar selbst gebackene Crème brûlée mitgebracht und sie gefragt, ob sie die süße Versuchung nicht am Nachmittag gemeinsam mit ihm auf der Terrasse vernaschen wollte. Klar wollte sie! Und was ist auf der Terrasse passiert? Nichts! Carla verstand es nicht. Wollte er vielleicht nur harmlos mit ihr flirten? Oder war er einfach zu schüchtern? Oder hatte er Frau und Kind daheim und noch nie davon erzählt? Oder wollte er einfach nichts mit jemandem anfangen, der im selben Büro arbeitete? Das wäre natürlich blöd.

„Carla? Bist du schon wieder im Eduard-Land?", unterbrach Toni ihre Gedanken.

Wie gut er sie doch mittlerweile kannte. Sie schmunzelte.

„Ja, ich versteh einfach nicht … ach, egal. Du bist dran mit deiner Story, Toni! Hier ist dein Caipi."

Olivia und Carla sahen ihn gespannt an. Was würde jetzt wohl kommen? Sie kannten noch nicht viele Dating-Geschichten ihres Mitbewohners. Toni prostete mit den beiden und startete zögerlich mit seiner Geschichte.

„Ich war noch ein Teenager, ich schätze so um die 17, und wollte unbedingt mal Online Dating ausprobieren. Damals war das noch nicht so normal wie heute. Auf jeden Fall hab ich dort eine unglaubliche Frau kennengelernt: Anna. Sie hatte lange schwarze, glatte Haare, grüne Augen, eine Hammer-Figur und einen richtig knackigen Hintern. Wir haben gechattet, es hat gleich gefunkt, und ich hab sie angerufen. Stundenlang haben wir telefoniert, und ich wollte sie unbedingt live kennenlernen. Sie hat damals in einem kleinen Dorf im Burgenland gewohnt und erzählt, dass ihre Eltern sehr konservativ sind. Also hab ich ihr angeboten, dass ich mit dem Zug rausfahre und sie besuche. Sie hat mich vom Bahnhof abgeholt und wir sind in ein kleines, gemütliches Café gegangen. Wir haben uns total nett unterhalten, als plötzlich ihr großer Bruder bei ihr angerufen hat. Anna hat abgehoben und versucht, ihn zu beruhigen, indem sie ihm erklärt hat, dass wir ganz harmlos einen Kaffee zusammen trinken. Ihr Bruder hat sich ständig Sorgen gemacht um sie und wollte nicht, dass sie sich mit einem Wildfremden aus dem Internet trifft. Sie war da anderer Meinung und hat nach ein paar Minuten einfach aufgelegt. Seine restlichen Anrufe hat sie ignoriert und ihr Handy auf lautlos geschalten."

Toni machte eine kurze Pause und blickte in die neugierigen Gesichter von Olivia und Clara.

„Und, wie ging's weiter?", fragte Carla ungeduldig und nahm einen großen Schluck von ihrem Caipirinha.

„Wir haben unser Date fortgesetzt – ich wollte diese Frau schließlich unbedingt kennenlernen –, da steht auf einmal ihr Bruder mitten im Café! Bernd hieß er und er war stinksauer. Er hat mich neugierig gemustert und Anna ermahnt, sie solle gefälligst ihr Handy aufdrehen. Nach einer lautstarken Standpauke mitten im Café ist er schließlich gegangen. Das war erst mal ein kleiner Schock für mich – aber gut, ich kann ihn ja verstehen. Er wollte ja nur seine kleine Schwester beschützen. Wir haben dann beschlossen, dass wir noch ins Kino gehen. Sie hatte ein Auto, also sind wir damit in ein Kino in der nächsten Stadt gefahren – wie gesagt, sie wohnte ja in einem kleinen Dorf. Wir haben Händchen gehalten und den Film genossen. Dass ihr Handy wieder x-mal geklingelt hat, hat sie zu dem Zeitpunkt nicht bemerkt. Nach dem Kinofilm hat sie mich zum Bahnhof gebracht. Es war Winter und so richtig kalt, und der Zug hatte ganze 20 Minuten Verspätung. Deshalb hatte Anna die Idee, dass wir doch noch auf dem Rücksitz ihres Autos kuscheln könnten. Also haben wir vor dem Bahnhof geparkt und es uns auf der Rückbank gemütlich gemacht. Wir sind also gerade am Knutschen, da hört sie plötzlich auf, sagt laut ‚Oh Shit' und deutet nach draußen, wo ihre Eltern gerade mit einem Karacho angesaust kommen und direkt hinter uns stehenbleiben. Beide steigen aus dem Auto aus und kommen direkt auf uns zu – wir zwei eng umschlungen am Rücksitz liegend … oh Mann!"

Olivia und Carla hörten mit offenen Mündern zu und vergaßen vor lauter Spannung sogar auf ihre Drinks.

„Wie ging's weiter?", rief Olivia ungeduldig.

„Ihr Vater hat plötzlich die Vordertür aufgerissen und geschrien: *‚Anna, bist du denn des Wahnsinns?!'* Und dann hat er mich bitterböse angeschaut und mit bedrohlichem Unterton gemeint:

‚Und Sie, junger Mann, Sie nehmen ihr Zeug und zischen wieder nach Wien ab. Aber schnell!"

Toni zuckte bei der Vorstellung zusammen.

„Damals wusste ich überhaupt nicht, wie ich reagieren sollte. Nicht gerade die perfekte Art, die Eltern seines Dates kennenzulernen“, konnte der angehende Arzt mittlerweile über das Ganze lachen.

„Was für eine Geschichte!“, Olivia konnte es kaum glauben.

So etwas war selbst ihr noch nie passiert. Dabei war sie doch die Königin der schrägen Dates.

„Ja, das ist zum Glück schon lange her, aber ich krieg heute noch Gänsehaut, wenn ich dran denke. Also, das war meine Dating-Geschichte. Prost, Ladies!“

Toni hob amüsiert sein Glas.

Olivia lächelte zurück. Sie wollte nicht schadenfroh sein, aber sie war irgendwie erleichtert, dass auch andere solche schrägen Erfahrungen machten – und nicht nur sie.

Als Toni in die Runde blickte und die amüsierten Gesichter seiner Mitbewohnerinnen sah, fühlte er sich richtig wohl. Es war schön, über alte Zeiten zu plaudern und sich den zwei Frauen in der WG anzuvertrauen. Jetzt wohnte er schon seit über einem Jahr mit Olivia und Carla zusammen. Damals war er gerade mit seinem fünften Jahr an der Medizinischen Universität fertig geworden. Lange hatte er mit seinem Bruder in einer Studentenbude gewohnt, doch der wollte damals lieber mit seiner Freundin zusammenziehen. Da kam das Angebot mit der WG für Toni wie gerufen. Schmunzelnd erinnerte er sich an das Vorstellungsgespräch bei Olivia genau hier in der Küche. Sie hatte einfach umwerfend ausgesehen, und er hatte sich bei ihrem Anblick insgeheim gefragt, ob er einziehen oder doch lieber mit ihr ein Date haben sollte. Toni entschloss sich für Ersteres.

Und seitdem flirtete Olivia immer wieder ganz schön heftig mit ihm. Erst gestern, als sie halbnackt, nur mit einem Handtuch bekleidet, aus der Dusche gekommen war … *rrroar*!

Doch er musste sich zusammenreißen. Schließlich wollte er nicht mit seiner Mitbewohnerin ins Bett steigen. Das würde nur Ärger geben, davon war Toni überzeugt. Deshalb traf er sich bewusst immer wieder mit Sarah, die er auf der Uni kennengelernt hatte.

Sarah war eine gute Partie – sie war nett und zuvorkommend, manchmal sogar ganz lustig –, doch kein Vergleich zu Olivia.

Toni seufzte.

„Und dann, stell dir vor, hat er im Schlaf neben mir auf einmal wie ein Hund gebellt! Ich stand so unter Schock, dass ich ihn im ersten Moment richtig fest getreten habe. Davon ist er aber auch nicht aufgewacht. Da läutet es plötzlich an der Tür, stehen die Nachbarn da und sagen, ich soll den Hund bitte beruhigen", war Olivia schon mitten in ihrer Dating-Geschichte.

„Das gibt's doch gar nicht! Er hat im Schlaf geglaubt, er wäre ein Hund? Wie irre ist das denn?", lachte Clara.

„Das sollten wir öfter machen. Verglichen mit euren Dating-Geschichten finde ich meine eigenen Dates gar nicht mehr so schlecht", stellte Toni vergnügt fest.

Olivia wollte ihm schon etwas entgegnen, da fiel sein Blick auf die vielen Post-its, die in der Küche verteilt waren.

Ein Schaumbad einlassen und genießen
Zur Maniküre gehen
Einen Abend mit Freunden und leckeren Cocktails organisieren

„Was sind denn das für Botschaften?", fragte Toni neugierig.

„Das sind unsere Ideen für mehr Selbstliebe. Mr. Freudenkuss hat gesagt, wir sollen alles aufschreiben, was uns und unserem Körper guttut", erklärte Olivia die vielen Zettel.

„Wisst ihr, was da fehlt? Sich mal so richtig auspowern, wie beim Badminton oder Boxen oder wie in diesem Wut-Raum. Danach fühlt man sich total frei!", meinte Toni begeistert.

„Wut-Raum? Was ist das denn?", fragte Carla interessiert.

Sie war Meisterin darin, ihre Gefühle eher zu unterdrücken, also konnte sie mit dem Begriff nichts anfangen.

„Das ist ein Raum mit vielen Alltagsgegenständen, die du einfach so zertrümmern kannst. Ich war letztens mit Freunden da und hab mit einem Baseballschläger auf einen alten Fernseher eingeschlagen. Das war herrlich!", schwärmte Toni. „Du hast natürlich Schutzkleidung an und kannst dich dort eine Stunde lang so richtig austoben. Vor allem, wenn man gestresst ist, ist das die perfekte Gelegenheit, um sich auszupowern."

Er sah seine Mitbewohnerinnen begeistert an.

„Das klingt ja interessant. Das sollten wir vielleicht in die Liste aufnehmen", meinte Carla etwas zögerlich.

Sie wusste nicht so ganz, ob das wirklich etwas für sie war, doch Olivia war von Tonis Ausführungen fasziniert. So ein Wut-Raum war mal etwas ganz Neues.

„Oder die Schreikammer im Technischen Museum – die kann ich auch sehr empfehlen", fuhr Toni fort.

„Schreikammer? Toni, wie viel unterdrückte Wut hast du eigentlich in dir, wenn du das alles kennst?"

Carla sah ihn etwas skeptisch an.

„Natürlich keine! Wenn ich mich über etwas ärgere, lass ich es nämlich gleich beim Sport, im Wut-Raum oder eben in der Schreikammer raus. Das tut verdammt gut, sag ich euch."

Und an Olivia gewandt, erklärte er: „Die Schreikammer ist ein kleiner, verglaster Raum, in den du dich einfach reinstellen und losschreien kannst. Dabei werden deine Dezibel gemessen."

Er sah sie stolz an.

„Wenn ich so richtig loslege, komm ich auf 120!“

„Na servas! 120 Dezibel? Das ist ja so laut wie ein Düsenflugzeug! Bin ich froh, dass du das in der Schreikammer rauslässt und nicht in der WG“, stellte Olivia schmunzelnd fest.

7

Plopp

Wie aus dem Nichts erschien plötzlich der kleine Mr. Freudenkuss quietschvergnügt auf dem Küchentisch. Im ganzen Gerede über Dating-Geschichten, Wut-Räume und Schreikammern hatten Olivia und Carla schon beinahe vergessen, dass sie eigentlich auf ihn warteten.

„Die Schreikammer und der Wut-Raum sind eine geniale Idee für unsere zweite Lektion. Ich mag deinen Ansatz, Toni. Zuerst die negativen Emotionen rauslassen und sich dann etwas Gutes gönnen. Das gefällt mir!", stimmte der kleine Liebesexperte Toni zu, der einen dringenden Anruf mit Sarah vortäuschte, um sich aus dem Staub zu machen.

Mr. Freudenkuss fand es wirklich prima, unsichtbar sein zu können. Auf diese Weise konnte er unbemerkt wertvolle Gespräche seiner Schützlinge mitverfolgen, was für seine Arbeit sehr wichtig war.

Außerdem konnte er so auch die wunderschöne Olivia ganz aus der Nähe betrachten. Ihre braunen, langen und glatten Haare, ihre süße Stupsnase, ihr verschmitztes Lächeln. Irgendwie erinnerte sie ihn an *Jessica*, seine Jugendliebe. Mr. Freudenkuss spürte einen Stich in seinem Herzen, weil er Jessica schon so lange nicht mehr gesehen hatte.

„Hab ich etwas im Gesicht?", unterbrach Olivia seine Gedanken.

‚Oops, ich bin ja gar nicht mehr unsichtbar', ertappte er sich dabei, wie er Olivia anstarrte.

Sie sah ihn fragend an.

„Nein, nein, alles gut", beschwichtigte er sie.

Was damals mit Jessica passiert war, hatte er erfolgreich verdrängt …

„Na, habt ihr mich schon vermisst? Wie ich sehe, wart ihr während meiner Abwesenheit sehr fleißig."

Mr. Freudenkuss betrachtete die vielen Post-its mit den Selbstliebe-Vorhaben.

„Wunderbar, liebe Ladies! Das wird eine geniale Zeit mit euch. Ich freu mich riesig drauf! Wir starten morgen mit dem Liebestraining. Seid ihr bereit?“, lenkte er sich selbst von Gedanken rund um seine Jugendliebe Jessica ab.

Mr. Freudenkuss sah die zwei Frauen begeistert an. Von ihm aus konnte das Liebestraining endlich losgehen. Er brauchte nur noch ein klares „Ja“ von den beiden.

„Ja! Ich bin sowas von bereit!“, freute sich Olivia.

Carlas Begeisterung hielt sich jedoch in Grenzen.

„Hm, ich weiß nicht. Was kommt denn da auf mich zu? Wie viele Lektionen sind das denn? Muss ich dann fremde Männer anquatschen? Und ich weiß gar nicht, ob ich überhaupt die Zeit dazu habe, schließlich bin ich rund um die Uhr in der Kanzlei“, sah sie Mr. Freudenkuss skeptisch an.

„Ich kann dir versprechen, dass du durch dieses Training mehr Liebe und mehr Freude in dein Leben bringst, so richtig von innen heraus strahlst und eine mega Ausstrahlung bekommst. Und deine Dates wirst du ab jetzt so richtig rocken. Dafür hab ich eine Menge unterschiedlicher Techniken entwickelt: mentale Übungen, Komfortzonentraining, Tipps, wie du garantiert sympathisch wirkst und viele mehr. Die haben schon tausenden Singles geholfen. Ich kann dir versichern, dass du bei mir in guten Händen bist“, beruhigte er sie.

„Ohne ein klares ‚Ja‘ von dir können wir allerdings nicht starten.“

„Muss ich mich bei mentalen Übungen irgendwo reinfühlen können? Das kann ich nämlich nicht so richtig“, wirkte Carla etwas zerknirscht.

Mr. Freudenkuss konnte ihr auch diese Sorgen nehmen: „Glaub mir, das kenn ich gut. Ich hatte schon einige Singles, die jahrelang immer wieder ihre Gefühle unterdrückt haben und durch mein Training auf einmal alte Muster endlich lösen durften. Lass mich raten: Du lernst immer wieder Männer kennen, die vergeben sind? Keine Beziehung wollen? Dich nicht gut behandeln? Ein Muster, das sich immer und immer wieder wiederholt? Dieses Muster werden wir transformieren – darauf kannst du dich freuen. Wir werden auch deinen inneren Vermeider integrieren. Ich weiß, was ich tue", beschwichtigte sie der kleine Mr. Freudenkuss mit einem Augenzwinkern.

„Also gut, ich hab zwar keine Ahnung, was du mit *innerer Vermeider* meinst, aber ich vertrau dir. Yes, let's do this!"

Carla war zwar immer noch etwas planlos, was Mr. Freudenkuss mit ihr vorhatte, aber sie war bereit dazu, diese verflixten Muster in der Liebe zu lösen. Sie hatte die Nase voll von allen Männern, die gar keine richtige Beziehung, sondern nur Sex wollten.

‚Wobei … der Sex mit Philip war schon echt heiß', schwelgte sie in Erinnerungen.

Sie dachte an letzte Woche, als sie ihn in seiner Dachgeschoßwohnung besucht hatte und sie gemeinsam auf seiner Dachterrasse mit Pool zu Abend gegessen hatten. Philip war ein wundervoller Koch und hatte für sie gegrillten Lachs mit Wok-Gemüse zubereitet. Allein beim Gedanken daran lief ihr das Wasser im Mund zusammen.

Anschließend hatten sie mit Champagner angestoßen – er wusste einfach, wie man das Leben genießen konnte. Ein richtiger Lebemensch. Das mochte Carla an ihm. Er war charmant, hatte tiefblaue Augen wie das Meer und dieses ganz besondere verschmitzte Lächeln, das erahnen ließ, dass er ein Schlitzohr war. Nach dem Essen waren sie im Pool schwimmen gegangen mit Blick über Wien und die Weinberge. Auf ihrer Haut begann es zu prickeln, als sie daran dachte, wie er auf einmal nähergekommen war, ihr Gesicht in beide Hände genommen und sie ohne Vorwarnung geküsst hatte. So leidenschaftlich und so *schoaf*.

Dann hatte er das Küssen wieder unterbrochen und ihr im Pool ein Glas Champagner gereicht. „Auf uns" hatte er geflüstert, und sie hatte sich gefühlt wie die Eine, wie die Auserwählte, die mit diesem tollen Mann zusammen sein durfte. Es war wie im Film. Und als sie dachte, es könnte gar nicht besser werden, hatte er einen Eiswürfel in den Mund genommen und war ihr damit den Rücken entlanggefahren ...

Carla lächelte beim Gedanken an diese Nacht selig in sich hinein und erblickte dabei den kleinen Mr. Freudenkuss, der sie vielsagend angrinste.

‚*Er wird doch nicht ... nein, er ist zwar klein und süß und kann sich unsichtbar machen, aber Gedanken lesen ...?*', dachte sich Carla für einen Moment, doch ehe sie sich versah, war sie schon wieder in ihre Erinnerung an diesen unvergesslichen Abend mit Philip versunken.

Carla liebte diese Erinnerung so sehr. Dieser laue Sommerabend, dieses Pool, dieser Blick über Wien. Wie er ihren Bikini abgestreift und sanft damit begonnen hatte, ihre Brüste zu massieren. Und gleichzeitig hatte er ihren Nacken geküsst, und seine Hände waren auf einmal überall gewesen. Das warme Wasser auf ihrer Haut hatte so wunderbar geprickelt. Und dann hatte er seine Badehose ausgezogen und sie konnte spüren, wie sein bestes Stück bereit war.

„Ich will dich", hatte er in ihr Ohr geflüstert und sie gleichzeitig mit seinem strahlenden Lächeln zum Schmelzen gebracht.

Und dann hatte er sie mit seinen starken Armen auf seinen Schoß gehoben und mit seinen Händen vorgefühlt, ob sie bereit und so richtig feucht war. Oh ja, sie war mehr als bereit gewesen, ihn in sich aufzunehmen und sich der Lust hinzugeben. Was folgte, war unglaublich leidenschaftlicher Sex im Pool. Carla schmunzelte in sich hinein.

Dass Philip sie damals direkt nach dem Sex freundlich aber doch gebeten hatte, zu gehen, weil er am nächsten Tag einen wichtigen Arbeitstermin hatte, hatte sie bis jetzt niemandem erzählt. Auch nicht, dass er sich seit dem Date nicht mehr bei ihr gemeldet hatte. Doch sie wollte auch nicht klammern, also wartete sie erstmal ab.

Vielleicht hatte Mr. Freudenkuss ja das mit *innerer Vermeider* gemeint? Egal. Sie würde es schon rausfinden. Manchmal hatte Philip eben seine Phasen, in denen er sich auch mal zwei Wochen lang nicht bei ihr meldete. Olivia bezeichnete das immer als „on/off". Am liebsten war Carla natürlich „on".

Vielleicht konnte ihr ja der kleine Liebesexperte dabei helfen, dass es kein „off" mehr gab.

„Ja, da helf ich dir gerne", schmunzelte sie der kleine Mr. Freudenkuss an und sah ihr dabei tief in die Augen. „Und das nächste Mal, wenn du in heißen Sex-Erinnerungen schwelgst, warn mich bitte vor. Ich kann nämlich nicht nur Gedanken lesen, ich kann sie auch *sehen*."

„Waaaas?! Das sagst du mir erst JETZT?!", empörte sich Carla.

So eine Frechheit! Da tummelte sich dieser kleine Typ einfach in ihrem Kopf herum, während sie an Philip dachte. Und er konnte Gedanken *sehen*? Das hatte sie ja noch nie gehört. Das bedeutete, er hatte sie gerade beim Sex beobachtet. So ein Spanner!

„Wie funktioniert das mit dem Gedanken sehen denn genau? Heißt das, du siehst bildlich vor dir, was da gerade passiert, wenn jemand an bestimmte Erinnerungen denkt?", fragte Carla verwirrt.

Mr. Freudenkuss gab bereitwillig Auskunft: „Ich kann es ein- und ausschalten. Dafür hab ich einen bestimmten Knopf, siehst du?"

Der kleine Liebesexperte zeigte auf eine Stelle oberhalb seines Bauchnabels. Dort war eine kaum wahrnehmbare kleine Einbuchtung zu sehen.

„Wenn ich hier draufdrücke, kann ich meine telepathischen Fähigkeiten bewusst einschalten. Alles andere würde mich überfordern. Aber du hast so verschmitzt gelächelt, da bin ich einfach neugierig geworden. Ich hoffe, du bist mir nicht böse", sagte er reumütig.

„Pfff", blies Carla augenscheinlich genervt aus.

Olivia war währenddessen damit beschäftigt, nicht ganz so verstohlen auf den sexy Sixpack von Mr. Freudenkuss zu starren. Sein gestählter Bauch erinnerte sie an den Oberkörper dieses zuckersüßen Schauspielers in diesem einen Film. Wie hieß der doch gleich?

Gedanklich fuhr sie mit ihren Fingern über jeden einzelnen seiner Mini-Bauchmuskeln. Nein, stopp! War der Knopf etwa gerade auf „on"? Sie schielte vorsichtig zu Mr. Freudenkuss hinüber. Nein. Puh, Glück gehabt! Sie wollte nicht unbedingt breittreten, dass sie sich schon wieder nach Sex sehnte.

Mr. Freudenkuss diskutierte noch immer mit Carla über seine außergewöhnlichen Fähigkeiten, und ob es moralisch und ethisch okay war, sie einzusetzen.

„Leute, danke für den wunderbaren und sehr lustigen Abend. Ich werde jetzt schlafen gehen", verkündete Olivia.

Carla und Mr. Freudenkuss waren immer noch am Diskutieren, also merkten sie gar nicht, wie sich Olivia von ihnen verabschiedete. Sie machte sich im Bad bettfertig und ging in ihr Zimmer.

Dort legte sie sich direkt in die bunte Hängematte, die sie quer durchs Zimmer gespannt hatte. Sie liebte diese Hängematte, weil sie so zum Träumen einlud. Olivia ließ ihren Blick zu ihren Kletterpflanzen, ihrem weißen kleinen Schreibtisch und ihrem großen Bett schweifen. Da erinnerte sie sich daran, was sie vor Kurzem in einer Zeitschrift zum Thema Beziehungen gelesen hatte:

Richte dein Zuhause so ein, als ob du die glückliche Beziehung schon hättest.

Die Idee hatte ihr damals sehr gefallen, doch sie hatte sie nie umgesetzt. Ihr Bett bestand nach wie vor aus einem Polster und einer kleinen Decke, die ganz laut *Single!* zu schreien schienen. Das war ihr vorher nie so bewusst aufgefallen, aber jetzt …

Sie machte kurz die Augen zu und stellte sich vor: Wenn sie ihren Traumpartner schon hätte, und sie würde mit ihm jetzt gemeinsam im Bett liegen, wie würde das dann aussehen? Sofort tauchte ein Bild vor ihrem geistigen Auge auf: ihr großes Bett mit zwei bequemen Pölstern, einer kuscheligen Decke und einer schönen dunkelblauen Leinenbettwäsche. Daneben standen zwei Designer-Nachtkästchen und auf der Wand leuchtete ein wunderschönes Wandtattoo in bunten Farben. Ja, das gefiel ihr! Genau so wollte sie es haben.

Also holte sie sogleich ihren Laptop hervor und begann zu googlen. Olivia klickte sich durch die Seiten diverser Anbieter von Bettwäsche und bestellte alles, was sie in ihrer Vorstellung vor sich gehabt hatte. Den zweiten Polster, die große Decke, die wunderbar weiche, dunkelblaue Leinenbettwäsche. Und sie fand sogar zwei zauberhafte kleine Nachtkästchen, die perfekt dazu passten.

Beim Wandtattoo fiel es ihr etwas schwer sich zu entscheiden, bis sie schließlich eine Zeichnung von einem lachenden Paar am Strand bei Sonnenuntergang fand. Das war perfekt! Sie feierte sich innerlich, dass sie nun endlich diesen Schritt gemacht hatte, und legte sich wieder zurück in ihre Hängematte. Manchmal schlief sie auch einfach hier ein.

Mit einem zufriedenen Lächeln glitt Olivia in einen tiefen Schlaf. Dabei bemerkte sie gar nicht, dass der kleine Mr. Freudenkuss still und leise in ihr Zimmer geschlüpft war und es sich in ihrem Bett auf dem für ihn riesigen Kopfpolster bequem gemacht hatte. Auch für ihn war es ein langer, intensiver Tag gewesen.

„Gute Nacht“, flüsterte er und schlief ebenfalls ein.

Er träumte davon, wie er seine große Liebe heiratete. Diesen Traum hatte er öfters. Er konnte darin zwar nie ihr Gesicht erkennen, aber er sah sich in normaler Größe und in einem edlen Anzug – wie er die Liebe seines Lebens anstrahlte, die in einem wunderschönen Hochzeitskleid vor ihm stand und zurücklächelte. Die beiden waren umgeben von ihren engsten Familienmitgliedern und Freunden und er war einfach nur glücklich. Er fühlte sich geliebt und *angekommen.*

Ein wundervolles Gefühl.

8

Am nächsten Morgen, als der kleine Mr. Freudenkuss aufwachte, stand Olivia schon frisch geduscht und fertig angezogen im Badezimmer und schminkte sich. Sie sah nervös und etwas mürrisch aus. Also kletterte der kleine Mr. Freudenkuss das Waschbecken hoch, setzte sich auf den Seifenhalter und sah sie neugierig an. Olivia war so in ihre Gedanken vertieft, dass sie ihn gar nicht bemerkte.

In der Zwischenzeit hatte der kleine Liebesexperte schon seinen Spezialknopf über dem Bauchnabel gedrückt und konnte ganz unauffällig ihren Gedanken lauschen.

'Puh, seh ich heute fertig aus. Das kommt davon, wenn man so lange aufbleibt. Das merken sicher auch die Kunden heute. Egal, ich werde einfach einen doppelten Espresso trinken und mir Concealer unter die Augen schmieren, dann geht das schon. Ich hoffe der Entwurf gefällt ihnen diesmal. Jetzt hab ich ihn schon drei Mal komplett neu designt und noch immer kein Geld gesehen. Warum lasse ich das auch mit mir machen? Ich hätte gleich eine Anzahlung verlangen sollen. Außerdem sehen meine Haare schrecklich aus. Ich sollte …'

„Stopp!", rief plötzlich der kleine Mr. Freudenkuss und Olivia zuckte zusammen.

„Was? Wie? Seit wann sitzt du da?"

Olivia wurde in Sekundenschnelle aus ihren Gedanken gerissen und schaute den kleinen Liebesexperten verwirrt an.

„Seit etwa zwei Minuten, und ich würde dich gerne an etwas erinnern: Heute ist Tag eins deines Liebestrainings und du darfst üben, *liebevoll* zu dir und vor allem auch zu deinem Spiegelbild zu sein. Deine Gedanken waren gerade ganz weit weg von liebevoll – da jagte ja ein Kritikpunkt den anderen!"

Olivia sah ihn entgeistert an.

„Du hast, ohne mich zu fragen, meine *Gedanken gelesen*? Was bist denn du für ein Kontrollfreak?", paffte sie ihn empört an.

„Tut mir leid, das war wohl etwas übergriffig, aber ich konnte nicht anders. Ich möchte dir nämlich wirklich helfen, und das kann ich am besten, wenn ich so viele Informationen wie möglich habe", entschuldigte er sich.

„Ich weiß, aber ehrlich gesagt stresst es mich, dass du jederzeit und überall meine Gedanken lesen und sogar *sehen* kannst. Wie würdest du dich fühlen, wenn ich das bei dir machen würde?", sah ihn Olivia fragend an.

Hm, wie würde er sich fühlen? Vermutlich wäre er auch etwas angespannt. Vor allem, weil sie doch so eine hübsche Frau war. Ja, es wäre definitiv auch nicht einfach für ihn, wenn sie in seinen Kopf reinschauen könnte. Er musste wirklich damit aufhören, ungefragt die Gedanken anderer Menschen zu lesen. Das durfte er nun ausbügeln, aber wie nur? Da hatte er eine Idee.

„Hast du Lust, eine kleine Übung auszuprobieren?", schlug er Olivia vor.

Sie überlegte kurz.

Was hatte der kleine Mr. Freudenkuss jetzt schon wieder vor?

Aber wie immer siegte die Neugierde und sie antwortete mit einem schnellen Blick auf die Uhr: „Ja, gut. Aber ich hab nur eine halbe Stunde Zeit, dann muss ich los zum Termin mit meinen Kunden."

Mr. Freudenkuss war froh, die Kurve gekriegt zu haben.

„Also gut. Setzen wir uns kurz auf die Couch."

9

Was Olivia in wenigen Schritten erledigte, war für Mr. Freudenkuss wesentlich anstrengender und dauerte ein paar Minuten länger. Er musste sich erst mit einem Handtuch vom Waschbecken abseilen, um anschließend ins Zimmer zu rennen. Mit sieben Zentimetern Körpergröße dauerte das eben seine Zeit. Auf der Couch angekommen, sah er Olivia aufgeregt an.

„Schließ jetzt bitte deine Augen und nimm bewusst einen tiefen Atemzug. Und diesen Atemzug schickst du durch deinen ganzen Körper hinunter bis zu deinen Zehen. Wenn du jetzt daran denkst, dass ich deine Gedanken lesen kann: Wo genau spürst du diesen Stress im Körper?“

Olivia schloss die Augen und atmete tief durch.

„In der Brust“, stellte sie fest.

„Dann nimm ihn mal wahr, diesen Stress in der Brust. Lass ihn bewusst hier sein. Gib ihm Raum. Wenn du magst, kannst du auch gerne deine Hand auf deine Brust legen und hinspüren. Wie fühlt er sich an? Wie sieht er aus? Welche Töne hörst du? Versuch ihn mit all deinen Sinnen zu beschreiben.“

Mr. Freudenkuss war ganz in seinem Element.

„Der Stress sieht aus wie ein angespannter, hochroter, kleiner Kobold, der so wirkt, als würde er gleich überkochen – wie ein Schnellkochtopf“, fing Olivia an, den Stress in ihrer Brust zu beschreiben.

„Stell dir jetzt vor, dass dieser Kobold sprechen kann. Was möchte er dir sagen? Hör ganz aufmerksam zu“, setzte Mr. Freudenkuss fort.

„Er sagt, dass ich Männern nicht trauen soll. Aha, das find ich jetzt interessant. ‚Männer lügen‘, sagt er.“

Olivia runzelte ihre Stirn. Sie konnte nicht ganz einordnen, was für eine Übung der kleine Mr. Freudenkuss da eigentlich mit ihr machte, aber sie ließ sich weiter darauf ein.

„Und jetzt frag ihn, woher dieser Gedanke kommt", forderte er sie auf.

„Mit 16 hatte ich eine kurze Beziehung mit einem richtig süßen Typen. Damals war ich eine Zeit lang Vegetarierin und er hat mir vorgespielt, dass ihm Tiere auch sehr am Herzen liegen. Wir haben oft in Tierheimen ausgeholfen und uns dort um zurückgelassene Hunde gekümmert – es war einfach so schön, weil er mir das Gefühl gegeben hat, mich zu verstehen. Später bin ich durch Zufall draufgekommen, dass er auf einem Schlachthof gearbeitet hat. Zu mir hat er gesagt, er würde in einer Bäckerei arbeiten. Da fühlte ich mich extrem hintergangen."

Olivia lief eine Träne über die Wange. Das war schon so lange her, und sie hatte nie mehr an die Geschichte gedacht.

Aber die Erinnerung daran tat immer noch weh. Der kleine Mr. Freudenkuss streichelte liebevoll ihre Hand. Sie musste schmunzeln, denn die Mini-Hände von Mr. Freudenkuss kitzelten sie beim Streicheln. Wie kleine Hamsterpfoten, die über ihren Handrücken liefen.

Der kleine Liebescoach bohrte weiter nach: „Ist dir das öfter passiert, dass dich ein Mann so angelogen hat?"

„Nein. Nicht, dass ich wüsste. Vielleicht hat mich mal jemand wegen einer Kleinigkeit angeschwindelt, aber so richtig angelogen und mich dadurch verletzt – das hat nur Ulrich", stellte Olivia fest.

„Gut. Also lügen gar nicht *alle* Männer, oder?", fragte sie Mr. Freudenkuss mit einem wissenden Grinser.

„Nein, eigentlich nicht", antwortete Olivia.

Ihr Gesicht entspannte sich langsam.

„Super. Und jetzt frag den kleinen Kobold, was seine positive Absicht ist. Was möchte er für dich tun?"

„Er will mich beschützen", gab Olivia erleichtert zurück.

„Sehr schön. Das ist doch nett von ihm, findest du nicht?", schmunzelte der kleine Mr. Freudenkuss.

„Ja, schon. Aber etwas unangenehm ist der Stress trotzdem noch", erwiderte Olivia.

„Mach deine Augen wieder auf und sieh mich an", forderte Mr. Freudenkuss sie nun auf.

Sie blinzelte und er sah ihr tief in die Augen.

„Du kannst die positive Absicht deines inneren Kobolds – dieses Gefühl von Schutz und Sicherheit – bewusst behalten, und alles, was sich unangenehm anfühlt, einfach ausatmen. Und gleichzeitig verspreche ich dir, dass ich meine Fähigkeiten immer nur zu deinem Wohl einsetzen werde. Du kannst mir vertrauen."

Olivia tat, worum sie Mr. Freudenkuss bat, spürte augenblicklich ein Gefühl von Sicherheit in der Brust und pustete die ganze Anspannung einfach aus. So lange, bis alles draußen war. Sie sah den kleinen Mr. Freudenkuss begeistert an.

„Wow! Der kleine Kobold hat jetzt gar keinen hochroten Kopf mehr, sondern ist jetzt ganz entspannt. Auf einmal trägt er ein buntes Hawaii-Hemd und liegt in einer Hängematte", grinste Olivia.

„Genial! Und? Wünscht er sich noch etwas, damit es ihm noch besser geht in seiner Hängematte?"

Olivia schloss wieder die Augen.

„Naja, er wünscht sich Aufmerksamkeit. Und ich soll mehr ins Leben vertrauen – und darauf, dass das Richtige für mich passiert", antwortete sie leise.

„Dann versprich ihm doch, dass du ihm immer wieder bewusst Aufmerksamkeit schenkst und ihm zuhörst, wenn er etwas zu sagen hat. Stell dir vor, dass der kleine Kobold ab sofort alles bekommt, was er sich wünscht, und mit all dem aufgetankt wird, womit es ihm so richtig gut geht. Vielleicht in Form eines Geschenks oder ganz bunter Farben. Oder er rutscht den Regenbogen hinunter. Ganz egal! In deiner Vorstellung ist alles möglich. Und wenn du das Gefühl hast, ihm geht es so richtig gut, er strahlt dich an und ist so richtig glücklich – dann kannst du deine Augen wieder aufmachen."

Olivia blickte Mr. Freudenkuss mit einem Funkeln in den Augen an. Sie strahlte noch mehr als sonst.

„Der kleine Kobold hat am Schluss sogar total gelacht. Was für ein Unterschied!", freute sie sich riesig.

„Wie schön! Und jetzt schau mir bitte nochmal in die Augen, denk an den lachenden Kobold, erinnere dich dabei an eine ganz besondere Situation in deinem Leben, in der du so richtig liebevoll zu dir selbst warst, und lass dich so richtig hineinfallen in diese schönen Emotionen."

Olivia dachte an den lachenden Kobold und ihr fiel dieser besondere Spieleabend ein, den sie mit wundervollen Freunden veranstaltet hatte.

Sie war der Hingucker in ihrem wunderschönen Kleid gewesen, in dem sie sich vor dem Spiegel selbst minutenlang bewundert hatte. Sie hatte sich an diesem Abend so wohlgefühlt, so geborgen, so *sexy*. Dieses Kleid hatte sie sich nach ihrem bisher größten Projekt gegönnt: dem erfolgreichen Design von zwei Vintage Eiscreme Food Trucks, die eine Eventagentur bei ihr gebucht hatte.

Die Arbeit an dem Projekt hatte so viel Spaß gemacht, und sie bekam von allen Seiten viel Lob dafür. Sie war damals so unglaublich stolz auf sich gewesen. Und genau dafür stand dieses Kleid. Sie hatte es nur für sich gekauft. Nicht für ein Date oder einen Mann – einfach nur für sich selbst. Es betonte ihre Kurven und schmeichelte ihrer

Figur und ihrem Teint. Und der Glitzer erinnerte sie an ihr Lieblingsmärchen: Cinderella. Sie liebte dieses Kleid.

Mit dieser Erinnerung im Kopf grinste sie den kleinen Mr. Freudenkuss glückselig an.

„Jetzt nenn mir ein Wort oder ein Symbol, mit dem du dich immer daran erinnern wirst, wie du dich genau in diesem Moment fühlst."

„Glitzerkleid!", lachte Olivia, und der kleine Liebesexperte lachte mit.

„Glitzerkleid", wiederholte er und sah ihr dabei tief in die Augen.

„Das ist ab sofort deine ganz persönliche Erinnerung, um liebevolle Gedanken dir selbst gegenüber zu haben."

10

Wow. Olivia war noch ganz geflasht von der Übung, als sie zurück ins Badezimmer ging, um sich ihre Lieblingsohrringe anzulegen. Dort sah sie in den Spiegel und dachte *Glitzerkleid*. Und schon wurde ihr ganzer Körper mit einem Gefühl von Glückseligkeit durchflutet, sodass sie sich schließlich selbst aus tiefstem Herzen im Spiegel anlächelte.

Nun bemerkte sie auch das Leuchten in ihren Augen. Hatte sie das zuvor auch gehabt? Interessant.

‚Wunderschön siehst du heute aus. Und dieses Treffen mit den Kunden – das wirst du sowas von rocken!', dachte Olivia und machte sich auf den Weg.

Währenddessen spazierte Mr. Freudenkuss zufrieden in die Küche. Er liebte es, wenn seine Kunden nach einer Übung dieses ganze besondere Strahlen in den Augen hatten. Und er war selbst immer wieder fasziniert davon, was dabei herauskam.

Olivia hatte also ein kleines Vertrauens-Thema. Das notierte er sich gleich in sein kleines Notizbuch.

In der Küche traf er auf Toni und Carla, die gerade beim Frühstück saßen.

„Einen wunderschönen guten Morgen, ihr Lieben!", strahlte er die beiden an und setzte sich zu ihnen auf den Tisch.

Toni hatte sich Spiegelei mit Speck gemacht und Carla aß Toastbrot mit Butter und Marmelade.

„Morgen", murmelte Toni schlaftrunken.

Gestern Nacht dürfte bei ihm noch etwas länger geworden sein.

„Guten Morgen, Mr. Freudenkuss. Was darf ich dir zum Frühstück machen?", sah ihn Carla freundlich an.

„Ich hätte gerne einen Avocado-Bauernbrot-Toast mit Spiegelei und Tomatensalsa und dazu einen frisch gepressten Orangensaft“, erwiderte er.

Carla sah ihn etwas verdattert an.

„Das klingt gut, aber wir sind leider eine WG und kein Café. Ich kann dir einen Mini-Toast mit Mini-Spiegelei machen – aber für Avocado und Tomatensalsa müssten wir erst einkaufen gehen.“

Der kleine Mr. Freudenkuss lächelte sie vielsagend an.

„Darf ich dich etwas fragen?“, meinte er schließlich zu Carla.

„Ja, natürlich. Was möchtest du wissen?“

„Wenn du ein Rennpferd hättest, das so gut läuft, dass es dir im Jahr eine Million einbringt: Womit würdest du dieses Rennpferd füttern?“, fragte sie Mr. Freudenkuss neugierig.

„Na, natürlich mit dem allerbesten Essen, das es gibt“, überlegte Carla nicht lange.

„Genau. Und jetzt sag mir bitte, warum du etwas Schlechteres bekommen solltest als dieses Pferd.“

Carla wusste nicht, was sie darauf antworten sollte. Sie war sprachlos. Und das kam nicht oft vor. Der kleine Liebescoach hatte einen wunden Punkt getroffen. Sie dachte an all die Momente, in denen sie zwischen den Meetings schnell ungesundes Essen in sich hineingestopft hatte.

Doch bevor sie sich weiter selbst Vorwürfe machen konnte, kam schon ein inneres ‚*Stopp!*‘.

Das ließ sie lächeln.

„Du hast recht. Lass uns gleich einkaufen gehen!“, sagte sie entschlossen zu Mr. Freudenkuss, ließ ihn auf ihre Hand klettern und setzte ihn sich auf die Schulter.

Carla schien Dinge gleich anzupacken, anstatt lange herumzureden – das gefiel ihm.

Die beiden gingen auf der Stelle los zum Bauernmarkt um die Ecke. Toni blieb perplex in der Küche zurück.

„Ich mach mich lieber unsichtbar", meinte der kleine Mr. Freudenkuss, als die beiden immer wieder von neugierigen Blicken gemustert wurden.

Beim Bauernmarkt angekommen, flüsterte er ihr ins Ohr: „Was würde die Carla essen, die schon in einer glücklichen Beziehung ist? Was würde sie mit ihrer großen Liebe kochen, oder wie würde ein gemeinsames Frühstück aussehen?"

Dieser Gedanke gefiel ihr. Sie hatte sofort ein Bild vor Augen, wie sie mit ihrem Liebsten auf einer großen Terrasse mit Blick aufs Meer einen köstlichen Brunch genoss. Herrlich duftende Omeletts, Avocado-Brot, Mini-Quiches, frisches Obst, frisch gepresste Säfte und aromatischer Kaffee – das alles sollte auf ihrem Tisch stehen.

Und genau diese Zutaten kaufte sie auch. Sie legte reife Avocados, frisches Obst, Brot und Eier von glücklichen Hühnern in ihren Einkaufskorb und entdeckte noch viele andere Köstlichkeiten, die sie freudig mitnahm. Carla strahlte über das ganze Gesicht. Schon lange hatte sie nicht mehr so viel Freude beim Einkaufen gehabt wie heute.

Seit Jahren war es eine lästige Pflicht gewesen, die sie erledigen musste, doch heute war das irgendwie anders. Sie *genoss* es richtig!

Ihr Blick schweifte von einem Stand zum nächsten und auf einmal sah sie *ihn*.

Ein gut gebauter, blonder Wuschelkopf stand in der Schlange vor dem Käsestand und wartete, bis er an die Reihe kam. Carla blieb stehen.

Oh mein Gott, war der *hot*!

11

Was ist los?", fragte sie der kleine Mr. Freudenkuss, nachdem Carla wie versteinert stehenblieb.

„Äh, Wuschelkopf. Ich meine, der blonde Typ beim Käsestand – den finde ich echt süß!"

Carla lief rot an. Auf einmal war sie nervös. Das passierte ihr in der Kanzlei bei Kunden nie. Da war sie die selbstbewusste Anwältin, die stets wusste, wovon sie redete. Doch wenn ihr ein Mann gefiel, bekam sie weiche Knie und stand komplett neben sich.

„Das ist doch DIE Gelegenheit!", freute sich der kleine Mr. Freudenkuss. „Wir sollten rübergehen, dann kannst du mit ihm sprechen."

„Ich soll WAS?"

Carla fiel sprichwörtlich aus allen Wolken und stieß dabei versehentlich an einem Obststand an, auf dem ein Orangenturm stand, der durch Carlas ruckartige Bewegung stark zu wackeln begann.

Sekunden später kullerte schon die erste Orange zu Boden und nahm gleich einen ganzen Schwall weiterer Früchte mit. Carla versuchte mit ihren Händen und Füßen das Chaos zu stoppen, doch dafür hätte sie zehn Hände gebraucht.

„Aaaaahhhhh!"

Mit einem spitzen Schrei rutschte sie auf den herumkullernden Orangen aus und landete in einem Meer aufgeplatzter Früchte.

Der Obsthändler schlug bei diesem Anblick die Hände über seinem Kopf zusammen und strafte Carla mit einem bösen Blick. Diese war peinlich berührt und wusste gar nicht, was sie sagen sollte.

Sie versuchte panisch, die Orangen aufzuheben, als sie plötzlich eine ausgestreckte Hand vor ihren Augen sah.

Sie blickte nach oben und da stand er: der blonde Wuschelkopf!

„Darf ich dir helfen?“, fragte er lächelnd und streckte ihr weiterhin seine Hand hin, um ihr beim Aufstehen zu helfen.

„Wschlkpf…“, nuschelte Carla.

„Was?“

„Wschkoppp… äh …“

Jetzt sah er sie verwirrt an und wusste nicht ganz, ob sie noch richtig tickte.

„Tief durchatmen, nimm seine Hand und sag ‚ja sehr gerne‘“, flüsterte ihr der kleine Mr. Freudenkuss ins Ohr.

Carla ließ sich von dem hübschen Unbekannten hochziehen und bedankte sich lächelnd. Das bewusste Atmen half ihr, sich wieder so weit zu fangen, dass sie einen geraden Satz herausbrachte.

„Danke dir. Ich weiß gar nicht, wie das passieren konnte.“

Carla kaufte alle Orangen, die auf den Boden gefallen waren, und besänftigte den Obsthändler mit einem milden Lächeln. Dieser hatte sich inzwischen beruhigt und bediente bereits die nächsten Kunden.

„Ich bin Carla“, stellte sie sich nun dem blonden Wuschelkopf vor.

„Freut mich, dich kennenzulernen – ich bin Ben“, schmunzelte dieser. „Du hast da noch etwas Orangensaft im Gesicht.“

Er wischte ihr ein wenig Fruchtfleisch von der Wange und sah sie dabei ganz verzückt an.

‚*Was für eine schöne Frau*‘, dachte er.

Im selben Moment wurde ihm bewusst, dass sie sich noch gar nicht richtig kannten, und er sie schon im Gesicht streichelte – das war vielleicht doch etwas merkwürdig.

Schnell zog er wieder seine Hand zurück und lächelte sie verlegen an. Was für ein Glück, dass er spontan die Idee gehabt hatte, sich noch seinen Lieblingskäse zu holen, bevor er auf die Uni musste. Carla war einen Moment lang so in Trance, dass sie gedanklich mit ihren Fingern durch seine Wuschelhaare fuhr. Er hatte so richtig schöne, gepflegte blonde Locken. Wie gerne wäre sie einfach mit ihren Händen durchgefahren …

Da räusperte sich der kleine Liebescoach auf ihrer Schulter und sie erwachte aus ihrem Tagtraum.

„Und, hast du deinen Käse noch bekommen?"

„Ah, danke für die Erinnerung! Ich bin so schnell zu dir gelaufen, dass ich ihn beim Stand liegengelassen habe."

Ben war ganz fasziniert von Carla, die auch nicht wusste, wie ihr geschah.

„Und was machst du hier in meinem Viertel?", fragte sie neugierig.

„Ich hol hier manchmal meinen Lieblingskäse, bevor ich auf die Uni fahre. Dort esse ich oft mit einem Kollegen gemeinsam Mittag. Ich unterrichte Städtebau und er ist Raumplaner".

„Dein Kollege ist *Rammler*?", fragte ihn Carla verwirrt.

„Hihihi", kam es von Mr. Freudenkuss, der ein Lachen nicht unterdrücken konnte.

„Äh, hast du das auch gehört? Hat da nicht gerade jemand gelacht?", schaute Ben irritiert um sich, setzte dann aber fort, um Carla nicht allzu lange auf eine Antwort warten zu lassen.

„Nein, er ist RAUMplaner. Das ist so etwas Ähnliches wie ein Innenarchitekt."

Er suchte weiter den Verursacher des mysteriösen Lachens. Nun konnte er auch ein leises Grunzen hören. Und: Hatte ihn die hübsche Fremde gerade wirklich gefragt, ob sein Kollege ein *Rammler* war?

„Pscht!", flüsterte Carla dem kleinen Mr. Freudenkuss zu.

„War das ein Freud'scher Verhörer?", flüsterte dieser schmunzelnd zurück und versuchte, sich wieder zu beruhigen, um nicht für noch mehr Aufsehen zu sorgen.

„Ach so, er ist Raumplaner. Verstehe", überging sie die Anspielung von Mr. Freudenkuss und konzentrierte sich wieder voll auf den Wuschelkopf.

Das war wieder einmal typisch für Carla. Ohne groß darüber nachzudenken, tappte sie manchmal in solche Fettnäpfchen. Hatte sie es damit jetzt schon vermasselt? Oder nahm er ihre Frage eh mit Humor? Sie versuchte, seinen Blick zu deuten und sah, dass er sie verschmitzt angrinste. Puh, nochmal Glück gehabt!

„Du gehst aber ganz schön ran beim Kennenlernen", stellte Ben schmunzelnd fest. „Normalerweise rede ich nicht so schnell über Sex, wenn ich eine Frau das erste Mal treffe."

Carla wusste nicht ganz, was sie darauf antworten sollte.

Tatsächlich hätte sie Ben am liebsten an Ort und Stelle vernascht, aber so offensichtlich wollte sie nicht sein. Also wechselte sie schnell das Thema.

Im Gespräch mit Ben erfuhr sie, dass er 36 Jahre und der Jüngste von insgesamt vier Geschwistern war. Er wohnte in einer eigenen Wohnung hier um die Ecke und unterrichtete seit einem Jahr an der TU Wien Städtebau.

‚*Wow! So ein junger Uni-Professor und noch dazu so fesch*', dachte Carla beeindruckt.

Der kleine Mr. Freudenkuss beobachtete, wie Carla und Ben sich gegenseitig beschnupperten. Das liebte er an seiner Arbeit: So schnell konnte sich eine Gelegenheit ergeben, um jemanden kennenzulernen. Seinen Spezialknopf zum Gedankenlesen brauchte er in diesem Fall nicht. Er konnte auch so erkennen, dass Carla von dem blonden Wuschelkopf ziemlich angetan war – und umgekehrt ebenso.

„Ich muss jetzt leider los. Es hat mich sehr gefreut, Carla", verabschiedete sich Ben plötzlich.

Zwar hatte er die letzte halbe Stunde darüber nachgedacht, wie er sie nach ihrer Nummer fragen sollte, doch irgendwie fehlte ihm der Mumm dazu. *Shit.*

‚Was? Er will schon gehen, ohne dass er mich nach meiner Nummer fragt?', dachte sich Carla enttäuscht.

Vielleicht hatte sie ihn mit ihrer letzten Erzählung ja doch abgeschreckt. Nein, so einfach konnte sie ihn nicht gehen lassen. Aber was sollte sie jetzt machen? Ihn nach *seiner* Nummer fragen?

Und schon ertönten die ermahnenden Worte ihrer Mutter in ihren Ohren: *‚Carla, mach dich rar. Er darf nicht wissen, dass du Interesse an ihm hast. Der Mann muss dich jagen, sonst wird ihm langweilig!'*

„Frag ihn, ob er mit dir Orangenlikör machen möchte", flüsterte in diesem Moment der kleine Mr. Freudenkuss in Carlas Ohr.

„Was?", flüsterte sie zu ihrer rechten Schulter zurück.

„Du hast gerade Unmengen an Orangen gekauft. Gemeinsam Orangenlikör zu machen, ist doch die perfekte Möglichkeit sie zu verwerten!", flüsterte der kleine Liebesexperte zurück.

‚Geniale Idee' dachte sich Carla. *‚Aber was, wenn er nein sagt?'*.

Egal, einen Versuch war's wert. Carla atmete tief durch.

„Es hat mich auch gefreut, Ben. Aber bevor du gehst, hätte ich da noch eine Idee. Ich hab ja jetzt einen Riesenvorrat an Orangen. Hättest du Lust, mit mir diese Woche Orangenlikör draus zu machen?", fragte sie ihn etwas zaghaft.

„Ja, sehr gerne. Wie sieht's bei dir Donnerstag oder Freitag aus? Gib mir mal deine Handynummer, dann machen wir uns was aus, okay?", freute sich Ben.

Orangenlikör! Warum war ihm das nicht eingefallen?

Die beiden tauschten ihre Nummern aus und verabredeten sich für Donnerstag bei ihm in der Wohnung.

Und der kleine Mr. Freudenkuss grinste zufrieden vor sich hin. Dating konnte so einfach sein. *Love was in the air …*

12

In der Zwischenzeit war Olivia schon mitten in ihrer Präsentation des neuen Kebab-Food-Trucks. Und sie merkte an den Gesichtern ihrer Kunden, dass sie nicht gerade begeistert waren. Warum war es mit den beiden Berlinern nur so schwierig? Denen schien echt nichts zu gefallen. Sie entschuldigte sich kurz und verschwand auf die Toilette. Dort sah sie sich im Spiegel an.

„Warum ist das so schwierig?", fragte sie ihr Spiegelbild.

Plopp!

Aus dem Nichts tauchte plötzlich der kleine Mr. Freudenkuss auf dem Waschtisch auf.

„Ist dir bewusst, dass dir dein Unterbewusstsein auf diese Frage nur lauter komische Antworten liefert?", fragte er Olivia und sah sie dabei liebevoll an.

„Kann ja sein, aber was soll ich tun? Die beiden sind einfach mit nichts zufrieden", seufzte Olivia.

„Darf ich dich etwas fragen?", meinte Mr. Freudenkuss und schaute dabei so drein, als würde er ihre Antwort schon kennen.

„Ja natürlich", erwiderte Olivia.

„Macht dir die Arbeit an diesem Food Truck Spaß?"

Olivia überlegte kurz. Wenn sie ganz ehrlich zu sich selbst war: bei diesem Auftrag war sie nicht mit Leib und Seele dabei wie sonst. Die beiden Berliner waren zwar nett, aber sie konnten sich einfach nie entscheiden, was ihre Arbeit sehr erschwerte. Einmal wollten sie eine himmelblaue Rückwand, dann doch wieder einen komplett bunten Food Truck. Olivia war ständig damit beschäftigt, alles umzuzeichnen. Zufrieden waren sie trotzdem nicht, weshalb sie beim nächsten Meeting schon wieder mit neuen Ideen antanzten. Sie seufzte.

„Eigentlich nicht", gestand sie.

„Ich hab mich selbstständig gemacht, weil ich schöne Designs liebe, und es einfach ein geniales Gefühl ist, wenn meine Kunden so richtig happy sind. Aber die zwei sind ständig nur am Kritisieren und das frustriert mich."

„Wenn es dir keinen Spaß macht, warum schickst du sie dann nicht weiter zu einem anderen Designer?", hakte Mr. Freudenkuss weiter nach.

„Ich brauche das Geld. Die beiden sind gerade meine einzigen Kunden. Aber gezahlt haben sie mir noch immer nichts, weil sie ständig Änderungen wollen", antwortete Olivia und sah den Liebescoach traurig an.

Mr. Freudenkuss bemerkte einmal mehr, wie unheimlich hübsch sie war in ihrem roten, langen Kleid, das sie sich extra für das Meeting gekauft hatte. Er wollte sie so gerne in den Arm nehmen. Er konnte es nicht ausstehen, sie so traurig zu sehen.

„Olivia, das Geniale an der Selbstständigkeit ist doch, dass du dir aussuchen kannst, mit wem du arbeitest. Schick die beiden weiter zu einem anderen Designer und du wirst sehen, dass neue Kunden kommen, die dich und deine Designs lieben werden. Glaub mir!"

Das war schon ein verlockender Gedanke. Vielleicht hatte Mr. Freudenkuss ja recht. Olivia dachte an ihr Glitzerkleid, und sofort überkam sie ein Gefühl von Glückseligkeit.

Ja. Genau so wollte sie es machen. Sie sah in den Spiegel, hob ihre Arme und stellte sich noch bewusst zwei Minuten lang in dieser Powerpose hin. Dazu hatte sie einen genialen TED Talk der amerikanischen Psychologin Amy Cuddy gesehen. Diese hatte herausgefunden, dass eine kraftvolle Körperhaltung ausreichte, um sich großartig zu fühlen. Laut Cuddy genügte es, ein paar Minuten eine Siegerpose einzunehmen, um den Körper mit Glückshormonen vollzupumpen. Olivia merkte, wie sie immer ruhiger und entspannter wurde.

„Danke für den Pep-talk."

Sie sah Mr. Freudenkuss lächelnd an.

„Kommst du mit?"

„Ja, klar! Und Respekt zum Powerposing – ich bin beeindruckt. Jetzt strahlst du so richtig. Das gefällt mir!", lächelte Mr. Freudenkuss zufrieden.

Auch bei Olivia durfte er sich auf ihre rechte Schulter setzen, wo er sich gleich unsichtbar machte.

Mr. Freudenkuss freute sich, dass Olivia entschieden hatte, den Auftrag zu kündigen. Das zeigte ihm, dass sie ihm vertraute. Sie wusste noch gar nicht, welche neuen Energien so eine Entscheidung freisetzte, aber das würde sie noch früh genug erfahren.

Olivia ging mit selbstbewusster Körperhaltung zurück in den Meetingraum und sah die beiden Berliner Geschäftsmänner ruhig an.

„Meine Herren, ich habe beschlossen, dass ich Ihren Food Truck doch nicht designen möchte. Bitte entschuldigen Sie die Umstände, aber die vielen Änderungswünsche kosten mich einfach zu viel Energie und das macht keinen Spaß", sagte sie entschlossen und fühlte sich gleich besser.

Das hatte gutgetan. Endlich hatte sie es ausgesprochen! So lange hatte sie schon mit dem Gedanken gespielt, den Auftrag einfach sausen zu lassen. Und jetzt hatte sie es endlich getan. Was für ein Gefühl! Sie war richtig stolz auf sich.

Die Kunden waren weniger begeistert. Mit dieser Ansage hatten sie nun wirklich nicht gerechnet. Sie versuchten sogar noch, Olivia umzustimmen, doch diese hatte ihre Entscheidung getroffen.

„Können wir Ihnen wenigstens die Entwürfe abkaufen? Da waren so geniale Ideen dabei – der Glasschrank für die Mini-Kebabs und das bunte Graffiti-Design auf der Theke zum Beispiel. Wir waren uns zwar noch nicht sicher, aber wir hätten gerne die Option, das genauso zu verwenden", sah sie Herr Kloßmann fast schon flehend an.

‚Jetzt wollen sie mir meine Entwürfe auf einmal abkaufen, aber vorher quälen sie mich wochenlang mit ihren Änderungen?'

Olivia lachte in sich hinein.

Der kleine Liebesexperte hatte recht behalten. Mit einer selbstbewussten Entscheidung gingen auf einmal ungeahnte Türen auf. Sie vereinbarte mit den beiden Berlinern für ihre Entwürfe 30 Prozent des Gesamthonorars und verfasste gleich eine Rechnung.

Das war ein wunderbares Gefühl. Ihre Arbeit wurde bezahlt, und gleichzeitig musste sie sich nicht mehr mit so vielen Änderungswünschen herumärgern. Genial!

„Ich feiere dich, Olivia. Darauf stoßen wir heute Abend an", flüsterte ihr der kleine Mr. Freudenkuss lobend ins Ohr.

13

Nach einem großen Espresso und einer doppelten Portion Spiegelei mit Speck wachte Toni schön langsam auf. Er hatte die Ereignisse der letzten Tage immer noch nicht richtig verarbeitet. Wer war dieser kleine Mr. Freudenkuss? Ein Liebesexperte? Warum hatte er vorher noch nie von ihm gehört? Und warum war er eigentlich hier? Er hatte es immer genossen, der einzige Mann in der WG zu sein und jetzt war da plötzlich dieser Liebescoach im Kleinformat.

Andererseits: Vielleicht könnte er ihm ja auch ein paar Tipps geben. Schließlich erlebte Toni seit Jahren ein ziemliches Chaos mit seinen Dates. Zuerst gab es heiße Flirts mit Olivia, bei denen es aber nie zu einem Kuss gekommen war. Und dann hatte er Sarah kennengelernt, was das Ganze natürlich noch mehr verkomplizierte.

Sarah und er hatten gestern ein lustiges Date gehabt, sie waren Salsa tanzen gewesen, wobei er bemerkt hatte, wie gut sie sich bewegen konnte. Er liebte es, wenn Frauen mit einem sexy Hüftschwung über die Tanzfläche fegten. Doch irgendetwas schien ihm bei ihr zu fehlen. Er wusste nur nicht genau, was das war.

Toni nahm sich vor, den kleinen Mr. Freudenkuss auf ein Bier einzuladen – besser gesagt ein Mini-Bier , um mit ihm ein richtiges Männergespräch zu führen. Vielleicht konnte der Liebescoach ihm die Frauenwelt ja etwas besser erklären.

„Du wirst nicht glauben, was mir gerade passiert ist!“, platzte Carla in die Küche.

Ihr ganzes Outfit war voll mit orangen Flecken und sie schleppte zwei volle Sackerl, die bis oben hin mit Orangen gefüllt waren.

„Wie siehst du denn aus? Und was machst du mit so vielen Orangen?“, wollte Toni wissen.

„Ich hab versehentlich einen Obststand gerammt, ein Orangenturm ist vom Tisch runtergekugelt und ich bin drauf ausgerutscht", erzählte Carla noch ganz aufgeregt. „Aber um die Orangen geht es doch gar nicht. Wie ich so am Boden liege, kommt wie aus dem Nichts so ein Schnuckel mit Wuschelhaaren und will mir aufhelfen! Ist das nicht cool? Wie haben uns total nett unterhalten und am Donnerstag haben wir ein Date."

Sie strahlte Toni an, der versuchte, die Geschichte zu begreifen. War es nur ein Zufall, oder schien die Anwesenheit von Mr. Freudenkuss schon zu wirken? Egal, was es war: Carla hatte ein Date mit einem offensichtlich netten Kerl, und das freute ihn.

„Genial, gratuliere! Ein Date mit einem Schnuckel, das klingt doch vielversprechend. Was macht ihr?"

„Orangenlikör! Das war die Idee von Mr. Freudenkuss. Er ist während der ganzen Sache unsichtbar auf meiner Schulter gesessen und hat mir immer wieder Tipps ins Ohr geflüstert", lachte Carla.

Damit hatte sie endgültig Tonis Neugierde geweckt. Das wollte er unbedingt auch einmal versuchen. Ein unsichtbarer Motivator auf der Schulter, der ihm bei seinen Dates hilft?

Das könnte interessant werden.

„Das heißt, du bleibst am Donnerstag nicht wie sonst bis 22 Uhr in der Arbeit, sondern gehst schon früher? Das sind ja ganz neue Seiten an dir."

Toni war baff.

„Und heute machst du auch blau, oder wie? Hast du nicht gemeint, du hast noch einen wichtigen Termin?", hakte er nach.

Shit!

Toni hatte recht. Heute um 11 Uhr war der Termin mit der Pele Group. Die Vorstandsmitglieder waren extra für die Vertragsunterzeichnung angereist. Carla sah auf die Uhr. 10:43. *Mist!*

Sie rannte ins Badezimmer, duschte sich schnell das restliche Orangenfruchtfleisch ab, das noch immer auf ihren Beinen klebte, und hüpfte in einen frischen Hosenanzug.

„Tschüss Toni!“, rief sie noch schnell in die Küche, bevor sie zur Tür hinausrannte. Sie hatte Glück, denn der nächste Taxistand war gleich um die Ecke, wo sie auch schon ihren Lieblingstaxifahrer entdeckte: André.

„Madame, alles okay? Warum so eilisch?“, grinste der charmante Taxifahrer Carla gelassen an, als diese die Tür aufriss und sich schnaufend auf den Sitz fallen ließ.

„Ich muss, so schnell es geht, in die Kanzlei. Bitte gib Gas, André!“

„Verschtanden. Isch fahre so schnell isch kann, Madame. Bitte anschnallen“, machte sich André bereit und düste los.

Acht Minuten später blieb André mit einer Vollbremsung vor der Kanzlei stehen. 11:11 Uhr.

Na, immerhin war Carla noch innerhalb der akademischen Viertelstunde. Sie bedankte sich bei André, sprintete ins Hochhaus und fuhr Richtung 20. Stock. Dass sie verschwitzt war und ihre Haare verwurschtelt aussahen, erkannte sie erst, als sie sich im Aufzug in den Spiegel sah.

14

„Oh mein Gott, wie seh ich denn aus?“, sagte sie halblaut zu ihrem Spiegelbild.

Für derartige Fälle hatte sie immer ihre Notfallausrüstung dabei. Sie zog sich schnell den Lipliner nach, bürstete kurz ihre Haare und strich ihren Hosenanzug glatt. Dass sie eigentlich Platzangst hatte, und nur deshalb mit dem Aufzug fuhr, weil sie viel zu spät dran war, machte es nicht unbedingt besser. Carla versuchte, ruhig zu atmen.

So hatte sie das wichtigste Meeting des Jahres definitiv nicht geplant. Aber gut.

„Du schaffst das“, sagte sie zu ihrem Spiegelbild und schenkte sich selbst ein Lächeln.

In diesem Moment ging der Aufzug mit einem „Ping“ auf und ein fescher, junger Mann im Anzug stieg ein. Carla schätzte ihn auf Mitte 20. Als er die etwas zerzauste Dame im Hosenanzug sah, zwinkerte er ihr zu.

„Spät dran?“, fragte er Carla grinsend.

„Ja, leider. Mein Chef wird nicht begeistert sein. Und das ausgerechnet heute – bei so einem wichtigen Termin. Normalerweise bin ich immer pünktlich …“, plapperte Carla drauflos.

Plötzlich blieb der Aufzug mit einem lauten Ächzen stehen.

„Was ist denn jetzt los?!“, schrie Carla panisch.

„Wir sind stehengeblieben. Komisch“, kam es vom jungen Mann.

Er versuchte, den Notruf zu drücken, doch der funktionierte nicht. Zum Glück hatten sie noch Licht.

„Ich … ich … muss hier raus. Ich hab Platzangst! Und das Meeting hat schon längst begonnen! Mein Chef wird sowas von sauer sein“, fing Carla hektisch an, im Aufzug hin und her zu laufen.

So ein Mist! Dabei hatte der Tag doch so wundervoll begonnen. Warum ging plötzlich alles schief? Und wo war der kleine Mr. Freudenkuss, wenn man ihn brauchte?

„Beruhigen Sie sich. Ich kenne das, meine Mutter hat auch Platzangst in engen Räumen. Legen Sie sich erst einmal hin und geben Sie die Füße hoch", beruhigte sie der hübsche Fremde.

Carla hörte auf ihn und legte sich auf den Boden.

„Und jetzt tief und ruhig ein- und wieder ausatmen."

Carla machte ihre Augen zu und konzentrierte sich auf ihren Atem.

„Und jetzt stellen Sie sich vor, Sie sind an einem wundervollen Ort in der Natur, an dem Sie sich absolut sicher und geborgen fühlen. Und diesen Ort können Sie mit all Ihren Sinnen wahrnehmen."

Plötzlich fiel es Carla auf. Dieser Typ klang wie Mr. Freudenkuss! Wie war das denn möglich? Egal. Für solche Gedanken hatte sie im Moment absolut keine Nerven.

Carla beamte sich stattdessen gedanklich an einen wunderschönen See, den sie mit ihren Eltern immer wieder als Kind besucht hatte. Dort hatte sie sich immer an diesen großen Baum gelehnt und einfach die Landschaft beobachtet. Oh ja, das war schön! Sie spürte, wie der junge Mann neben ihr auf dem Boden Platz nahm.

„Danke, das hilft mir sehr. Da fällt mir ein: Ich hab mich noch gar nicht vorgestellt. Ich bin Carla", strahlte sie ihn an.

„Ist doch selbstverständlich. Ich heiße Alex. Kann ich sonst noch etwas für dich tun?", fragte er besorgt.

„Meine Lippen sind etwas trocken. Könntest du vielleicht ...?"

Und ehe sie sich versah, spürte sie plötzlich seine weichen Lippen auf ihren.

‚*Was macht der Typ da?!*', dachte sich Carla und stieß ihn sanft, aber bestimmt von sich weg.

„Was machst du denn da?!", fragte sie jetzt auch laut.

„Ich dachte, das wäre jetzt so eine Szene wie im Film, wo der Mann die Frau küsst. So richtig *romantisch*. Wolltest du denn nicht geküsst werden?", fragte Alex sie ganz verdattert.

„Nein! Wie kommst du da drauf? Ich hatte einfach nur einen trockenen Mund und wollte etwas trinken!", empörte sich Carla.

Sie war mittlerweile vom Boden aufgesprungen und hatte sich die Wasserflasche aus ihrer Handtasche geschnappt. Was war nur in den gefahren? Das sollte romantisch sein? Welche Filme schaute der bitte?

Carla war immer noch schockiert, als der Aufzug plötzlich ruckelte und langsam wieder weiterfuhr.

Ping.

Als der Aufzug im 20. Stock ankam, wartete bereits Herr Beck, der Partner der Kanzlei, aufgeregt vor der Tür.

„Frau Stern! Hier sind Sie. Und Herr Pele? Wir haben Sie schon überall gesucht! Zum Glück hat unser Herr Friedrich den Lift wieder zum Fahren gebracht."

Herr Beck deutete auf den Mechaniker.

„Herrn Pele haben Sie ja nun schon kennengelernt, Frau Stern. Er vertritt heute seinen Vater, der leider verhindert ist."

Alex war Pele Junior? Sie hatte im Aufzug mit *Pele Junior* geknutscht? War der nicht erst 23 und gerade mal mit dem Studium fertig? Carla wusste nicht, was sie sagen sollte. Das konnte ja ein spannendes Meeting werden.

15

Als Olivia im Warteraum des Massageinstituts saß, das ihr eine Freundin empfohlen hatte, vernahm sie ein Gemurmel aus dem Behandlungsraum.
Es wurde immer lauter, und schließlich riss die thailändische Masseurin die Tür auf und sagte laut „Nein, nix Happy End! Sie jetzt gehen!"

Olivia fühlte sich wie eine unangemeldete Beobachterin. Doch die Masseurin schien das nicht zu stören. Die zierliche, hübsche Thailänderin Mitte 40 mit kurzen dunklen Haaren ließ sich nichts gefallen.

Der offensichtlich notgeile Bock trottete aus dem Behandlungsraum. Olivia riskierte einen Blick auf ihn. Schließlich war sie doch ein bisschen neugierig, wer sich hier ein Happy End gewünscht hatte. *War das nicht? Neeeein!*

Schnell holte sie ein Buch aus ihrer Tasche und versteckte sich dahinter. Das war ihr alter Mathe-Lehrer, Herr Schäfer! Oh mein Gott! Olivia steckte ihren Kopf so tief ins Buch, dass sogar ihre Stirn verdeckt war. Aber das war ihr egal. Sie musste sich schließlich für nichts schämen.

Wien war doch echt ein Dorf! Olivia hörte, wie er zahlte und ging und atmete erleichtert auf.

Als die Luft rein war, meinte sie zur Masseurin: „Ich hätte gerne eine Shiatsu-Tuina Massage. Und ich nehme bitte doch gerne eine Stunde. Gerade eben habe ich mich nämlich noch etwas mehr verspannt."

Bei der Massage merkte Olivia, wie sie sich so richtig entspannte. Sie hatte sich ewig nicht mehr richtig massieren lassen, stellte sie fest. Im Behandlungsraum durfte sie zur Einstimmung einen Duft und ihre Lieblingsmusik auswählen. Sie wählte Orangenduft und leise Chillout-Musik und seufzte zufrieden.

„Ist alles okay bei Ihnen?“, fragte die Masseurin namens Pi einfühlsam nach.

„Wunderbar“, erwiderte Olivia.

Warum nur hatte sie die Bedürfnisse ihres Körpers so lange ignoriert? Egal. Nun war sie hier und sie versprach sich selbst, ganz bewusst immer wieder hinzuspüren, was ihr Körper gerade brauchte. Pi wusste genau, welche Stellen sie zu drücken hatte, und so löste sich ein Verspannungsknoten nach dem anderen. Nach der Stunde fühlte sich Olivia wie neu geboren, und die Beinahe-Begegnung mit Herrn Schäfer war vergessen.

16

Unterdessen war Toni auf der Uni angekommen. Heute stand das Sezieren von Leichen auf dem Stundenplan. Das war nicht so sein Ding. Wenn er ganz ehrlich war, konnte er den Geruch des Formaldehyds nicht ausstehen. Immer wieder hatte er damit zu kämpfen, dass ihm nicht schlecht wurde.

Aber das hatte er noch niemandem verraten. Schließlich wollte er ja Unfallchirurg werden. Und Sezieren am menschlichen Körper gehörte nun mal zur Ausbildung dazu.

Trotzdem war es immer wieder ungewohnt. Vor allem der Raum, in dem die Leichen in Badewannen in dieser Fixierlösung lagen, war ihm nicht ganz geheuer. Der erinnerte ihn immer an diese Horrorfilme, in denen die Toten auf einmal lebendig wurden.

„Und, freust du dich schon?", fragte ihn Sarah ganz aufgeregt.

Im Gegensatz zu ihm liebte sie das Sezieren. Im Leichenraum schien sie sich tatsächlich am wohlsten zu fühlen. Das war eine Leidenschaft von ihr, die Toni überhaupt nicht nachvollziehen konnte. Ihr Interesse an der Pathologie wuchs von Tag zu Tag, und sie schien mit dem Gedanken zu spielen, selbst Pathologin zu werden. Wenn sie zusammenblieben, hätte er dann jeden Tag diesen Gestank in der Nase, wenn er sie küssen würde.

Toni schüttelte sich.

Nein, das wollte er sich gar nicht vorstellen.

„Ja, das wird großartig!", log er.

Schließlich sollte Sarah nicht wissen, dass ihm schon allein bei dem Gedanken ans Sezieren grauste.

„Mir wurde heute ein gewisser Bert zugewiesen. Ich soll seine Schnittwunden an den beiden Daumen nähen. Für wen bist du eingeteilt?"

„Bei Adam dort drüben. Ich soll herausfinden, woran er gestorben ist. Das ist ja so aufregend!", strahlte ihn Sarah an.

„Na dann, viel Spaß!", sagte Toni und schenkte Sarah ein mildes Lächeln.

Wieso nur war sie so begeistert von Leichen? In diesem Moment überlegte er, ob das ein Dealbreaker für ihn war. Konnte er sich wirklich vorstellen, mit jemandem zusammen zu sein, der sich so gern mit Leichen umgab?

Die beiden machten sich an die Arbeit. Zum Glück war eine Ärztin vor Ort, die ihnen zeigte, wie es richtig ging. Toni schaute genau zu und versuchte dann selbst den zweiten Daumen zu nähen. Er ließ sich Zeit. Toni war ein sehr genauer und detailverliebter Mensch. Wenn er etwas anpackte, dann sollte es perfekt werden. Immer wieder trennte er Fäden auf und fing wieder von vorne an. Auch wenn die Ärztin schon ungeduldig wurde, ließ er sich nicht aus der Ruhe bringen. Er war ganz vertieft in seine Arbeit. Und schließlich war er fertig.

Zufrieden betrachtete er sein Werk.

„Wunderbar. Wenn Sie das jetzt auch noch in fünf Minuten statt in einer Stunde schaffen, dürfen Sie mir das nächste Mal im Krankenhaus assistieren", lobte ihn Dr. Staneli, die Ärztin.

„Danke, das freut mich", grinste Toni zufrieden.

Er schätzte es, wenn eine Ärztin sein Talent erkannte.

Als er kurz zu Sarah hinübersah, schien diese sehr vertieft in ihre Arbeit zu sein. Er wollte sie nicht stören.

Vier Stunden später war der Unterricht zu Ende und Toni fuhr mit Sarah in der U-Bahn nach Hause.

„Lass mich deine Tasche nehmen, die ist doch schwer", sagte Toni und wollte Sarah ihr zusätzliches Gepäck abnehmen.

„Nein, das musst du nicht. Ich kann das selbst", erwiderte Sarah und hatte dabei einen eigenartigen Gesichtsausdruck.

„Jetzt stell dich nicht so an. Ich will dir doch nur helfen."

Toni verstand diese ganze Emanzipation nicht. Wenn er einer Frau beim Tragen helfen wollte, konnte sie sich doch einfach darüber freuen!

Als er ihre Tasche nehmen wollte, hielt sie Sarah so fest, dass es genau in dem Moment *Ratsch* machte.

„Nein!", entfuhr es Sarah, die panisch auf den Inhalt der Tasche sah.

„Aaaaah! Ist das eine *Hand*?!", schrie plötzlich ein Fahrgast und deutete entsetzt auf die aufgerissene Tasche von Sarah.

Tatsächlich. Eine bleiche Hand blitzte zwischen den Reißverschlussnähten hervor.

„Die ist nur aus Plastik. Keine Panik", meinte Sarah in Richtung des Fahrgastes.

Sie hatte doch nicht …? Nein, das konnte nicht sein!

„Sag mir bitte nicht, dass du da drin die Leiche vom Sezieren versteckt hast", zischte ihr Toni nervös zu.

„Nein, nur die Hand. Ich bin mit der Obduktion nicht ganz fertig geworden und dachte mir, ich könnte sie daheim vollenden. Deshalb hab ich die rechte Hand eben mitgenommen", erklärte Sarah erstaunlich ruhig und stopfte die Hand tiefer in die Tasche.

Sie verstand Tonis Problem nicht – es war doch nur eine Hand.

„Keine Bewegung!", schrie in diesem Moment, ein Polizist, der gerade eingestiegen war.

Frank war Mitte 40, hatte einen Bierbauch und war mit einer Körpergröße von 1,65m nicht gerade ein Riese. Er freute sich. Endlich war er mal zur richtigen Zeit am richtigen Ort. Gerade vorhin wurde nämlich eine Meldung herausgegeben, dass einer Leiche, die im Wiener Wald gefunden wurde, ein Arm fehlte. Die Hand in Sarahs Tasche gehörte sicher zur Leiche. Gleichzeitig war Frank nervös. Was, wenn diese Frau gefährlich war?

Toni und Sarah wurden gebeten auszusteigen. Sie erklärten dem Polizisten immer wieder, dass sie Medizin studierten und gerade Leichen seziert hatten, und, dass alles ein wirklich dummer Zufall war. Nach einigen Telefonaten mit der Medizinischen Fakultät, in denen bestätigt wurde, dass die Hand aus der Pathologie entwendet wurde, ließ Frank endlich locker.

Sarah sollte dennoch 20 Stunden freiwillige Sozialarbeit leisten.

Die Leichen waren schließlich nicht dazu da, um sie zu Hause aufzuschneiden – „auch wenn besonders engagierte Studenten damit eine Fleißaufgabe machen wollten", stellte der Studiendekan die Sachlage klar.

Für Toni war das alles etwas zu viel. Wollte er wirklich mit einer Frau zusammen sein, die solche Aktionen lieferte?

Schweigend fuhren er und Sarah in die WG und verschwanden in seinem Zimmer. Als sich Toni wenige Minuten später in der Küche etwas zu trinken holen wollte, entdeckte er Mr. Freudenkuss auf dem Fensterbrett.

„Du siehst nachdenklich aus. Ist alles okay?", fragte ihn der kleine Liebescoach.

Toni seufzte und erzählte ihm die ganze Geschichte. Mr. Freudenkuss konnte sich ein Schmunzeln nicht verkneifen.

„Was soll ich tun?", fragte ihn Toni.

„Das kannst nur du selbst entscheiden. Aber lass mich dir eine Frage stellen: Wenn du mit 90 mit deiner Frau auf der Terrasse sitzt, siehst du dann Sarah?"

Toni schloss kurz die Augen. Er konnte sich selbst sehen mit 90. Er sah glücklich aus und hielt seine Frau im Arm. Er konnte ihr Gesicht nicht erkennen, aber er wusste eines ganz sicher: Es war nicht Sarah.

„Wenn ich ehrlich bin … nein", gestand Toni und seufzte.

„Dann weißt du, was zu tun ist", sagte Mr. Freudenkuss.

Als Toni wieder in sein Zimmer zurückkehrte, wusste er nicht genau, was er sagen sollte. Er war nicht gut darin, über unangenehme Dinge zu reden.

„Einfach direkt ansprechen", hatte ihm der kleine Mr. Freudenkuss noch zugeflüstert, und genau das hatte Toni vor.

Er setzte sich zu Sarah aufs Bett und nahm ihre Hand.

„Sarah, ich muss dir etwas sagen", begann er zögerlich und sah ihr dabei fest in die Augen. „Ich kann mit keiner Frau zusammen sein, die die Hand einer Leiche in ihrer Handtasche versteckt. Ich steh nämlich nicht so auf Leichen."

Kaum hatte er diese Worte ausgesprochen, fühlte er sich schlagartig erleichtert. Mehr hatte er dem Ganzen eigentlich auch nicht mehr hinzuzufügen.

Sarah sah ihn mit großen Augen an. Damit hatte sie nicht gerechnet. Schließlich wollte sie Toni dieses Wochenende ihren Eltern vorstellen. Der hatte ja Nerven, einfach so mit ihr Schluss zu machen! Sie überlegte kurz, ob sie mit ihm diskutieren sollte. Doch das kannte sie schon von früheren Beziehungen. Das hatte nie etwas gebracht. Also nahm sie einfach ihre Sachen und ging wortlos.

17

Toni stand kurz allein im leeren Zimmer und ging dann zurück in die Küche. Dort saß Mr. Freudenkuss noch immer am Fensterbrett und schlürfte genüsslich einen Mini-Kaffee aus dem Fingerhut. Gerade, als Toni ihm erzählen wollte, was im Zimmer vorgefallen war, stürmte Olivia mit einem lauten „Wohooo!" in die WG und hüpfte herum wie ein kleines Kind.

Sie war immer noch ganz euphorisch wegen der Sache mit dem Kebap-Food-Truck. Der Tag war ja so viel besser gelaufen, als sie es sich gedacht hatte.

Sie stellte eine Champagnerflasche auf den Küchentisch und verkündete lautstark: „Lasst uns eine Home-Party machen! Gutes Essen bestellen, schön anziehen und Champagner trinken – seid ihr dabei?"

Toni war nach der Sache mit Sarah zwar nicht gerade in Partystimmung, doch als der kleine Mr. Freudenkuss Salsa-Musik auflegte, änderte sich das rasant. In der Tiefe seines Herzens war der angehende Arzt nämlich ein leidenschaftlicher Tänzer.

Olivia flitzte unter die Dusche und schlüpfte in ihr Glitzerkleid. Wie gut sich das anfühlte – ihr Lieblingskleid mit diesem wunderbar weichen und gleichzeitig leichten Stoff, der sich perfekt an ihren Körper anschmiegte. Sie föhnte ihre langen braunen Haare, die heute besonders seidig schimmerten, und betrachtete sich im Spiegel.

‚Wunderbar siehst du aus. Und ich gratuliere dir zum heutigen Erfolg! Ich bin richtig stolz auf dich!'

„Siehst du, so schnell geht das mit den liebevollen Gedanken", lächelte sie der kleine Mr. Freudenkuss an, der wieder einmal wie aus dem Nichts auf dem Waschbecken aufgetaucht war.

Diesmal hatte Olivia nichts dagegen, dass er ihre Gedanken gelesen hatte. Vielmehr lächelte sie ihn dankbar an. Wie recht er doch hatte.

Und auch der kleine Mr. Freudenkuss begann damit, sich für die Home-Party schick zu machen. Er zog ein weißes Hemd, blaue Jeans mit Gürtel und ein dunkelblaues Jackett an. Dazu besprühte er sich mit seinem Lieblingsparfum. Die Party konnte losgehen!

Als Olivia und Mr. Freudenkuss zurück in die Küche kamen, fanden sie Toni Salsa tanzend vor.

Vor einer Stunde noch war er geknickt, jetzt schien er bestens gelaunt. Er hatte die Gabe, innerhalb von Minuten aus einer negativen Emotion auszusteigen – das bewunderte Olivia sehr an ihm. Bei ihr dauerte es oft Stunden, bis sie sich nach einer negativen Situation wieder besser fühlte, weil sie sich emotional so hineinsteigern konnte.

Auch Toni zog sich schnell noch ein schönes Hemd an, und sie bestellten richtig leckeres Essen beim besten indischen Restaurant von Wien. Alle drei liebten indisches Essen. Sie bauten ein richtiges Buffet vor sich auf, stießen mit Champagner an und feierten die Erlebnisse ihres Tages.

Toni feierte, dass er endlich den Mumm gehabt hatte, mit Sarah Schluss zu machen. Olivia feierte, dass sie endlich den mühsamen Food-Truck-Auftrag abgegeben hatte – gegen Bezahlung.

Und der kleine Mr. Freudenkuss feierte, dass seine Schützlinge so schnell große Fortschritte machten. Genau genommen hatte er ja nur einen Schützling: Olivia.

Doch auch Carla und Toni waren ihm in dieser kurzen Zeit bereits sehr ans Herz gewachsen. Er wünschte sich auch für sie Erfolge in der Liebe. Dabei wollte er ihnen sehr gern helfen.

18

Es war Donnerstag. Carla hatte sich heute extra frei genommen, um sich für ihr Date mit Ben in Ruhe fertig zu machen. Nach ihrem gestrigen sündteuren Friseurbesuch fielen ihre roten Locken seidig glänzend auf die Schulter. Sie sah aus wie eine Filmdiva.

„Was soll ich bloß anziehen?", fragte sie Mr. Freudenkuss, der auf ihrer Bettkante saß.

Die beiden musterten gemeinsam den Inhalt ihres Kleiderschrankes.

„Probier mal dieses Kleid", schlug Mr. Freudenkuss vor und deutete auf ein schwarzes, figurbetontes Kleid mit langen Ärmeln.

„Meinst du wirklich? Da sieht man doch extrem meine Kurven", entgegnete Carla unsicher.

„Vertrau mir", grinste der kleine Liebescoach.

Carla zog sich um und betrachtete sich im Spiegel. Das Kleid stand ihr ausgezeichnet. Warum hatte sie das eigentlich so selten an?

Mr. Freudenkuss schmunzelte zufrieden.

„Wow, du siehst großartig aus!", schmeichelte er ihr.

Sie zog bunte High Heels und ihre Lieblingsohrringe an. Ben würde Augen machen. Mit vier Kilo Orangen und dem kleinen Mr. Freudenkuss im Gepäck rief sie sich ein Taxi.

Währenddessen ging Ben in seiner Wohnung nervös auf und ab. Er hatte schon seit Ewigkeiten kein Date mehr gehabt und sich stattdessen eher auf seine Arbeit auf der Uni konzentriert. Aber Carla gefiel ihm. Er wollte es auf keinen Fall vermasseln. Er sah auf die Uhr. Es war zehn vor zwei. In zehn Minuten würde Carla eintreffen. Sie hatten sich extra schon so früh verabredet, um mehr Zeit miteinander verbringen zu können. Er hatte alles für selbstgemachte Pizzen vorbereitet und Carla extra noch gefragt, ob sie auf irgendetwas allergisch war. Schließlich wäre ein Krankenhausaufenthalt aufgrund einer akuten Tomatenallergie ein denkbar schlechter Start für ein Date. Ihr waren allerdings keine Allergien bekannt. Eine Sorge weniger.

Ben öffnete die große Terrassentür und atmete in Ruhe die frische Wiener Luft ein. Er spürte ein gewisses Kribbeln. Carla faszinierte ihn, und er freute sich schon seit Tagen riesig auf das Date.

Gerade, als er an das Bild von ihr inmitten des Orangenberges dachte, klingelte es an der Tür. Sie war früh dran!

Mit einem breiten Grinser und dem unsichtbaren Mr. Freudenkuss auf ihrer Schulter streckte Carla Ben ihre Tasche mit den Orangen entgegen, als dieser die Tür öffnete.

„Du siehst wunderschön aus", begrüßte Ben sie mit einem Lächeln.

„Dankeschön! Du hast dich aber auch sehr herausgeputzt", lächelte Carla etwas verlegen und betrachtete Ben genauer.

Seine gepflegten blonden Locken, das karierte, blau-weiße Hemd und die blauen Jeans mit Ledergürtel standen ihm richtig gut. Sie spürte bei seinem Anblick ein leichtes Kribbeln im Bauch. Ben führte sie in die Wohnküche, wo er den Tisch schön gedeckt und Kerzen angezündet hatte. Auf der Küchentheke lagen bereits alle Zutaten für die Pizzen bereit.

„Ich dachte mir, wir belegen die Pizzen gemeinsam. Ich hoffe das ist okay für dich?", fragte Ben.

„Das klingt wunderbar. Zuerst die Pizzen, dann der Orangenlikör!", strahlte Carla.

„Oh, du hast sogar einen echten Pizzastein. So einen wollte ich immer schon mal ausprobieren!"

Ben schaltete eine seiner Playlists ein und sanfte Musik ertönte über die Lautsprecher. Er gab Carla eine Kochschürze und die beiden machten sich ans Backen der Pizzen.

Zuerst wurde der Germteig ausgerollt, dann der Mozzarella geschnitten und sogar die Tomatensauce rührten die beiden nach einem eigenen Rezept von Ben selbst an. Carla war hin und weg. So ein gutaussehender und intelligenter Mann mit Manieren und Charme, der eine eigene Wohnung hatte und auch noch kochen konnte.

Wo war bloß der Haken?

Immer wieder stießen sie beim Belegen der Pizzen sanft mit den Schultern aneinander. Dabei durchfuhren Carla kleine Blitze im ganzen Körper. Ben ging es ganz genauso. Lange hatte er keine Frau mehr getroffen, mit der er so viel lachen konnte. Und das genoss er in vollen Zügen. Carla hatte einfach ein wundervoll herzliches Lachen.

Die beiden schoben die erste Pizza ins Rohr und Carla war von Bens gutem Geschmack beeindruckt, als er nach ein paar Minuten noch einen San Daniele Schinken drauflegte, um ihn kurz mitzurösten.

Es duftete einfach himmlisch. Ben garnierte die erste Pizza mit frischem Rucola, Tomaten und grob geschnittenen Parmesanstücken, bevor er sie elegant servierte.

„Was möchtest du trinken? Ein Mineral oder ein Glas Wein vielleicht?“, fragte er Carla.

„Gerne ein Glas Wein. Welchen hast du denn?“

„Ich kann dir einen Grünen Veltliner oder einen Gelben Muskateller anbieten“, entgegnete er.

Carla entschied sich für den Gelben Muskateller.

‚*Wie aufmerksam Ben doch ist*‘, bemerkte Carla einmal mehr.

Die beiden prosteten sich zu und ließen es sich schmecken. Die Pizza war köstlich. Ein knuspriger, dünner Boden, der frische Rucola, der geschmolzene Mozzarella auf der würzigen und leicht süßen Tomatensauce – ein Traum!

„Die Pizza schmeckt großartig. Ich schätze das sehr, wenn ein Mann kochen kann“, machte Carla Ben ein Kompliment.

„Oh, das freut mich. Und ich schätze es, wenn eine Frau nicht nur den Salat isst", erwiderte Ben schmunzelnd.

Wie er das wohl meinte?

War sie ihm vielleicht zu mollig?

Und mit welchen Frauen war er denn vor ihr zusammen gewesen, die nur Salat gegessen hatten? Models?

Da bemerkte Carla ein leichtes Klopfen auf ihrer Schulter. Das war das geheime Zeichen, das sie sich vor dem Date mit Mr. Freudenkuss ausgemacht hatte. Es bedeutete, dass er ihr etwas sagen wollte. Also entschuldigte sie sich kurz und ging ins Badezimmer. Kaum war sie dort angekommen, machte sich Mr. Freudenkuss in Sekundenschnelle sichtbar.

„Carla, es läuft doch großartig. Hör auf, nach irgendwelchen Haken zu suchen und genieß einfach das Date", kam der kleine Mr. Freudenkuss gleich auf den Punkt.

„Meinst du? Und was war das für ein Kommentar mit dem Salat? Glaubst du, er hatte vor mir nur Models als Freundinnen?", fragte ihn Carla verunsichert.

„Das war ein Kompliment. Glaub mir, er findet dich umwerfend. Ich habe seine Blicke gesehen", beruhigte sie der kleine Liebesexperte.

Carla atmete tief durch und entspannte sich langsam wieder.

Wahrscheinlich hatte Mr. Freudenkuss recht. Sie sollte einfach das Date genießen.

„Danke fürs Beruhigen. Aber jetzt mach dich schnell wieder unsichtbar, sonst bekommt Ben einen Riesenschreck", meinte Carla in Richtung des kleinen Liebescoaches.

Im nächsten Moment setzte er sich auf ihre Schulter und verschwand wieder wie durch Zauberhand.

Carla tupfte sich noch schnell etwas Schweiß unter ihren Achseln weg und ging zurück in die Wohnküche.

Ben hatte in der Zwischenzeit die zweite Pizza fertig gebacken und servierte sie freudestrahlend. Da fiel sein Blick auf Carlas Achseln.

Klebte da etwas?

„Ähm, Carla … du hast da was", sagte Ben vorsichtig und deutete auf ihre Achseln.

Als Carla das Stück Taschentuch entdeckte, das anscheinend beim Abtupfen kleben geblieben war, lief sie hochrot an. *Wie peinlich*!

„Äh, danke", lachte sie verlegen und zupfte die Fusseln weg.

„Zuerst das Malheur mit den Orangen, jetzt das. Passiert dir so etwas öfter?", neckte Ben sie.

Carla überlegte kurz. Sollte sie Ben erzählen, was ihr vor ein paar Tagen in der Kanzlei passiert war? Sie entschied sich schließlich dafür und erzählte von ihrem Erlebnis mit Herrn Pele Junior im Aufzug.

„Beim Meeting war ich dann dementsprechend angespannt. Aber die Fragen, die die Pele Group noch hatte, konnten wir alle klären, also hat er schlussendlich unterschrieben", kam Carla zum Schluss.

Als sie mit ihrer Geschichte fertig war, hatte Ben Tränen in den Augen vor lauter Lachen und Carla lachte mit. Sie hatte wirklich eine tollpatschige Seite an sich, und es war schön, die Geschichte jemandem erzählen zu können, der nicht über sie, sondern mit ihr lachte.

„Jetzt bist du dran. Was ist dir schon einmal Peinliches passiert?", forderte Carla Ben auf.

„Also gut. Ich habe mal eine Präsentation an der Uni gehalten und nicht bemerkt, dass ich das T-Shirt unter meinem Sakko verkehrt herum anhatte. Die Studenten haben immer wieder getuschelt und komisch gegluckst, weil das Etikett rausgestanden ist und die Nähte zu sehen waren. Und keiner hat etwas gesagt! Ich hab es erst nach der Präsentation im Spiegel auf der Toilette bemerkt."

„Hahaha, wirklich? Wie ist denn das passiert? Hast du dich im Dunkeln angezogen?", lachte Carla.

„Na ja, ich hatte an dem Tag verschlafen und war etwas spät dran. Da hab ich beim Anziehen anscheinend nicht so aufgepasst", schmunzelte Ben.

Er hatte also auch seine Macken.

Das beruhigte Carla, sie war schließlich auch nicht perfekt.

„Sollen wir mit dem Orangenlikör starten? Später gibt's dann noch ein Dessert, das ist allerdings eine Überraschung", sagte Ben mit leuchtenden Augen.

„Ja, das klingt sehr gut. Ich habe Orangenlikör zwar noch nie selbst gemacht, aber mit dir zusammen macht es sicher Spaß. Und auf das Dessert freu ich mich ganz besonders", meinte Carla mit einem kleinen Grinser.

Ihr gefiel, wie sehr sich ihr Dating-Partner bemühte. Er hatte sogar ein Dessert vorbereitet. Was das wohl war?

19

In der Küche standen sie vor der schwierigen Entscheidung, nach welchem Rezept sie den Orangenlikör machen sollten. Carla hatte bereits online ein Rezept für den besten Orangenlikör gefunden. Ben hatte extra seine Oma gefragt, die ihr Leben lang eigene Liköre gezaubert hatte und immer wieder neue Rezepte ausprobierte. Nun hatten sie die Qual der Wahl.

„Wenn wir uns nicht einigen können, machen wir einfach beide. Ich denke, wir haben genug Orangen für zwei Rezepte, und wenn beide Liköre fertig sind, machen wir eine Blindverkostung", schlug Ben vor.

Carla war einverstanden.

Die beiden suchten alle Zutaten zusammen und begannen parallel mit beiden Rezepten. Im Grunde genommen ähnelten sie sich. Das Rezept von Bens Oma war klassisch mit Weingeist und weißem Kandiszucker. Das Online-Rezept von Carla enthielt weißen Rum, hellen Rohrzucker und auch einige Gewürze wie Zimtrinde, Sternanis, Nelken und Kardamom – all das hatte sie vorher noch extra eingekauft und mitgenommen, weil sie ja nicht wissen konnte, was Ben zu Hause hatte.

Die beiden schälten die Orangen, entfernten die weiße Haut und schnitten das Obst in Scheiben. Zum Glück hatten die beiden ihre Kochschürzen an, denn der Orangensaft spritzte beim Schneiden in alle Richtungen.

Anschließend mischten sie die Zutaten für beide Rezepte in zwei große Glasgefäße und betrachteten zufrieden das Ergebnis.

„Deines sieht so toll aus mit den ganzen Gewürzen. Vielleicht sollte ich auch etwas Zimtrinde hineingeben", stellte Ben fest und sah Carla fragend an.

„Ein kleines Stück habe ich noch übrig. Das musst du dir aber verdienen“, flirtete Carla ihn an.

„Ach ja?“, sagte Ben und hob keck seine Augenbrauen.

Carla sah ihm tief in die Augen, dann kurz auf seine Lippen und wieder in seine Augen. Und schon spürte sie, wie ihr das Herz bis zum Hals schlug. Sie wurde zunehmend nervös. Vor allem, weil sich Ben nicht vom Fleck rührte. Verstand er denn nicht, worauf sie mit ihrer Anspielung hinauswollte?

Ben war verunsichert. Wollte Carla, dass er sie küsste? Er war nie gut darin gewesen, die Zeichen von Frauen zu deuten. Was, wenn er falsch lag und damit das ganze Date ruinierte? Nein, er wollte es lieber langsam angehen.

Also ging er langsam auf Carla zu, lächelte sie an und sagte „da wird mir schon noch etwas einfallen“.

Mit diesen Worten nahm er die Zimtrinde entgegen, die sie ihm schon die ganze Zeit hingehalten hatte.

Carla verunsicherte Bens Reaktion sehr. War er etwa nur auf Spielchen aus? Sie merkte, wie ihre automatischen Schutzmechanismen hochfuhren und sie sich leicht anspannte. In ihrem Kopf formten sich bereits bockige Kommentare, die sie in solchen Situationen immer parat hatte, doch bevor sie etwas sagen konnte, spürte sie den leichten Schulterklopfer von Mr. Freudenkuss.

„Entspann dich, alles gut. Er lässt sich einfach Zeit. Das ist keine Abfuhr“, flüsterte er ihr ins Ohr.

Das tat gut zu hören. Carla entspannte sich augenblicklich. Sie wünschte, sie hätte den kleinen Mr. Freudenkuss schon bei ihren früheren Dates dabeigehabt. Da hatte sie oft jede Kleinigkeit hinterfragt, was die Stimmung bei den Dates nicht gerade positiv beeinflusst hat. Mit den Tipps von Mr. Freudenkuss wäre sie vermutlich viel lockerer gewesen.

Ben bemerkte von Carlas Unsicherheit nichts, gab auch in sein Glasgefäß Zimtrinde und grinste zufrieden. Nun sollten sie den Orangenlikör drei Wochen lang stehen lassen und immer wieder umrühren.

„Was machst du heute in drei Wochen?“, fragte Ben Carla schmunzelnd.

Der kleine Mr. Freudenkuss war zufrieden. Die beiden schienen auf einer Wellenlänge zu sein, und er hatte auch bemerkt, wie sie im Laufe des Abends immer mehr flirteten. Sie waren nur noch etwas unsicher, aber das war normal, wenn man jemanden kennenlernt, an dem man echtes Interesse hat.

Mr. Freudenkuss kannte die Gründe für solche Unsicherheiten nur allzu gut. Oft hatte man einfach schlechte Erfahrungen gemacht, war vorsichtig, hatte früher vielleicht Streitigkeiten der eigenen Eltern miterlebt, oder man war einfach schüchtern.

Um Carla und Ben genügend Raum zu geben, damit sie sich in Ruhe kennenlernen konnten, beschloss der kleine Liebescoach, die beiden allein zu lassen.

„Ich geh dann jetzt mal ... du schaffst das schon“, flüsterte er Carla noch ins Ohr, und schon war er verschwunden.

Carla würde das bestimmt allein schaffen, da war sich Mr. Freudenkuss sicher.

Außerdem wollte er sich jetzt um Toni kümmern. Er hatte ihm versprochen, mit ihm zu einem Barber-Freund zu gehen, um sich Haare und Bart mal so richtig stylen zu lassen.

Nach Olivia und Carla hatte er jetzt einen weiteren Kandidaten, den er bei der Suche nach der wahren Liebe unterstützen wollte.

20

Als der kleine Mr. Freudenkuss beim Barber-Salon ankam, wartete Toni schon aufgeregt auf ihn. Er war bis jetzt immer nur bei einem normalen Friseur gewesen und hatte seinem Bart nie wirklich Beachtung geschenkt. Doch Mr. Freudenkuss machte Toni klar, dass Frauen Männer mit gepflegten Bärten attraktiv finden, also ließ sich der angehende Arzt gern auf das Experiment ein.

Ken, der Barber, begrüßte die beiden überschwänglich und führte sie in seinen Salon. Gemeinsam mit seinem Bruder Jan führte er den Laden nun schon seit zehn Jahren. Durch Mr. Freudenkuss hatte er vor ein paar Jahren seine Frau kennengelernt und freute sich immer, ihn zu sehen.

„Hereinspaziert, die Herren! Ich bin Ken und das ist mein Bruder Jan", stellte er sich vor und führte Mr. Freudenkuss zu einem speziell angefertigten Hochstuhl.

Währenddessen kümmerte sich Jan um Toni.

Und schon ging es los mit Kopfmassagen und heißen, feuchten Tüchern auf den Bärten. Für Mr. Freudenkuss gab es natürlich alles im Kleinformat.

Toni bekam einen richtig stylishen Kurzhaarschnitt verpasst, und auch sein Bart konnte sich nach der Behandlung sehen lassen. Auch der kleine Mr. Freudenkuss sah noch schnittiger aus als vorher.

Die Barber-Brüder gaben Toni noch ein Bartöl mit für die richtige Pflege und wünschten den beiden einen wunderbaren Tag.

„Und jetzt gehen wir noch auf ein Steak", schlug Mr. Freudenkuss vor. Toni stimmte begeistert zu. Er war richtig dankbar. Lange schon hatte er keinen richtigen Männerabend mehr gehabt. Sein bester Freund Dominik war vor Jahren nach Vorarlberg gezogen, und die meiste Zeit verbrachte er mit Frauen. Kein Wunder, schließlich lebte er ja auch mit zwei zusammen. Die Gesellschaft von Männern fehlte ihm, deshalb freute er sich sehr über die Gesellschaft des kleinen Liebescoaches.

Der wusste wiederum genau, wo sie hingehen konnten, ohne dass er angestarrt oder erkannt wurde. Das war die Kehrseite seines Ruhms: Fast überall wurde Mr. Freudenkuss mit Fragen über Dating-Tipps gelöchert. Das konnte manchmal richtig nerven. Darum gingen sie ins Lokal seines alten Freundes Rodriguez Banderas. Ihm gehörte das beste Steakrestaurant der Stadt, das versteckt in einer Seitengasse des ersten Bezirks lag. Dort gingen hauptsächlich berühmte Persönlichkeiten hin, die einen ungestörten Abend ohne Autogrammjäger oder neugierige Blicke genießen wollten.

Als Mr. Freudenkuss zusammen mit Toni das Lokal betrat, war dieser erst mal sprachlos. Wohin er auch blickte, tranken Supermodels, bekannte Schauspieler und Speaker ihre Cocktails und aßen Steaks.

„Oh mein Gott, ist das die berühmte amerikanische Salsa-Tänzerin *Eva Right*?“, flüsterte Toni aufgeregt Mr. Freudenkuss zu und bekam ganz große Augen.

Sie war nicht nur eine geniale Tänzerin – mit ihren langen blonden Locken und ihren grünblauen Augen sah sie auch umwerfend aus.

„Ja, ich kenne sie von einer Party. Soll ich euch miteinander bekannt machen?“, fragte der kleine Mr. Freudenkuss, der bereits in die Speisekarte vertieft war.

„Ähm, nein danke. Das schaff ich nicht. Ein anderes Mal vielleicht“, lehnte Toni dankend ab.

Das war ihm heute einfach zu viel.

„Lass uns lieber etwas essen. So ein Makeover macht hungrig“, grinste der frisch gestylte Student zufrieden.

Also bestellten die beiden Steaks – für Mr. Freudenkuss reichte eine winzige Portion – und ließen es sich schmecken.

Der kleine Liebescoach nutzte die gute Stimmung am Tisch, um bei Toni in Sachen Liebesdingen nachzuhaken.

„Wie geht's dir jetzt nach der Geschichte mit Sarah?", fragte ihn Mr. Freudenkuss neugierig.

„Einerseits bin ich froh, dass ich einen Schlussstrich gezogen habe. Sie hat einfach nicht zu mir gepasst. Andererseits hatten wir auch viel Spaß – das Salsatanzen mit ihr war großartig – und ich vermisse die gemeinsame Zeit auch irgendwie", antwortete Toni nachdenklich.

Nach einer kurzen Pause ergänzte er mit merklich ernsterem Tonfall: „Aber es war die richtige Entscheidung. Ich kann mit keiner Frau zusammen sein, die Leichenteile in ihrer Handtasche schmuggelt."

Der kleine Liebescoach nickte stumm und nahm erst mal einen – für ihn – großen Bissen von seinem Steak.

„Interessiert dich deine emotionale Blockade dahinter?", fragte er Toni neugierig.

„Ja, natürlich. Aber was meinst du genau mit *emotionaler Blockade*?", erwiderte dieser.

„Wir können es gemeinsam herausfinden, wenn du möchtest. Kannst du benennen, welche Emotion die Trennung in dir ausgelöst hat?", fragte ihn Mr. Freudenkuss einfühlsam.

„Puh, das ist schwer zu beschreiben. Wenn ich daran denke, spüre ich einen seltsamen Druck auf der Brust und es fühlt sich so an, als ob ein großer Finger mahnend auf mich zeigen würde. Auch wenn das jetzt keinen Sinn ergibt, aber so empfinde ich es", beschrieb Toni seine Emotion, die er beim Gedanken an Sarah hatte.

Mr. Freudenkuss freute sich, dass Toni seine Gefühle so klar beschreiben konnte und hakte weiter nach.

„Das ist doch schon super. Und jetzt spür weiter hin. Ist es nur ein Druck, den du empfindest, oder noch etwas anderes? Was nimmst du tief in dir drin wahr?", leitete ihn der kleine Liebescoach an.

Toni schluckte einen großen Bissen Steak hinunter, schloss seine Augen und ließ die Emotion bewusst hochkommen.

„Also wenn ich ganz ehrlich bin, bin ich wütend. Und zwar auf mich selbst. Ich bin wütend, dass ich das nicht hinbekommen habe. Ich bin wütend, dass ich schon früher wusste, dass es mit Sarah langfristig nichts wird und nicht darauf gehört habe. Und genau das symbolisiert auch irgendwie der Finger, der vor meinem geistigen Auge auf mich zeigt und zu mir sagt: *Warum kriegst du das nicht hin? Schäm dich!*"

Toni seufzte. Auch wenn es nicht einfach war, sich mit all dem auseinanderzusetzen, war es gleichzeitig auch befreiend, all das auszusprechen und die Emotionen zuzulassen. Normalerweise war er ein Meister darin, seine wahren Gefühle zu verdrängen.

„Wenn du diese Wut transformieren möchtest, hätte ich eine Aufgabe für dich", unterbrach Mr. Freudenkuss Tonis Gedanken.

„Such dir einen schönen Ort aus, nimm dir ein Notizbuch zur Hand und schreib dir bewusst alles auf, was dich und deine Persönlichkeit ausmacht. Alles, was du an deinem Aussehen magst, deine positiven Charaktereigenschaften, Talente, Stärken und besonderen Fähigkeiten. Schreib auf, warum dich deine Familie und deine Freunde so schätzen und sich freuen, wenn sie dich treffen. Schreib auf, welche Werte dir wichtig sind, und welche privaten und beruflichen Erfolge du schon gefeiert hast. Worauf bist du so richtig stolz? Was lässt dich heute Nacht wie ein Baby schlafen? All das soll Platz in deinem Notizbuch haben. Außerdem wartet später noch eine Überraschung auf dich", ergänzte Mr. Freudenkuss geheimnisvoll.

Toni hörte aufmerksam zu und nickte. Das war das erste Mal, dass er so etwas überhaupt machte, und auch wenn es sich etwas ungewohnt anfühlte, spürte der junge Mann, dass es ihm guttat. Vielleicht war es wirklich an der Zeit, dass er sich bewusst wurde, was für ein wunderbarer Mann er war. Und wenn Mr. Freudenkuss mit seinen Tipps recht behalten würde, wäre er beim nächsten Besuch im Lokal ja vielleicht schon dazu bereit, Eva Right auf einen Drink einzuladen. Die Vorstellung gefiel Toni sehr.

21

Carla hatte Herzklopfen. Würde sie das Date mit Ben ganz ohne den kleinen Mr. Freudenkuss schaffen? Sie war verunsichert und nervös zugleich. Doch der Dating-Experte hatte recht: Er konnte nicht immer auf ihrer Schulter sitzen und Tipps geben. Sie musste lernen, wie sie gerade auch in Situationen mit Männern die freudestrahlende Carla aktivieren konnte.

Vor dem Date war sie ziemlich nervös gewesen. Und bei Bens Anblick hatte es in Carlas Bauch gewaltig gekribbelt. Zwischen ihnen knisterte es – das konnte keiner der beiden leugnen.

Gerade beobachtete Carla Ben dabei, wie er die beiden Glasgefäße mit dem Orangenlikör vorsichtig in eine sichere Ecke in der Küche stellte. Mit seinem blonden Wuschelkopf sah er einfach herzig aus. Als Ben bemerkte, dass Carla ihn anstarrte, schaute sie schnell wieder weg. Sie wollte ihn nicht zu offensichtlich anhimmeln.

„So, jetzt können wir ja zum Dessert übergehen. Ich hab uns Schokosoufflés vorbereitet", verkündete Ben stolz, holte die süße Versuchung aus dem Gefrierfach und gab sie ins Rohr.

„Das dauert jetzt zirka 15 Minuten. Wir könnten inzwischen noch ein Glas Wein auf der Terrasse trinken, wenn du möchtest?"

Carla war von der Idee sehr angetan und folgte Ben auf seine großzügige Terrasse. Von hier aus hatte man einen wunderschönen Blick über Wien.

Carla sah sich um: selbst angebaute Tomaten, frische Blumen und eine große, bequeme Schaukel für zwei. Hatte er das alles selbst eingerichtet? Oder gehörte die Wohnung in Wahrheit seinen Eltern?

Sie ertappte sich dabei, wie sie wieder nach einem Haken suchte. Deshalb stellte sie sich kurz ein großes Stoppschild im Kopf vor und verwarf schnell all diese Gedanken.

Mr. Freudenkuss hatte recht: Sie durfte sich jetzt einfach mal über all diese Dinge freuen, die sie sich so lange gewünscht hatte, ohne alles ständig zu hinterfragen und skeptisch zu sein. Also machte sie es sich in der großen Korbschaukel bequem und nahm freudestrahlend das Glas Gelber Muskateller entgegen, das ihr Ben elegant servierte.

„Darf ich?", fragte er charmant und deutete an, sich neben sie setzen zu wollen.

„Ich bestehe drauf", grinste Carla gelöst.

Gekonnt ließ er sich neben sie in die Korbschaukel fallen und prostete ihr zu: „Auf uns!"

„Auf uns!", lächelte ihn Carla an und nahm einen großen Schluck.

„Ich habe mich übrigens sehr über das gemeinsame Pizzabacken und all die Kleinigkeiten, an die du gedacht hast, gefreut. Das finde ich sehr aufmerksam von dir. Der Wein zum Beispiel, da hast du mit dem Gelben Muskateller echt einen Volltreffer gelandet."

Carlas Hand berührte sanft Bens Oberschenkel, als sie ihm die Komplimente machte.

„Das ist aber lieb von dir. Darüber freue ich mich sehr", erwiderte er etwas verlegen.

Insgeheim freute er sich, dass Carla seine Bemühungen zu schätzen wusste. Seine Ex-Freundin hatte das alles für selbstverständlich gehalten. Er hatte sie oft mit kleinen Dingen überrascht, die sie nicht mal richtig wahrgenommen hatte. Stattdessen hatte Ben ständig Kritik geerntet und vergeblich auf ein Dankeschön gewartet.

Dass Carla da offensichtlich anders tickte, war Balsam für Bens Seele. Ben legte den Arm um Carla und sie kuschelte sich mit einem wohligen Lächeln an ihn. Es lag ein wunderbares Knistern in der Luft, das beide in vollen Zügen genossen.

Die Atmosphäre war herrlich prickelnd, als die beiden gemeinsam die wunderbare Aussicht genossen. Ihre beiden Köpfe waren nun schon ganz nah beieinander und sie spürten einen leichten Windhauch auf ihrer Haut. Ben drehte sein Gesicht zu Carla und roch an ihren Haaren. Sie dufteten wunderbar nach Kokos. Eigentlich hatte er sich ja fest vorgenommen, sich Zeit zu lassen. Doch war ein kleiner Kuss wirklich so verkehrt? Nun drehte auch Carla ihren Kopf zu Ben und sah ihm tief in die Augen.

Als sie ihn so ansah, wurde ihm bewusst, was er an ihr so besonders fand. Sie hatte eine herzliche, liebevolle Ausstrahlung und war gleichzeitig die selbstbewusste Anwältin. Diese Mischung gefiel ihm besonders gut. Das war so richtig *sexy*.

Carlas Herz pochte immer schneller. Sie lag in den Armen dieses wundervollen Mannes und konnte ihr Glück kaum fassen. Er hatte so eine warmherzige Ausstrahlung. Dazu dieser tolle Körper und seine vollen Lippen. Während sich Carla genüsslich dem Moment hingab, kam Ben immer näher auf sie zu.

Sie schloss ihre Augen, da machte es plötzlich *klirr* und darauf folgte ein lautes *Zischen*! Die beiden sahen sich kurz fragend an, sprangen synchron aus der Korbschaukel und liefen in die Küche.

„Oh nein!", stieß Carla hervor, als sie die beiden zersprungenen Glasschüsseln mit den Schokosoufflés sah.

Die klebrige Masse verteilte sich über den heißen Pizzastein. Ben hatte ganz vergessen, dass der noch im Ofen war und die Schälchen aus Versehen direkt daraufgestellt. Das war für die gefrorenen Schokosoufflé-Gläser dann doch zu heiß gewesen. Ben drehte sofort das Backrohr ab und Carla versuchte, mit einer Spachtel die angebrannte Schokosoufflé-Masse vom Pizzastein zu kratzen. Schade, sie hatte sich schon so darauf gefreut, die süße Versuchung zu probieren.

In der Küche stank es fürchterlich angebrannt und die beiden waren gute 20 Minuten damit beschäftigt, das Backrohr wieder sauber zu bekommen und gut durchzulüften.

„Tut mir echt leid“, sagte Ben mit schuldvollem Blick, denn er hatte ein schlechtes Gewissen.

So geistesabwesend war er doch sonst nie beim Kochen oder Backen.

„Alles gut, ist ja nichts passiert! Lass uns einfach noch die Aussicht genießen“, munterte ihn Carla auf.

Sie sah ihm an, wie unangenehm ihm dieses Missgeschick war. Doch nur wenige Minuten später konnten sie schon darüber lachen.

22

Olivia blickte sich mit großen Augen im Wut-Raum um. Hier gab es Vasen, kaputte Fernseher, alte Stühle – alle möglichen alten Gegenstände, auf die sie mit einem Baseballschläger einschlagen konnte. Toni stand bereits in voller Montur neben ihr. Er hatte einen dunkelblauen Overall an und trug einen Helm mit Schutzvisier. Mit seinen Connections durften sie den Raum ganz allein nutzen.

„Ich bin doch gar nicht wütend", stellte Olivia klar.

Sie hatte noch nicht ganz verstanden, warum auch der kleine Liebescoach von Tonis Idee so begeistert war.

„Glaub mir, das wird großartig! Hier, nimm den Baseballschläger, und los geht's!", forderte Toni sie grinsend auf.

Er selbst freute sich schon riesig darauf, sich im Wut-Raum auszutoben. Die letzte Woche war er kaum zum Sporteln gekommen, deshalb fehlte ihm sein Ventil, um den ganzen Stress und die Wut einfach rauszulassen.

„Seid ihr bereit?", fragte der kleine Mr. Freudenkuss die beiden Freunde.

Er wollte sich das Spektakel natürlich nicht entgehen lassen. Weil Toni den Besitzer des Wut-Raums kannte, gab es für Mr. Freudenkuss sogar eine eigene Schutzausrüstung, bestehend aus Mini-Overall und Mini-Schutzhelm.

„Ja!", erwiderten Olivia und Toni unisono.

„Also gut. Bevor ihr euch austobt, denkt bitte an all die Personen, die euch schon mal genervt, wütend gemacht oder gekränkt haben. An die Ex-Partner, Chefs, an Freundinnen, Kollegen, Eltern – wer auch immer euch da einfällt."

Olivia dachte an all die Gspusis, an all die Männer, mit denen es nicht funktioniert hatte. An Nik. Raphi. An ihren alten Chef, der

Aufgaben nicht richtig delegieren konnte und seinen Frust immer an ihr ausgelassen hatte. An ihre Großtante, die sie schon als Kind so oft kritisiert hatte.

„Und jetzt lasst die Wut bewusst hochkommen. Spürt sie in eurem Körper. Wie fühlt es sich an?", leitete der kleine Mr. Freudenkuss die beiden an, während sie mit immer grimmigeren Mienen aufmerksam zuhörten.

Und siehe da – Olivia spürte es. Sie spürte eine Wut im Bauch, von der sie gar nicht wusste, dass sie in ihr war. Eine Wut darüber, wie bescheuert manche Leute doch sein konnten. Und vor allem eine Wut darüber, was sie sich bisher alles gefallen hatte lassen.

Ihr Bauch krampfte sich immer mehr zusammen. Tränen stiegen ihr in die Augen und flossen über ihre Wangen. Und sie ließ die Wut so richtig zu.

Mittlerweile wusste sie, dass es wichtig war, diese Emotionen rauszulassen. Sie dachte an ihre Großtante, die in so vielen Dingen immer wieder übergriffig gewesen war, und ihr die eigene Meinung ständig überstülpen wollte. Und daran, dass sie sich so oft darüber geärgert hatte.

Dass sie schon so oft *„Nein!"* geschrien hatte, aber ihre Großtante trotzdem nicht aufgehört hatte.

Besonders anstrengend war das am Anfang von Olivias Selbstständigkeit gewesen. Ihre Großtante hatte es überhaupt nicht verstanden, warum Olivia auf einmal Designerin von coolen Food Trucks werden wollte.

„Hast du jetzt eh schon mehr Kunden? Dir ist aber schon bewusst, dass das Jahre dauern kann, bis das läuft. Such dir doch zur Sicherheit einen Nebenjob. Ich versteh wirklich nicht, warum du nicht in dem Büro angestellt geblieben bist."

Immer und immer wieder hatten Olivia diese Aussagen genervt. Ihre Großtante beließ es nämlich nicht dabei, es einmal zu erwähnen. Sie fragte dieselben Fragen fast jedes Mal, wenn sie sich sahen – immer, wenn sie ein Gespräch hatten. Hunderte Male!

Das war unglaublich anstrengend und gab Olivia ein schlechtes Gefühl, obwohl sie ihre Arbeit liebte. Und in diesem Moment wurde ihr schlagartig bewusst, WIE anstrengend das die letzten Jahre gewesen war.

Auch jetzt noch, wo sie schon genug Aufträge hatte und gut davon leben konnte. Jedes Mal, wenn einmal weniger Kunden da waren, und sie das auch nur erwähnte, fing ihre Großtante wieder damit an, ihre dämlichen Fragen zu stellen. Und genau in solchen Situationen kamen Olivia die Tränen. Sie war in diesen Dingen sensibel.

Vor allem, wenn jemand immer wieder in dieselbe Wunde bohrte, baute sich innerlich so eine Wut auf, die sich nach außen hin in Form von Tränen äußerte. Olivia ging in solchen Momenten quasi über wie ein kochender Kessel.

Und wenn sie weinte, fauchte sie ihre Großtante zusätzlich mit den Worten an *„Jetzt hör sofort auf zu plärren! Du bist so ein Sensibelchen!"*

Als ob es falsch wäre, zu weinen. Als ob es eine Schwäche wäre, dass sie sensibel war. Dabei wollte Olivia doch nur, dass ihre Großtante stolz auf sie war.

Was dieses Verhalten die vielen Jahre mit Olivias Energie gemacht hatte, wurde ihr jetzt erst so richtig bewusst. Wenn sie so richtig gut drauf war, wurde sie durch diese Aussagen wieder ausgebremst. Wie genervt sie davon war! Wie wütend sie das machte! Wut! Ein gutes Stichwort! Olivia ließ ihre Wut ganz bewusst hochkommen. Die Wut auf ihre Großtante und ihre übergriffigen Aussagen. Die Wut auf sich selbst, weil sie sich das immer wieder gefallen hatte lassen. Die Wut, dass sie viel zu oft emotional so abhängig und ihr so ein Verhalten nicht einfach egal war.

Olivias Herz raste. Sie sah zu Toni hinüber, der eine Hand auf seine Brust legte und einen roten Kopf bekommen hatte. Auch er hatte beschlossen, seine Wut in etwas Schönes zu transformieren.

„Super ihr beiden! Und jetzt lasst die Wut raus!", feuerte Mr. Freudenkuss die beiden an.

Wie in Trance schnappten sich Olivia und Toni je einen Baseballschläger und begannen, wie wild auf die alten Gegenstände einzuschlagen. Olivia schwang mit einem lauten Schrei den Schläger und spürte, wie sich der Krampf in ihrem Bauch mit jedem Schlag immer mehr löste. Sie konnte wahrnehmen, wie sie sich ihre eigene Power wieder zurückholte. Mit jedem Schlag ließ sie alles raus, was sie so lange blockiert hatte.

20 Minuten später setzte sie sich vollkommen erschöpft hin. War das anstrengend! Und gleichzeitig so befreiend!

Toni hatte in der Zwischenzeit den Boxsack entdeckt und powerte sich dort so richtig aus.

„Olivia, probier das mal aus – das ist großartig!", rief er ihr keuchend zu.

Nach einer kurzen Verschnaufpause stellte sich Olivia zum zweiten Boxsack und begann, ihn so fest es ging zu kicken.

Ein geniales Gefühl! Sie spürte, wie sich die Wut und all die anderen belastenden Emotionen einfach in Luft auflösten.

Der kleine Mr. Freudenkuss hatte den beiden zuerst zufrieden zugesehen, bevor er sich selbst eine Vase aus einem Barbie-Haus schnappte und diese an die Wand schleuderte. Wie schön, dass es einen Raum gab, in dem man so etwas durfte! Auch er hatte eine Wut in sich, die er transformieren wollte. Allerdings war davon nicht mehr so viel da wie früher.

„Ich kann nicht mehr“, schnaufte Olivia und ließ sich auf einen Couchsessel plumpsen.

Auch Toni hatte sich so richtig ausgepowert.

Nach zwei Stunden verließen die drei erschöpft, aber glücklich den Wut-Raum und setzten sich in einen nahegelegenen Park zu einem großen Baum.

23

Boah, war das anstrengend! Aber ich fühl mich jetzt irgendwie befreit", stellte Toni zufrieden fest.

„Ja, so geht's mir auch", grinste Olivia und spürte einen inneren Frieden.

Warum hatte sie nicht schon viel früher einfach Dinge zerschlagen?

„Super ihr beiden. Dann stärken wir dieses Gefühl noch zusätzlich, wenn ihr wollt."

„Kann es noch besser werden?", lachte Toni.

„Besser geht immer", zwinkerte der kleine Mr. Freudenkuss und bat die beiden, sich an einen großen Baum anzulehnen.

„Macht bitte eure Augen zu, spürt den Baum hinter euch mit seinen starken Wurzeln. Auch wenn es für euch vielleicht etwas seltsam klingt, lasst jetzt gedanklich Wurzeln aus euren Fußsohlen wachsen und verbindet euch mit Mutter Erde. Und alles, was jetzt noch gehen und sich transformieren darf, fließt einfach ab."

Olivia atmete tief ein und aus und spürte, wie sich die letzte kleine Anspannung in ihrem Bauch löste. Es war ein wundervolles Gefühl, bei diesem riesigen Baum zu sitzen und sich mit seiner Energie auftanken zu lassen.

„Und jetzt spürt nochmal zu jener Körperstelle hin, wo ihr vorher eure Wut wahrgenommen habt. Und genau dorthin lasst ihr ganz viele schöne Momente hinfließen. Stellt euch vor, dass es sich dort Personen bequem machen, die ihr gernhabt. Denkt an lustige Erinnerungen und speichert sie genau an dieser Körperstelle", leitete Mr. Freudenkuss die Übung mit ruhiger Stimme an.

Toni spürte, wie sich der Druck in seiner Brust in eine fließende Welle verwandelt hatte, die sich wunderbar leicht anfühlte. Er dachte an seine Eltern und seine geliebte Oma, mit der er so ein inniges

Verhältnis hatte. Er dachte an die Cocktail-Abende in der WG. Er dachte an das Salsatanzen und grinste zufrieden vor sich hin.

Und auch Olivia spürte, wie sich ihr Bauch auf einmal weich und warm anfühlte.

„Und jetzt holt euch ganz bewusst eure Power zurück. Zu 100 Prozent! Jedes Mal, wenn wir uns über etwas ärgern, wenn wir frustriert sind, wenn wir traurig sind, geben wir einen Teil unserer eigenen Power ab. Dabei können wir selbst entscheiden, wie wir uns fühlen. Holt euch mit jedem Atemzug eure volle Power wieder zurück. Eure innere Stärke, eure Strahlkraft. Und stellt euch vor, dass ihr euch eine Art mentalen Schutzmantel anzieht, mit dem eure eigene Power bewusst bei euch bleibt", setzte der kleine Liebescoach fort.

Olivia nahm daraufhin ganz bewusst ein paar tiefe Atemzüge und konnte wahrnehmen, wie all ihre Power zu ihr zurückkam. Sie spürte, wie sie immer mehr von innen heraus strahlte. Wie sie sich aufrecht hinsetzte und vor Energie und Selbstbewusstsein sprühte. Ihr ganzer Körper begann zu prickeln und wurde wohlig warm.

Ein wundervolles Gefühl, ganz in seiner Kraft zu sein! Und genau diese Kraft war ihre eigene. Auch wenn jemand vielleicht einen blöden Kommentar in ihre Richtung losließ oder übergriffig war: Sie war in ihrer Kraft – das merkte sie ganz deutlich, als sie sich an den starken Baum lehnte.

„Und jetzt zieht euren mentalen Schutzmantel an. Also stellt euch ein Kleidungsstück voller positiver Energie vor, das ihr euch anzieht", hörte Olivia die Stimme von Mr. Freudenkuss.

Obwohl sie keine Ahnung hatte, was so ein mentaler Schutzmantel genau sein sollte, zog sie ihn sich in Gedanken liebend gern an. Es war ein sonnengelbes, strahlend helles Seidenkleid, mit dem sie sich sicher und beschützt fühlte.

Wow! Was für ein Unterschied!

Olivia spürte, dass ihr nun egal sein konnte, was jemand sagte, oder wie sich jemand ihr gegenüber verhielt. Ab jetzt würde sie immer in ihrer Kraft bleiben. Ab jetzt würde sie die richtigen Personen anziehen und wahrnehmen. Ab jetzt würde sie stets ihren Schutzmantel tragen, mit dem sie noch mehr strahlen würde, als sie es ohnehin schon tat.

Und auch Toni konnte spüren, wie durch diese Übung all seine Power zurückkam. Er entschied sich für eine coole, superleichte Ritterrüstung als Schutzmantel. Schon als Kind hatte er sich am liebsten als Ritter verkleidet. Damit fühlte er sich stark und sicher.

Auch er brauchte von niemandem mehr die Zustimmung, dass er ein wundervoller Mann war.

„Öffnet langsam wieder die Augen – euren Schutzmantel könnt ihr dabei gerne anbehalten", lächelte Mr. Freudenkuss, als er die Übung beendete.

Olivia und Toni sahen einander an und grinsten über beide Ohren.

„Das war genial!", bedankte sich Olivia beim kleinen Liebescoach.

„Oh ja. Und anstrengend war's auch!", lachte Toni.

„Sehr gerne, ihr Lieben. Ich bin richtig stolz auf euch", lächelte der kleine Mr. Freudenkuss zufrieden.

Es war immer wieder faszinierend, wie anders seine Kunden nach so einer Übung aussahen. Entspannter. Freier. Glücklicher. Sie hatten dieses Strahlen in den Augen, das unglaublich schön war.

Deshalb liebte Mr. Freudenkuss seine Arbeit so sehr – weil er damit anderen Menschen helfen konnte. Und das Allerschönste für ihn war, wenn sie sich glücklich verliebten. Wenn sie ihm freudestrahlend davon erzählten, dass sie nun endlich den Richtigen oder die Richtige getroffen hatten. Wenn sie ihm anschließend Bilder zeigten, ihn zu Hochzeiten einluden und dankbar umarmten.

Er liebte es!

„Was haltet ihr davon, wenn wir noch etwas sitzen bleiben und einfach die Natur genießen?“, fragte Olivia.

Toni und der kleine Mr. Freudenkuss stimmten begeistert zu, und so verbrachten sie die nächsten Stunden im Park.

24

Ben sah tief in Carlas Augen und spürte, wie er darin versinken wollte. Lange hatte er keine Frau mehr getroffen, bei der es dermaßen knisterte.

Und nun lächelte sie ihn auch noch so bezaubernd an – mit ihren strahlend weißen Zähnen und ihren vollen Lippen ein umwerfender Anblick. Eigentlich wollte sich Ben ja Zeit lassen und nicht alles überstürzen wie bei seiner letzten Beziehung. Doch Carla war so eine besondere Frau und Augenweide. Und der letzte Sex war auch schon etwas länger her …

Und plötzlich kam es ihm so vor, als ob er sich selbst dabei beobachten würde bei dem, was er tat. Er nahm Carlas Gesicht liebevoll in beide Hände, zog sie sanft zu sich und küsste sie.

Carla spürte, wie Ben sie zuerst langsam und zärtlich und schließlich sehr leidenschaftlich küsste. Er streichelte behutsam über ihre Wangen und seine Hände glitten langsam über ihre Schultern zu ihrem Rücken hinab.

Seine Berührungen verursachten ein sanftes Prickeln auf Carlas Haut. Sie war schon lange nicht mehr von einem Mann so berührt worden und genoss es in vollen Zügen. Und sie wollte mehr. Sie wollte ihn auf sich spüren. Sie wollte mit ihren Fingern über seine nackte Haut fahren. Ben schien ihre Gedanken lesen zu können, denn schon im nächsten Moment hob er Carla hoch und trug sie ins Schlafzimmer. Dabei lächelte er sie vorfreudig an.

„Eigentlich wollte ich es ja langsam angehen …“, grinste er, während er sie aufs Bett legte,

„… aber ich kann dir einfach nicht widerstehen.“

„Das geht mir genauso“, stöhnte Carla laut, als er ihr Kleid nach oben schob und begann, sie an den Innenseiten ihrer Oberschenkel zu küssen. Ja, das war eine gute Stelle. Sie spürte, wie seine Lippen immer weiter nach innen wanderten und er schließlich ihren Slip mit seinen Zähnen auszog. Genau hier wollte er hin. *Jaaa!*

Er küsste und kitzelte sie so gekonnt mit seiner Zunge, dass ihr ganz heiß wurde. Nun nahm er auch noch seine Finger dazu und fand auf Anhieb ihren G-Punkt. Mit langsamen, rhythmischen Bewegungen küsste und liebkoste er sie genau an den richtigen Stellen.

Ja, genau hier!

Gleichzeitig fuhr er mit seiner anderen Hand über ihren Bauch zu ihren Brüsten und knetete sie sanft, aber voller Begierde. Es war herrlich! Carla ließ sich genussvoll fallen. Noch nie hatte sich ein Mann so viel Zeit und Muße genommen, sie im Bett dermaßen zu verwöhnen.

Sie schmunzelte genießerisch in sich hinein. Nun machte Ben mit seiner Zunge kreisende Bewegungen, um sie anschließend wieder leidenschaftlich zwischen ihren Beinen zu küssen. Er schien genau zu wissen, was ihr Körper wollte. Sie grub ihre Hände neben sich in die Pölster und stöhnte laut auf, als ihr ganzer Körper vor Lust erbebte und sich ein angenehmes, heißes Prickeln auf ihrer Haut ausbreitete.

Schnell atmend sah sie Ben an.

„Wow, das war - ähm - richtig gut."

„Ich hab's gemerkt", grinste Ben sie verschmitzt an. „Hab ich mir jetzt die Zimtrinde verdient?"

Die Zimtrinde? Im ersten Moment verstand Carla nicht, was er meinte, doch dann dämmerte es ihr. Natürlich! Vorhin in der Küche hatte sie ihn doch damit herausgefordert. Was der sich alles merkte!

„Das hast du definitiv!", lachte sie ihn an. „Aber vorher hab ich Lust auf mehr."

Mit diesen Worten zog Carla Ben zu sich und küsste ihn. Er hatte immer noch sein Hemd an, das sie geschickt aufknöpfte, um mit ihren Fingern genüsslich über seinen nackten, glatten Oberkörper zu gleiten. Dabei stellte Carla freudig fest, dass er leicht definierte Muskeln hatte. Als sie seine Bauchmuskeln begrapschte, begann Ben zu lachen.

„Ich bin kitzelig", lachte er und Carla lachte mit.

Es war so schön, mit jemandem im Bett so auf einer Wellenlänge zu sein und gemeinsam Spaß zu haben.

Sie rollten gemeinsam übers Bett, sodass Carla schließlich auf Ben lag und seinen Oberkörper lustvoll küsste. Langsam tastete sie sich seinen Bauch entlang und zog ihm seine Jeans aus. Er hatte sexy Boxershorts an, die sie ihm ebenfalls auszog.

Nun lag er da im vollen Adamskostüm. Mit seinen blonden Wuschellocken und einem fetten Grinser im Gesicht. Sein bestes Stück war von Carlas Berührungen bereits erregt und voller Vorfreude. Sie nahm es in den Mund und begann, es mit ihren Lippen und der rechten Hand in langsamen Bewegungen zu verwöhnen.

Ben wusste gar nicht, wie ihm geschah. Das war so richtig *heiß*.

Genüsslich schloss er seine Augen und spürte, wie Carlas Mund und Hände langsam schneller wurden. *So geil.*

Einige Minuten später hatte er den intensivsten Orgasmus ever. Wow! *Einfach nur wow!*

25

Möchtest du kurz duschen?", fragte Ben, als die größte Erregung abgeklungen war.

„Ja, das wäre herrlich. Wenn du ein Handtuch für mich hättest, sehr gerne", lächelte Carla selig.

Er war so süß und fürsorglich. Das mochte sie sehr an einem Mann. Sie hüpfte vom Bett und ließ sich von Ben ein großes rotes Handtuch geben. Dann hauchte sie ihm noch schnell einen Kuss auf die Wange und verschwand im Bad. Dort hatte sie Zeit, sich näher umzusehen. Es gab eine riesige ebenerdige Dusche und eine große Badewanne. An einer der Wände klebte eine große Regenwald-Tapete, durch die sich Carla fast wie im Dschungel fühlte. Bunte Handtücher in allen Farben lagen fein sortiert im weißen Wandregal. Das ganze Badezimmer war ordentlich und sauber. Sie fühlte sich so richtig wohl.

Warum war dieser wundervolle Mann noch Single?

Carla drehte die Regenwald-Dusche auf und ließ das warme Wasser über ihren Körper laufen. Sie konnte noch gar nicht fassen, wie wundervoll dieses Date war. Und dabei war es ganz egal, ob die Schokosoufflés angebrannt waren – dafür war der Rest perfekt. Sie schloss dankbar ihre Augen.

„Die Dusche ist herrlich, oder?", lächelte Ben sie an, als sie zurück ins Schlafzimmer kam. „Ich hab das Bad erst vor Kurzem neu gestaltet und freu mich jedes Mal, wenn ich hineingehe. Und die Regenwald-Dusche ist immer ein Erlebnis."

„Wirklich fantastisch. Als ob ich unter einem Wasserfall stehen würde!", erwiderte Carla begeistert.

„Ich werde auch schnell duschen gehen, dann bin ich gleich wieder bei dir", zwinkerte Ben ihr zu und verschwand schnell durch die Tür.

Frisch geduscht und zufrieden kuschelten sie sich wenig später zusammen ins Bett. Es fühlte sich für beide an, als ob sie sich schon ewig kennen würden. So vertraut. So sicher.

„Schön mit dir", flüsterte Ben in Carlas Ohr und küsste sie auf die Stirn.

„Das finde ich auch", flüsterte Carla zurück und schlief kurz darauf in seinen Armen ein.

26

Wie geht's dir heute?", fragte der kleine Mr. Freudenkuss Olivia, als sie in die Küche kam.

„Gut geht's mir", sagte sie schlaftrunken.

„Wirklich?"

Olivia überlegte. Eigentlich ging es ihr nicht schlecht. Der gestrige Ausflug in den Wut-Raum war anstrengend gewesen und hatte gleichzeitig viele alte Wunden geheilt.

Andererseits hatte das Zertrümmern der Gegenstände auch etwas in ihr ausgelöst, das sie nicht ganz zuordnen konnte. Jetzt, wo Mr. Freudenkuss sie darauf ansprach, wurde ihr das so richtig bewusst.

„Naja, ich fühle mich einerseits super und will mich auch sofort wieder in die Arbeit stürzen, andererseits bin ich auch irgendwie unmotiviert. Und dann zwing ich mich trotzdem dazu, etwas zu tun. Sonst kommen ja auch keine neuen Aufträge. Tja, besser kann ich es gerade nicht beschreiben."

Olivia sah den kleinen Mr. Freudenkuss erwartungsvoll an. Da erst bemerkte sie, dass er den Tisch liebevoll gedeckt hatte. Frisch gepresster Orangensaft, Omeletts, warmes Brot und frische Croissants vom Bäcker warteten schon darauf, genossen zu werden.

Der Duft von heißem Kaffee drang in Olivias Nase und weckte sie erst so richtig auf.

„Du hast ja Frühstück gemacht!", jubelte sie begeistert. „Dankeschön, das ist echt lieb von dir."

„Sehr gerne. Schön, wenn du dich darüber freust", erwiderte der kleine Mr. Freudenkuss zufrieden.

„Und um auf deine Frage zurückzukommen: Es kann sein, dass der gestrige Abend im Wut-Raum etwas ausgelöst hat, das sich jetzt endlich transformieren darf. Wenn du Lust hast, können wir uns das später gemeinsam ansehen. Jetzt, wo es an der Oberfläche ist, ist ein guter Zeitpunkt dafür. Aber jetzt wird erst mal gefrühstückt. Genieß es!"

„Ja, das klingt wunderbar", bedankte sich Olivia und nahm sich ein Stück Bauernbrot.

„Guten Morgen, ihr Lieben", betrat Toni freudestrahlend die Küche. „Wisst ihr eigentlich, wo Carla ist?".

Noch bevor Mr. Freudenkuss oder Olivia etwas antworten konnten, öffnete Carla die Haustür und betrat mit einem fetten Grinser die Wohnung.

„Wenn man von der Sonne spricht. Wie war dein Date?", grinste sie der kleine Mr. Freudenkuss wissend an.

„Es war soooo schön", schwärmte Carla, nahm sich einen Stuhl und erzählte der neugierigen Truppe, was sie erlebt hatte.

Eigentlich sollte sie schon längst in der Arbeit sein. Doch sie hatte beschlossen, erst mal genüsslich zu frühstücken, sich umzuziehen und dann in Ruhe in die Arbeit zu fahren. Der Vertrag für den neuen Mandanten konnte auch noch etwas warten und war sicher schneller fertig, wenn sie voll in ihrer Kraft war.

Sie hatte die letzten Jahre genug Stress gehabt und war immer von Termin zu Termin gehetzt. Wie das ihr Chef, Herr Beck, sehen würde, wusste sie allerdings noch nicht.

„... und dann hat er mir heute in der Früh noch einen Kaffee ans Bett gebracht. Zum Frühstücken war leider keine Zeit, deshalb ist das hier perfekt!", freute sich Carla.

„Das klingt ja nach einem traumhaften Date", grinste Olivia. „Das freut mich so für dich!"

Sie hob ihr Glas Orangensaft und prostete Carla zu. Ben schien ein netter Kerl zu sein. Und auch Toni freute sich für Carla. Nach der Übung im Wut-Raum hatte er so tief geschlafen wie noch nie.

In seinen Träumen schien sich noch einiges gelöst zu haben, denn heute fühlte er sich so richtig glücklich und ausgeglichen.

„Und, was habt ihr so gemacht?“, fragte Carla neugierig.

Toni erzählte vom Termin beim Barber, wie er sich mit dem kleinen Mr. Freudenkuss ein Steak gegönnt und gemeinsam mit Olivia im Wut-Raum ausgetobt hatte. Es war so ein langer und intensiver Tag gewesen, dass es sich beinahe so anfühlte, als wären Wochen vergangen.

„Wow, das hätte ich gern gesehen, wie ihr euch da ausgepowert habt! Klingt echt spannend, aber für mich wäre es, glaub ich, nichts gewesen“, stellte Carla fest.

„Für dich hab ich auch etwas anderes geplant“, meinte daraufhin der kleine Mr. Freudenkuss.

Ihm war bewusst, dass Carla anders tickte und die Draufhaumethode nichts für sie war. Zum Glück gab es unzählige andere Methoden, um unterdrückte Emotionen zu transformieren. Für Carla hatte er schon die passende Idee.

„Dann bin ich mal gespannt“, sagte Carla mit einem neugierigen Unterton.

Sie hatte zwar noch keine Ahnung, was auf sie zukommen würde, und was sich Mr. Freudenkuss für sie ausgedacht hatte, aber das war für den Moment auch vollkommen okay. Sie schwelgte noch in Erinnerungen an die letzte Nacht.

Als sie sich von Ben verabschiedet hatte, hatte er sie gefragt, ob sie irgendwann Lust auf eine Weintour im Burgenland hätte. Da gab es dieses ganz besondere Weingut Karner in Donnerskirchen, von dem er geschwärmt hatte. Leider musste Carla noch etwas auf ein Wiedersehen warten, weil Ben mit der Uni nach Rom flog. Dann eben erst später. Dieser Mann war es wert, sich etwas zu gedulden.

„Ihr Lieben, danke für das wundervolle Frühstück. Ich werd mich dann mal umziehen und in die Arbeit fahren", verabschiedete sich Carla von den anderen.

„Ich muss auch los. Heute üben wir Patientengespräche", verkündete Toni und nahm sich noch ein Croissant auf den Weg zur Uni mit.

27

Kaum waren die beiden aus der Tür, kamen Olivia die Tränen. Der kleine Mr. Freudenkuss sah sie liebevoll an. Es war, als ob er Jessica in die Augen blicken würde. Wenn er doch nur eine normale Körpergröße hätte. Dann würde er sie jetzt einfach in den Arm nehmen und trösten.

„Willst du mir erzählen, was los ist?“, fragte er sie vorsichtig und reichte ihr ein Taschentuch.

„Als Carla von ihrem wunderbaren Date erzählt hat, habe ich die ganze Zeit nur gedacht, *warum passiert mir das nicht?* Ich freu mich so für sie und ich wünsche ihr, dass das klappt mit Ben – er klingt wirklich nett. Ich merke nur, dass ich mich gleichzeitig total ärgere, dass ich anscheinend immer nur Idioten anziehe“, schluchzte Olivia laut.

„Und ich weiß einfach nicht, woran es liegt. Ich hab schon so viel ausprobiert und immer endet es in einem Desaster. Und da ist auch dieser Zeitdruck, weil ich mal eigene Kinder haben möchte. Jetzt bin ich 30, so viel Zeit ist da nicht mehr. Wenn ich bei Familientreffen bin, ist das das Erste, was ich gefragt werde, warum ich denn noch immer Single sei. Das geht mir sowas von auf die Nerven! Und dann erzähl ich voller Begeisterung von meinen coolen Food Trucks, doch statt sich mit mir zu freuen, fragen sie mich, wie ich denn davon leben könne, und dass das ja sicher schwierig sei, mit so einem Job durchzukommen. Besonders meine Großtante ist da oft sehr mühsam und macht mich runter. Ich hab das Gefühl, ich muss das alles alleine schaffen. Mit einem Partner wäre es viel leichter.“

Dicke Tränen kullerten über Olivias Gesicht.

Der kleine Mr. Freudenkuss sah sie verständnisvoll an.

„Du bist so eine wunderbare Frau! Jeder kann sich glücklich schätzen, wenn du Zeit mit ihm verbringst. Du bist lustig und mutig und hast so tolle, kreative Ideen“, schwärmte der kleine Mr. Freudenkuss.

„Fühlt es sich schon leichter an – jetzt, nachdem du das alles mal laut ausgesprochen hast?“, fragte er sie.

„Ja, es ist schon etwas besser. Danke“, stellte Olivia erleichtert fest und atmete tief durch.

„Dann schauen wir uns jetzt an, woher dieses *‚Ich muss es alleine schaffen‘* kommt. Lass uns doch in dein Zimmer gehen“, sagte der Liebescoach auffordernd und hüpfte mit einem Zwischenstopp auf dem Sessel vom Küchentisch.

„Ich komm gleich“, erwiderte Olivia mit einer Mischung aus Neugierde und Vorsicht.

Sie füllte noch eine Glaskaraffe mit Wasser, frischer Minze und Zitronenscheiben, nahm ein normales Glas und ein Mini-Glas aus dem Schrank und transportierte alles auf einem schönen Tablett in ihr Zimmer.

Sie hatte keine Ahnung, was der kleine Liebesexperte nun schon wieder vorhatte, aber aus der Erfahrung der vergangenen Tage vertraute sie ihm voll und ganz.

Eigentlich dachte sie, dass der Besuch im Wut-Raum ausreichend gewesen war, um ihre Wut rauszulassen und zu transformieren. Doch anscheinend hatte Mr. Freudenkuss noch andere Pläne mit ihr und sie war dankbar, bei diesem Prozess Hilfe zu haben. Sie wollte dieses Thema nämlich unbedingt lösen. Schluss mit diesem „alleine schaff ich es".

Im Zimmer wartete der kleine Mr. Freudenkuss schon auf ihrer Couch. Sie stellte das Tablett mit der Wasserkaraffe und den Gläsern auf den Couchtisch und sah ihn erwartungsvoll an.

„Was hast du denn diesmal für mich vorbereitet? Hoffentlich nicht sowas wie im Wut-Raum. Ich würde meine Einrichtung gern behalten“, schmunzelte Olivia unbeholfen.

„Ich weiß, dass es viel und intensiv ist. Und du warst gestern richtig großartig und so mutig, all das hochkommen zu lassen und dich im Wut-Raum auszutoben. Doch ich spüre einfach, dass da noch etwas ist, das wir lösen sollten. Du hast es ja selbst angesprochen", begann Mr. Freudenkuss vorsichtig.

„Aber wenn du sagst, du brauchst eine Pause und möchtest erst nächste Woche wieder daran arbeiten, dann ist das natürlich völlig in Ordnung. Es ist deine Entscheidung. Ich kann dir nur sagen, dass genau hier, wo du jetzt stehst, dein größter Schatz begraben ist. Dein größter Hebel, der alles verändern wird. Und nur du entscheidest, wann du damit beginnen willst."

Olivia sah ihn lange schweigend an.

Es wäre so einfach, all die Probleme und Gedanken beiseitezuschieben und nicht hinzusehen. Doch sie wollte dieses Dating-Chaos endlich lösen. Sie hatte genug von den komischen Typen, die ihre Füße abschleckten, oder mit denen der Sex schlecht war. Sie hatte es einfach so satt!

„Ja, lass uns hinsehen", sagte Olivia mit fester Stimme und sah dem kleinen Mr. Freudenkuss dabei direkt in die Augen.

„Gratuliere zu dieser Entscheidung!", feierte er sie und hielt ihr seine kleine Hand hin für ein High-Five.

Er freute sich immer, wenn seine Kunden bewusst die Entscheidung trafen, hinzusehen und an ihren Themen zu arbeiten. Das hatte so viel Power! Dieses Commitment an sich selbst, der Liebe mehr Raum zu geben. Den Bullshit zu transformieren. Den Schmerz zu fühlen und dann einfach gehen zu lassen. Olivia lachte kurz, als sie seine Begeisterung sah. Er konnte so süß sein.

28

Dann schließ mal deine Augen und nimm einen tiefen Atemzug, und wenn ich bis drei zähle, bist du völlig entspannt. Eins, zwei drei …", begann der kleine Mr. Freudenkuss.

Olivia, die sich für die Übung bequem an ihr großes Kissen gelehnt hatte, atmete tief ein und merkte augenblicklich, wie die Entspannung einsetzte.

„Und jetzt spür hin zu diesem ‚*Ich muss es alleine schaffen*'. Welche Emotion kommt hoch, wenn du daran denkst, und wo sitzt sie im Körper?", setzte Mr. Freudenkuss fort.

Olivia spürte hin und konnte auf einmal einen richtig großen Druck auf ihrer Brust wahrnehmen. Als ob eine riesige Hand sie an dieser Stelle niederdrückte.

Sie beschrieb dem kleinen Mr. Freudenkuss, dass zu diesem Druck auch Panik und Angst dazukamen.

„Super machst du das. Und wann hattest du genau dieses Gefühl das erste Mal in deiner Kindheit? Welcher Moment kommt dir als Erstes in den Sinn, und wie alt warst du da?", fragte er sie.

Olivia hatte sofort ein Bild von sich als fünfjähriges Kind. Sie war beim Schwimmen am Poolrand ausgerutscht und ins Wasser gefallen.

„Ich konnte zu dem Zeitpunkt noch nicht schwimmen und hab wie wild gestrampelt. Es war sonst keiner da. Ich war ganz alleine. Also hab ich so lange gestrampelt, bis ich mich wieder am Rand festhalten und rausklettern konnte", erzählte Olivia unter Tränen von ihrem traumatischen Erlebnis.

Sie konnte es noch immer fühlen.

Das Strampeln aus voller Kraft. Den Druck auf ihrer Lunge. Die Panik, dass niemand da gewesen war, um ihr zu helfen. Das verzweifelte Schnappen nach Luft.

Der kleine Mr. Freudenkuss hüpfte auf den Couchtisch und kletterte geschickt auf einen Bücherstapel, der dort lag. Oben angekommen, holte er einen kleinen Stab aus seiner Hosentasche, den er mit Knopfdruck etwas vergrößerte, damit ihn Olivia sehen konnte. Damit begann er vor ihren Augen von links nach rechts zu wischen und bat sie dabei, dem Zauberstab nur mit den Augen nachzusehen und den Kopf dabei ruhig zu halten.

Olivia wusste nicht, was das bringen sollte, doch sie machte mit. Sie versuchte, so gut es ging, ihren Kopf gerade zu halten und dem Zauberstab nur mit den Augen zu folgen. Mr. Freudenkuss wedelte vor Olivias Augen wild umher. Nach links, nach rechts, schräg nach oben, im Kreis …

„Und dabei immer schön atmen“, sagte der kleine Liebesexperte mit ruhiger Stimme.

„Hypnotisierst du mich gerade?“, fragte Olivia skeptisch.

„Nein, wir transformieren gerade die Erinnerung an diesen Moment“, erwiderte Mr. Freudenkuss.

„Vertrau mir.“

Olivia stellte ihn sich kurz als Dirigenten vor – wie er in seinem Anzug und mit dem Stab so vor ihr stand. Das ließ sie schmunzeln. Sie atmete tief durch und merkte, dass die Anspannung schon weniger wurde.

„Was hättest du dir in dem Moment, als du im Pool warst, gewünscht?“, unterbrach er ihre Gedanken.

„Dass mir jemand hilft. Dass ich in den Arm genommen werde, als ich draußen war. Stattdessen hat meine Großtante mit mir geschimpft, warum ich denn alleine hier spiele. Ich war gerade bei ihr zu Besuch.“

Olivia erinnerte sich noch ganz genau an diesen Moment, in dem sie es endlich aus dem Wasser geschafft hatte. Ihre Großtante war ganz aufgelöst vor ihr gestanden.

Aus heutiger Sicht war es total verständlich, dass sie sich einfach geschreckt hatte und ihre erste Reaktion im Affekt passierte. Doch als kleines Kind hätte Olivia etwas ganz anderes gebraucht.

Das Gefühl, dass sie jemand beschützt und sich um sie sorgt, statt sie zu schimpfen.

„Gut, dann stell dir jetzt vor, du hast eine magische Fernbedienung, mit der du die Situation wie einen Film zurückspulen, vorspulen oder stoppen kannst. Und gleichzeitig tauchst du in deinem Film als Erwachsene auf und hilfst der kleinen Olivia. Stell dir vor, die Kleine muss es diesmal nicht alleine schaffen, sondern hat die große Olivia bei sich. Die Olivia, die schon schwimmen kann. Die Olivia, die auf sie aufpasst. Die Olivia, die sie in den Arm nimmt und einfach nur festhält. Du stellst es dir genauso vor, wie du es brauchst. Du kannst mit deiner magischen Fernbedienung immer wieder vorspulen, zurückspulen, mal auf Pause drücken, den ganzen Film besser und schöner werden lassen und ihn dir in seiner neuen Version immer wieder ansehen. So lange, bis sich die kleine Olivia sicher und geborgen fühlt."

Olivia merkte, wie sich der Druck in ihrer Brust immer mehr löste und schließlich ganz verpuffte. Der Film hatte sich völlig verändert. Die kleine Olivia, die vorher noch wild gestrampelt hatte, holte einfach tief Luft und tauchte. Die große Olivia schwamm neben ihr und feuerte sie an. Als sie zusammen am Beckenrand ankamen, stiegen sie aus dem Wasser und waren augenblicklich von vielen Menschen umzingelt, die das kleine Mädchen hochhoben und es feierten. Darunter auch ihre Großtante.

Der kleine Mr. Freudenkuss konnte sehen, wie sich Olivias Körper entspannte und sie sogar zu lächeln begann. Während Olivia weiter ihren Film genoss, erklärte ihr Mr. Freudenkuss, was für ein Geschenk dieses Erlebnis in ihrer Kindheit war.

„In diesem Moment ist deine größte Kraft entstanden, Olivia. Hast du dir das schon einmal überlegt? Dein Antrieb. Deine Stärke. Dein Durchhaltevermögen. Deine Motivation, Dinge einfach umzusetzen. Und deine Großtante hat dabei eine so bedeutende Rolle gespielt. Sie war durch ihr Verhalten eine wichtige Basis für die Entwicklung deiner Persönlichkeit. Du hast in deinem Leben immer wieder Neues ausprobiert, Dinge selbst geschafft, wichtige Entscheidungen getroffen. Deine Großtante war und ist also eine wichtige Lehrmeisterin für dich. Erkennst du das?"

„Ja, du hast recht. So hab ich das noch gar nie gesehen", antwortete Olivia erstaunt.

„Wie spürt es sich jetzt an? Wie geht's der kleinen Olivia?", fragte sie der kleine Mr. Freudenkuss behutsam.

„Großartig! Die strahlt und wird gefeiert – sogar von ihrer Großtante", antwortete Olivia und öffnete wieder ihre Augen.

„Wie schön! Das freut mich", lächelte der kleine Mr. Freudenkuss. „Wir sind alle für dich da und feiern dich. Und nach dieser fordernden Übung würde ich vorschlagen, du machst heute einmal ganz bewusst Pause und genießt den Tag. In dem Wissen, dass du schon groß bist, gut schwimmen kannst und in Sicherheit bist."

Olivia sah den Liebescoach mit großen Augen an. Einfach mal Pause machen. Das war tatsächlich etwas, das ihr schwerfiel. Doch er hatte recht. Sie durfte lernen, Pausen so richtig zu genießen und sich gleichzeitig sicher zu fühlen.

29

Im ersten Moment wusste Olivia gar nicht so richtig, was sie mit sich anfangen sollte. Sie war es seit Jahren so gewohnt, immer im Arbeitsmodus zu sein, etwas zu leisten, immer mehr und mehr, dass sie beinahe verlernt hatte, Pausen zu machen und einfach mal nur zu genießen.

Doch sie wollte den Rat von Mr. Freudenkuss auf jeden Fall in die Tat umsetzen. Dieser Tag gehörte ganz ihr. Sie würde heute all das machen, worauf sie Lust hatte.

Olivia bedankte sich bei dem kleinen Liebesexperten und startete gleich los. Sie hüpfte in ihren roten Mini, den sie sich vor Jahren gegönnt hatte, aber viel zu wenig nutzte, und fuhr auf den Wiener Kahlenberg. In knapp 20 Minuten war sie da.

Sie stieg aus dem Auto und spürte einen leichten Windhauch und die Sonne im Gesicht. Sie spazierte los zur kleinen Kirche, betrachtete in aller Ruhe die Liebesschlösser, die auf dem Platz davor an einem Brunnen aufgehängt waren, und schlenderte schließlich zur Aussichtsplattform. Von dort aus hatte man einen fantastischen Blick über die ganze Stadt – über die Weinberge bis zur Donau hinunter.

,*Warum bin ich hier eigentlich so selten?*', schoss es ihr durch den Kopf.

Diesen Gedanken verwarf sie aber gleich wieder. Sie war *jetzt* hier. Genau das zählte. Und so kam sie voll und ganz im Genussmodus an. Sie atmete die herrliche Luft ein und spürte, wie sie immer mehr bei sich ankam. Einfach mal nur genießen. Einfach mal nur auf ihre eigenen Impulse achten. Einfach mal nur in die Ferne schauen und die schöne Landschaft bestaunen. Olivia seufzte. Wie gut das tat! Sie nahm sich fest vor, so etwas von nun an öfter zu machen und sich immer wieder einen Tag nur für sich zu gönnen.

Sie spazierte entspannt umher und gelangte schließlich zum Kletterpark am Kahlenberg. Darauf hatte sie jetzt spontan Lust.

Sie ging hin zur Kasse, an der sie von einem attraktiven jungen Mann mit Salzburger Dialekt begrüßt wurde.

„Ganz alleine hier?", fragte er sie neugierig.

„Ja. Das wollte ich immer schon mal ausprobieren und jetzt hab ich spontan Lust drauf", strahlte Olivia ihn an.

„Genial! Ich mag solche spontanen Aktionen", grinste er. „So, hier hast du dein Ticket. Komm mit, ich geb dir gleich deine Kletterausrüstung. Ich bin übrigens Max."

Ein paar Minuten später wartete sie vor einem kleinen Holzhäuschen auf ihre Ausrüstung, als sich eine Gruppe Männer zu ihr gesellte.

„Du kunnsch mit uns mitklettern, wennst mogsch. Mia hobn grod an Firmenausflug", quatschte sie einer der Männer an.

Er klang wie ein eingefleischter Tiroler.

„Oh, ja sehr gerne. Das ist ja nett von euch", freute sich Olivia.

„I bin da Bernhard", stellte er sich vor und hielt ihr seine Hand hin.

„Olivia! Freut mich", nahm sie seine Hand freudestrahlend entgegen.

Sie sah sich die Männergruppe genauer an. Alle waren gut drauf, lachten viel und waren sofort mit jedem per Du.

Bernhard stellte Olivia allen vor und erzählte bei der Gelegenheit, dass sie in St. Johann in einem ganz besonderen Frühstückslokal arbeiteten. Ihr Chef hatte einen kurzfristigen Termin reinbekommen und seine Mitarbeiter allein zum Klettern geschickt. Max hatte in der Zwischenzeit die Ausrüstung für Olivia besorgt.

„Hier bitte mal reinsteigen", hielt ihr Max den Klettergurt hin.

Sie ließ sich von ihm bereitwillig in die Ausrüstung helfen und setzte sich den Helm auf. Olivia war bereit! Nach einer kurzen Sicherheitseinführung ging es auch schon los auf den ersten Parcours.

Vor ihr kletterte Josef, ein superlustiger 50-Jähriger, der immer wieder laut über seine eigenen Witze lachte. Nicht ihr Typ, aber richtig sympathisch.

Hinter ihr kletterte Bernhard.

Er hatte kurze blonde Haare und wunderschöne dunkelbraune Augen. Er schien öfters klettern zu gehen. Das Ab- und Umhängen der Karabiner sah bei ihm so einfach aus. Da brauchte Olivia definitiv noch Übung.

„Soll i da an Trick zoagn?“, fragte sie Bernhard, als sie nebeneinander auf der Plattform standen.

„Ja, bitte. Ich check das einfach nicht“, gestand Olivia.

Sie sah zu, wie er mit nur wenigen Handgriffen die Karabiner auf- und zumachte und achtete dabei genau auf seine Hände. Sie probierte es genauso, wie er es ihr gezeigt hatte, aber brauchte wieder eine halbe Ewigkeit dafür.

„Hiatzad, geahts amol weida do“, erklang von hinten plötzlich eine Stimme.

Doch Bernhard ließ sich davon nicht beirren. Er war die Ruhe in Person und zeigte es ihr nochmal geduldig vor.

So, jetzt aber! Olivia atmete auf, als sie endlich so weit war. Da sah sie auch schon die nächste Station vor sich: den Flying Fox! Juhu! Auf den hatte sie sich am allermeisten gefreut. Sich einfach fallen lassen und von Baum zu Baum fliegen. Wie cool war das denn? Josef war schon längst auf der anderen Seite. Also machte sie sich bereit, warf Bernhard noch einen flirtenden Blick zu und wollte gerade losfliegen, da beugte er sich plötzlich zu ihr.

„Mogsch nochand a bissl schmusn?“, flüsterte er ihr ins Ohr.

„Will ich *was*?“, fragte Olivia perplex, stolperte dabei von der Plattform und drehte sich fliegend um die eigene Achse.

So war ihr Flug aber nicht geplant gewesen!

Sie versuchte, ihr Gewicht zu verlagern, um sich wieder auszudrehen und verlor dabei so viel Schwung, dass sie ein paar Meter vor der gegenüberliegenden Plattform immer langsamer wurde und schließlich stehenblieb … bis sie auf einmal wieder rückwärts flog!

„Du muasch di am Seil feschtholten und herziagn!“, rief ihr Josef entgegen, doch da war Olivia schon in der baumelnden Mitte des Hängeseils angekommen.

‚*Welches Seil meint er bloß?*‘, fragte sie sich in Gedanken und entdeckte jetzt erst ein zweites Seil, das unter ihren Füßen gespannt war.

Sie versuchte, es zu erreichen, doch genau an dieser Stelle hing es so durch, dass sie sich noch so viel strecken konnte – sie erreichte es nicht.

„Ich komm nicht hin!“, rief sie verzweifelt und schaute zu Bernhard.

Was nun? Musste sie jetzt gerettet werden? Wie *peinlich*!

„Probier's hiatzad!“, rief Bernhard zurück.

Er hatte das Seil von seiner Seite aus etwas gespannt; so konnte es Olivia endlich erreichen. Sie zog sich langsam am Seil entlang. Puh, das war ganz schön weit! Gerade beim längsten Stück vom Flying Fox musste ihr das passieren.

Nach hundert Metern spürte Olivia schön langsam ihre Arme. Das würde morgen ein ordentlicher Muskelkater werden. Sie hatte nicht unbedingt viele Muckis in den Armen.

„Alles okay da oben?“, hörte sie eine Stimme von unten.

Dort stand Max mit einem besorgten Gesichtsausdruck.

„Soll ich dich holen kommen, oder schaffst du's?“

Jetzt sah Olivia das erste Mal nach unten. Dort hatte sich schon eine kleine Menschenmenge versammelt, die ihr dabei zusah, wie sie sich am Seil entlanghantelte. *Na super.*

„Äh, schon gut. Jetzt hab ich es gleich geschafft!", rief sie zu Max und kämpfte sich tapfer die letzten Meter bis zur Plattform.

Dort streckte ihr Josef seine Hand entgegen, die sie dankbar ergriff. Schon stand sie wieder auf der Plattform.

„Na, des woa wos, ha? Oba des hosch supa gmocht! Des kunn gaunz schian anschtrengend werdn, si do herziagn!", versuchte Josef sie aufzumuntern.

Olivia lächelte ihn dankbar an und ging erst mal zur Seite.

Bernhard stand auf der gegenüberliegenden Seite schon in den Startlöchern für seinen Versuch.

„Ja, danke dir. Alles gut. Ich glaube, wir sollten Platz machen für Bernhard", meinte Olivia.

„Nachat schwing i mi amol weita. Daunn kunn da Bernhard a kemmen", sagte Josef und flog zur nächsten Plattform.

Wenige Sekunden später landete Bernhard neben ihr.

„Ollas guat bei dia?", fragte er sie.

„Jaja, mir geht's gut. Danke, dass du das Seil gespannt hast. Sonst wäre ich hängengeblieben und Max hätte mich auch noch retten müssen!", bedankte sich Olivia.

„Duat ma load, dassd di so gschreckt hosch. Des mitm Schmusn woa a Hetz!"

Olivia sah Bernhards schelmischen Grinser und musste lachen.

Genau. A Hetz. Scherzkeks.

30

Herr Beck hatte Carla in sein Büro zitiert. Sie war diese Woche bereits zum zweiten Mal später in der Arbeit erschienen, das fiel natürlich auf. Grund für ihre Verspätungen war, dass Carla merkte, was ein ausgiebiges, stressfreies Frühstück und mehr Zeit für sich mit ihr machte. Ihr gefiel es!
Sie hatte auf einmal nicht mehr das Bedürfnis, zu Mittag schnell mal ein Sandwich vor dem Laptop in sich hineinzustopfen. Sie wollte das Essen genießen. Sie wollte in Ruhe durchatmen. Das Leben bestand schließlich nicht nur aus Arbeit.

Dass sie das einmal so sehen würde, überraschte sie selbst am meisten, denn sie liebte ihre Arbeit! Doch gleichzeitig hatte sie die letzte Zeit sehr genossen. Die Cocktail-Abende in der WG, das Date mit Ben, der Besuch auf dem Markt, wodurch das Date mit Ben überhaupt erst zustande gekommen war.

Sie wollte *mehr*. Mehr von dieser Freiheit und mehr von diesen wunderbaren Erlebnissen mit ihren Lieben. Ob das Herr Beck allerdings auch so sah … das würde sie jeden Moment herausfinden.

„Herr Beck, einen wunderbaren guten Morgen wünsche ich Ihnen!"

Mit diesen Worten betrat Carla schwungvoll das Büro ihres Chefs.

„Frau Stern! Schön, dass Sie hier sind. Bitte setzen Sie sich doch."

Herr Beck sah sie freundlich, aber streng an. Carla konnte nicht ganz einschätzen, was er ihr zu sagen hatte.

„Ich komme gleich zum Punkt, Frau Stern. Sie sind heute bereits zum zweiten Mal später in der Arbeit erschienen und haben sich sogar kurzfristig einen Tag frei genommen. Selbst den wichtigsten Kundentermin mit der Pele Group haben sie fast verhaut. Zum Glück war Ihnen Herr Pele Junior sehr wohlgesonnen – was ich bis heute nicht ganz verstehe. Aber egal. Ich erwarte von Ihnen, dass Sie sich jetzt wieder mehr anstrengen und Ihren Pflichten nachkommen."

Die Worte ihres Chefs hätten Carla noch vor wenigen Wochen völlig aus dem Gleichgewicht gebracht, doch jetzt antwortete sie ihm voller Selbstbewusstsein.

„Herr Beck, es tut mir leid, dass Sie das Gefühl haben, ich würde meine Arbeit vernachlässigen. Das Gegenteil ist jedoch der Fall. Ich erledige meine Arbeit stets pünktlich, brauche jedoch jetzt weniger Zeit dafür. Das ist doch das Wichtigste, oder nicht?", entgegnete Carla mit fester Stimme.

Herr Beck sah sie überrascht an. Mit dieser Aussage hatte er jetzt nicht gerechnet. Doch so schnell konnte ihn nichts aus der Ruhe bringen. Er rückte an den Rand seines Schreibtischstuhls, lehnte sich mit den Ellbogen auf den Tisch und setzte zum Gegenangriff an.

„Frau Stern, lassen Sie mich das noch einmal in aller Deutlichkeit sagen: Ich erwarte von Ihnen, dass Sie ab sofort wieder pünktlich zur Arbeit erscheinen und sich Ihr Stundenpensum normalisiert."

Carla seufzte. Das war deutlich genug. Nur allzu gern hätte sie ihrem Chef weiter erklärt, warum es in ihren Augen kein Problem gab, aber sie merkte, dass es keinen Sinn hatte. Also bedankte sie sich für das Gespräch und ging stillschweigend zurück an ihren Platz.

In diesem Moment machte ihr Handy *Ping.* Es war Ben.

Als sie seinen Namen auf dem Display las, machte ihr Herz sofort einen Sprung. Ben hatte ihr ein Foto vom Flughafen geschickt – er inmitten seiner Studenten auf dem Weg nach Rom. Er sah so glücklich aus.

Einerseits gönnte sie ihm diesen Ausflug, andererseits war sie auch richtig neidisch. Carla verspürte plötzlich einen inneren Frust darüber, dass sie nach dem Gespräch mit ihrem Chef wieder weniger Freiheiten haben würde als die vergangenen Wochen.

Sie wollte auch wieder verreisen, ans Meer fahren, Cocktails trinken und die Aussicht genießen. Ihr letzter richtiger Urlaub war schon wieder – Carla überlegte – zwei Jahre her. Konnte das stimmen? Ja, tatsächlich! Vor zwei Jahren war sie mit einer Freundin zehn Tage in Marokko gewesen. Zuerst hatten sie in Essaouira Halt gemacht, einer etwas ruhigeren kleinen Stadt am Strand.

Dort hatte sie zum allerersten Mal Surfen ausprobiert und war ganz überrascht gewesen, wie schnell sie auf der gebrochenen Welle surfen konnte. Ein richtig geniales Gefühl! Dabei geholfen hatte ihr sicherlich auch ihr Surflehrer mit Rastalocken.

Der hatte ihren ängstlichen Blick gesehen, als die Wellen auf sie zukamen und zu Carla gesagt: „Wenn du Angst vor den Wellen hast, wirst du es nie lernen."

Wie wahr! Also hatte sie sich ihrer Angst gestellt und war tatsächlich gesurft. Außerdem hatten sie ein paar Tage in Marrakesch verbracht. Carla dachte an die blauen Häuser, die bunten Fliesen und das bunte Treiben auf dem *Djemaa el Fna* – dem berühmten Markt von Marrakesch.

Carla sah sich das Foto von Ben näher an. Wer war denn die blonde Schönheit direkt neben ihm? Eine Studentin oder eine andere Professorin? Meldete er sich deshalb erst jetzt? Weil er mit ihr beschäftigt war? Carla fühlte sich verunsichert. Was, wenn er auch nur Sex wollte? Wenn er so war wie all die anderen *Gspusis*, die sie die letzten Jahre gehabt hatte?

Carla konnte sich so richtig gut in ihre Emotionen hineinsteigern.

Und aus diesem Affekt heraus tippte sie wie wild in ihr Handy *„Schön für dich. Ich will auch nach Italien. :(Warum meldest du dich eigentlich jetzt erst? Warst du mit der feschen Blondine neben dir beschäftigt?"*

Plötzlich machte es *Plopp* und der kleine Mr. Freudenkuss erschien aus dem Nichts auf ihrem Schreibtisch.

„Willst du das wirklich abschicken?", fragte er Carla.

Sie zuckte erschrocken zusammen.

„Hey! Du kannst doch nicht einfach so auftauchen und heimlich meine Nachrichten lesen! Außerdem hast du mich erschreckt", sagte sie empört in Richtung des kleinen Liebesexperten, der sie seelenruhig ansah.

Carla war hingegen so richtig in Fahrt.

„Wieso soll ich das nicht abschicken? Genau das interessiert mich ja!".

Carla sah ihn herausfordernd an, obwohl sie sich die Antwort darauf schon denken konnte. Sie wusste ja selbst, dass die Nachricht vielleicht etwas patzig rüberkam.

„Versetz dich einfach mal kurz in Ben. Er verbringt ein paar Tage in Rom, hat eine supercoole Zeit mit seiner Gruppe, genießt das italienische Essen, denkt an dich und möchte diese Freude mit dir teilen. Also schickt er dir ein Foto. Und dann bekommt er DAS als Antwort", erläuterte der kleine Mr. Freudenkuss und deutete auf ihre Nachricht.

„Wie würdest du dich da an seiner Stelle fühlen?"

Carla sah betreten zu Boden. Aus dieser Perspektive hatte sie das noch nie betrachtet. Hatte sie etwa immer schon solche Nachrichten geschrieben und damit ihre Dates versaut?

Sie drückte auf *Löschen* und seufzte traurig.

„Was hast du auf dem Herzen?", fragte sie Mr. Freudenkuss liebevoll.

Carla erzählte ihm von ihrem Gespräch mit Herrn Beck, und dass sie so gerne ans Meer wollte, statt immer nur im Büro zu sitzen.

„... und jetzt soll ich wieder meine üblichen Stunden arbeiten. Und es ist kein Ende in Sicht. Diese Woche habe ich wieder drei große Mandanten dazu bekommen. Ich habe keine Ahnung, wann sich in den nächsten Monaten auch nur eine Woche Urlaub ausgehen soll."

Carla sah den Liebescoach traurig an. Sie fühlte sich in ihrem Job gefangen und wusste im Moment nicht, wie sie die Situation ändern könnte.

„Lass uns essen gehen und wir überlegen uns gemeinsam etwas. Du hast doch in einer Stunde Mittagspause, oder? Ich lade dich ins *Elissar* ein, das ist ein libanesisches Restaurant mit vielen landestypischen Köstlichkeiten und wunderschönem Design. Das ist wie ein kleiner Kurzurlaub – du wirst es lieben. Dort kommst du auch auf andere Gedanken", schlug der kleine Mr. Freudenkuss vor.

„Und danach kannst du Ben ja zurückschreiben", fügte er zwinkernd hinzu.

Carla stimmte zu. Ein gemütliches Mittagessen mit dem Liebesexperten hörte sich wundervoll an. Er war immer so voller Freude und Zuversicht, dass es richtig ansteckend war. Sie verabredeten sich in einer Stunde und der kleine Mr. Freudenkuss verschwand durch das Fenster.

„Ich freu mich darauf!", rief er ihr noch freudestrahlend zu.

Carla schmunzelte und widmete sich in der Zeit bis zum Mittagessen dem Stapeln von Verträgen auf ihrem Schreibtisch.

31

Da bist du ja! Ich hab einen genialen Tisch für uns ergattert", freute sich der kleine Mr. Freudenkuss, als Carla im *Elissar* zur Tür reinschneite.

Sie begrüßte ihn herzlich und sah sich staunend um.

„Wow, das sieht ja wirklich toll aus!"

Hängende Orchideen dienten in den Fenstern als Deko. An der einen Wand entdeckte sie blaue Fensterläden, die so aussahen, als würde man direkt aufs Meer blicken. Dazu passende azurblaue Stühle und bunte Fliesen sorgten für das perfekte Urlaubsfeeling.

Wie passend!

„Herzlich willkommen im *Elissar*. Was darf ich Ihnen zu trinken bringen?"

Ein freundlicher Kellner fragte die beiden nach ihren Wünschen und überreichte ihnen zwei Speisekarten.

Der Liebesexperte und Carla bestellten hausgemachte Limonaden mit Minze und Zitrone und gustierten in der umfangreichen Karte, was sie essen wollten. Lammspieße oder überbackene Babymelanzani? Oder doch lieber Käsebällchen mit Granatapfelsirup?

Es klang alles *himmlisch*.

Der kleine Mr. Freudenkuss entschied sich für eine Mini-Portion Babymelanzani. Wie immer hatte er für solche Fälle sein eigenes kleines Besteck mit. Carla bestellte Hühnerspieße aus dem Lavasteinofen mit Reis. Auf das freute sie sich jetzt so richtig!

„Wir haben ja noch gar nicht dein erfolgreiches Date mit Ben gefeiert. Ich freu mich sehr für dich, dass es so gut gelaufen ist", prostete er mit seinem Mini-Glas Limonade Carla zu.

Carla hob zögerlich ihr Glas und sagte: „Naja, weißt du, es war schon richtig nett. Nur jetzt ist Ben eben in Rom und auf dem einen

Gruppenfoto ist diese blonde Schönheit drauf, die ihn total anhimmelt. Und er hat auch noch seinen Arm …"

„Carla! Tief durchatmen. Du machst dir zu viele Gedanken", unterbrach sie der kleine Mr. Freudenkuss.

„Machst du das immer so? Dich gedanklich in etwas hineinsteigern, das sich eigentlich nur in deinem Kopf abspielt?"

Er sah sie provokant an.

Carla wusste nicht, was sie sagen sollte.

Machte sie das immer so? Vielleicht.

Der kleine Mr. Freudenkuss konnte echt direkt sein und genau da draufdrücken, wo es wehtat, und wo sie nicht so gerne hinsah. Warum nur war sie in der Liebe immer gleich so verunsichert? Das Date war doch so schön und lustig gewesen und sie hatten bereits ein nächstes Treffen vereinbart, wenn Ben wieder von Rom zurück war.

Eigentlich hatte sie keinen Grund für solche Zweifel, dennoch kam die Unsicherheit immer wieder.

„Ich weiß auch nicht, woher das kommt, dass ich auf einmal …"

„… solche Zweifel habe und verunsichert bin?", ergänzte der kleine Mr. Freudenkuss Carlas Satz.

„Ja, woher weißt du das?"

„Dafür brauche ich keine Gedanken zu lesen. Das kenne ich von vielen meiner Kundinnen. Sie lernen einen Mann kennen, der genau dem entspricht, was sie sich vorstellen. Das erste Date verläuft super und sie stellen ihn gedanklich schon auf ein Podest. So nach dem Motto *‚Juhu, den heirate ich jetzt!'*"

Der kleine Liebesexperte riss demonstrativ die Arme in die Höhe und sah besonders begeistert drein.

Carla musste lachen. Ja, das kam ihr durchaus bekannt vor.

„Und dann wollen sie ihn natürlich so früh wie möglich wiedersehen und vergessen dabei ganz, den Mann und seine Persönlichkeit erst mal in aller Ruhe kennenzulernen. Wie er sie behandelt. Ob er sie seinen Freunden und seiner Familie vorstellt. Wann und wie er sich meldet. Ob er immer nur um vier Uhr in der Früh für einen Booty Call anruft, oder sich vielleicht sogar Gedanken für ein richtig außergewöhnliches Date macht", setzte Mr. Freudenkuss seine Beobachtungen fort.

„Ja, das klingt alles logisch. Und was passiert dann?", fragte Carla neugierig.

„Naja, viele Frauen vergessen in ihrer Euphorie völlig, dass sie ein eigenes Leben haben. Sie sagen Treffen mit Freunden ab, nur damit sie für ihn verfügbar sind, oder sie üben ihre Hobbys nicht mehr aus, um zeitlich flexibel zu sein. Stattdessen warten sie nur noch darauf, dass er sich meldet. Aber genau das wirkt leider total unattraktiv. Bei den Männern ist das ganz anders, glaub mir. Klar gibt es Ausnahmen, aber der Großteil sitzt sicher nicht daheim und wartet, bis die Frau zurückschreibt. Warum sollte man das auch tun?"

Der kleine Liebesexperte war nun richtig in Fahrt und wurde immer lauter. Carla konnte beobachten, wie ihre Tischnachbarn ihre Ohren spitzten und aufmerksam lauschten.

„Was ich damit sagen will, liebe Carla: Genieße das Kennenlernen mit Ben. Beobachte, wie er dich behandelt, und ob ihr harmoniert. Du musst ihm nichts beweisen. Du bist eine wunderschöne, intelligente Powerfrau und hast einen Mann verdient, der das zu schätzen weiß! Und wenn du wieder einmal so einen Bullshit denkst, sagst du einfach *‚Stopp'!* Das kennst du ja schon. Das darfst du üben, üben, üben."

Demonstrativ schnippte Mr. Freudenkuss mit seinen Fingern, um das eben Gesagte zu unterstreichen.

„Du hast ja recht. Aber jetzt sei ehrlich: Glaubst du, da läuft etwas mit dieser blonden Studentin?", sah ihn Carla noch immer verunsichert an.

„Warum sollte Ben etwas mit einer Studentin anfangen, wenn er dich haben kann?“, antwortete der kleine Mr. Freudenkuss und schenkte ihr sein charmantestes Lächeln.

Auch wenn Carla keine eingebildete Frau war, beruhigte sie diese Aussage sehr.

„Danke für das Kompliment“, lächelte Carla den kleinen Liebescoach dankbar an.

Mr. Freudenkuss war zwar ein Charmeur, aber sie wusste mittlerweile, dass er nichts sagen würde, was er nicht auch so meinte.

In dem Moment servierte der Kellner ihr Essen. Es duftete herrlich.

„Mahlzeit!“

„Dir auch einen guten Appetit, liebe Carla“, flötete der kleine Mr. Freudenkuss und schlemmte genüsslich seine Babymelanzani.

Mmmhhh …

Als Carla in Ruhe ihr Essen genoss, sah sie sich noch einmal im Lokal um. Neben der glänzenden Bar entdeckte sie den Lavasteingrill, der ihren Spießen so ein wundervolles Aroma verlieh. Sie merkte, wie gut es tat, sich für das Essen bewusst Zeit zu nehmen.

Jetzt durfte sie nur noch eine Lösung für ihren Job finden. Sie hatte nämlich absolut keine Lust darauf, wieder die üblichen 80 Stunden in der Woche zu arbeiten, nur um es ihrem Chef recht zu machen.

„Was deinen Job angeht …“, fing der kleine Mr. Freudenkuss an.

Ertappt!

„Wenn wirklich alles möglich ist, und du so richtig groß träumst: Wie stellst du dir dein ideales Berufsleben vor?“

Carla überlegte. Was wollte sie wirklich? Sie schloss kurz ihre Augen und hatte sofort mehrere Bilder vor sich. Sie sah sich selbst, wie sie an den schönsten Plätzen der Welt arbeitete. Sie wurde extra von Kunden eingeflogen und hatte Meetings mit Blick aufs Meer. Vor der Mittagspause nahm sie sich Zeit, um eine Runde laufen zu gehen und traf sich anschließend mit Freunden oder Kollegen in einem netten Lokal. In ihrem idealen Job arbeitete sie 30 Stunden die Woche und verdiente 20.000 Euro im Monat.

‚Wie soll das denn gehen?', schaltete sich da plötzlich ihr Verstand ein.

„Dein Kopf darf gerne die Klappe halten. Sag ihm das", mischte sich da der kleine Mr. Freudenkuss bestimmt ein und Carla lächelte.

Wann hatte sie das letzte Mal so richtig groß geträumt mit dem Gefühl, dass alles möglich ist. Als kleines Kind?

Sie atmete tief durch und holte sich noch einmal all diese Bilder und Situationen vor Augen. Diesmal, ohne dabei zu denken, dass es unmöglich war. Sie sah sich selbst, wie sie vollkommen glücklich und zufrieden war. Sie konnte erkennen, dass sie auch dann als Anwältin arbeiten wollte, wenn ihr alle Türen offenstanden. Sie liebte ihren Beruf. Und gleichzeitig träumte sie davon, in wunderschöner Kulisse am Meer und an den unterschiedlichsten Orten auf der ganzen Welt zu arbeiten.

Jahrelang war sie jetzt schon in derselben Kanzlei in Wien. Das Büro war wunderschön und sie mochte ihre Kollegen sehr.

Doch irgendwie war es auch an der Zeit für eine Abwechslung. Für mehr Freiheiten. Für weniger Arbeit. Für mehr *Spaß*. Mehr *Leichtigkeit*.

„Ich sehe mich in Meetings mit Blick aufs Meer. Du kannst gerne deinen Spezialknopf einschalten, dann siehst du es", zwinkerte Carla dem kleinen Mr. Freudenkuss zu.

Der drückte kurz auf seinen Knopf am Bauch und hatte sofort alle inneren Bilder von Carla vor Augen. *Gedanken sehen* – wie praktisch war diese Fähigkeit!

„Wow, das sieht alles toll aus! Und du wirkst wirklich glücklich und entspannt", meinte er beeindruckt.

„Ja, das wäre wirklich schön. Ich weiß nur nicht, wie das möglich sein soll", stellte Carla etwas geknickt fest.

„Wenn die Carla, die das alles schon erreicht hat, jetzt vor dir stehen und dir deine nächsten Schritte erklären würde: Welche wären das?", fragte sie der kleine Mr. Freudenkuss.

Carla sah, wie ihr zukünftiges Ich sie so richtig anstrahlte und antwortete: „Sag deinem Chef, dass du eine Woche ans Meer möchtest. Mal sehen, was er dazu sagt."

Hm. Daran hatte sie noch gar nicht gedacht. Statt sich darüber zu ärgern, dass ihr letzter Urlaub Ewigkeiten her war, konnte sie das doch einfach ihrem Chef kommunizieren.

Eigentlich ganz logisch. Nur manchmal fiel es Clara schwer, einfach das zu sagen, was sie wirklich wollte. Andererseits konnte Herr Beck auch keine Gedanken lesen. Ein Dilemma.

„Na bitte, und wann redest du mit deinem Chef?", grinste der kleine Mr. Freudenkuss.

„Sehr witzig. Du kannst deinen Spezialknopf jetzt wieder ausschalten. Das macht mich nervös", grinste Carla.

Der kleine Mr. Freudenkuss lachte. Er freute sich, dass Carla immer mehr bewusst wurde, was sie eigentlich wollte. Die beiden verzehrten in Ruhe ihr restliches Mittagessen und bestellten anschließend noch zwei Espressi.

32

Carla verabschiedete sich dankbar vom kleinen Liebesexperten. Sie nahm sich vor, noch heute mit Herrn Beck zu sprechen und ihm von ihren Wünschen zu erzählen. Sie war etwas nervös. Sie hatte keine Ahnung, wie er reagieren würde.

Der kleine Mr. Freudenkuss hatte ihr noch empfohlen, sie sollte sich das Gespräch vorher genauso vorstellen, wie sie es gerne hätte. Auch wenn ihr Kopf ihr etwas anderes weismachen wollte.

Und genau das tat sie auch. Auf dem Weg zurück zum Büro stellte sie sich vor, wie begeistert Herr Beck von ihrem Wunsch, ans Meer zu fahren, war.

Sie sah vor sich, wie er ihr den Urlaub genehmigte und fühlte sich so, als ob sie schon dort wäre.

Oh ja!

Bei diesen Gedanken kribbelte und *prickelte* ihr ganzer Körper voller Vorfreude.

Immer wieder streckte sie ihre Hand aus und stellte sich vor, wie ihr Herr Beck seinen Segen gab und ihr sogar einen schönen Urlaub wünschte.

Als plötzlich ein kleines Kind vor ihr stand und ihre ausgestreckte Hand schüttelte, erwachte Carla schlagartig aus ihrem Tagtraum.

„Grüß Gott!", lachte die Kleine und lief wieder zu ihren Eltern.

Carla lächelte. Wie großartig, mit welcher Leichtigkeit Kinder auf fremde Menschen zugingen und einfach „Hallo" sagten.

‚*Sie kennen keine Angst vor dem, was passieren könnte, sondern machen einfach, wonach ihnen der Sinn steht*', dachte sich Carla.

Mit diesem Spirit legte sie den Weg in die Kanzlei zurück. Leider war Herr Beck den ganzen restlichen Tag nicht mehr im Büro, also verschob sie das Gespräch einfach auf Montag.

„Mogsch no wos essen geh mit uns?“, fragte Bernhard Olivia am Ende vom Kletterparcours, als sie wieder heil am Boden ankamen. „Mia hobn beim *Yume* reserviert. Des isch voll des guade japanische Reschtaurant do bei Hütteldorf. Da Chef hot sicha a nix dagegen, wenn ma so a Liabe wia di mitbringen.“

Bernhard sah sie mit seinem charmanten Lächeln erwartungsvoll an. Das klang wirklich verlockend. Olivia liebte das *Yume* und war viel zu selten dort. Also sagte sie zu und sie verabredeten sich zwei Stunden später beim Restaurant.

Als sie sich zu Hause fürs Abendessen umziehen wollte, wurde sie dort schon von Mr. Freudenkuss begrüßt.

„Wie war dein Tag?“

„Einfach herrlich“, begann Olivia zu schwärmen und erzählte dem kleinen Liebesexperten von ihrer Auszeit und ihrem Klettererlebnis.

„Und jetzt gehen wir alle noch zum Yume!“, strahlte sie begeistert.

„Das freut mich riesig für dich! Siehst du, was alles passieren kann, wenn man sich eine Auszeit gönnt und einfach das tut, was einem Spaß macht?“

Der kleine Mr. Freudenkuss grinste Olivia an. Wenn sie sich wie ein kleines Kind freute, sah sie seiner Jugendliebe Jessica besonders ähnlich. Gerade strahlte sie so richtig von innen heraus.

In diesem Moment wusste er, dass es genau jetzt an der Zeit war, jemanden zu kontaktieren.

Er atmete tief durch und drückte in der nächsten Sekunde auf einen weiteren Spezialknopf an seinem Körper. Plötzlich machte es *Plopp* und direkt neben ihm erschien eine weitere sieben Zentimeter große Gestalt.

„Puh, jetzt hab ich mich aber erschreckt. Wer bist *du* denn?“, fragte Olivia und inspizierte neugierig die kleine Frau neben Mr. Freudenkuss.

Sie war um die 50 Jahre alt, hatte lange dunkelbraune Locken, strahlend blaue Augen und trug ein rotes Sommerkleid.

„Ich bin Mrs. Liebherzig. Und du musst Olivia sein", begrüßte sie Mrs. Liebherzig mit einem freundlichen Lächeln und hielt ihr ihre kleine Hand hin.

„Es tut mir leid, dass ich hier einfach so reinplatze."

„Diego, können wir bitte kurz unter vier Augen sprechen?", sagte sie an Mr. Freudenkuss gewandt.

Olivia musste kurz schmunzeln.

Dass Mr. Freudenkuss mit Vornamen Diego hieß, war ihr neu.

Die beiden zogen sich in ein anderes Zimmer zurück. Was war das denn? Warum holte Mr. Freudenkuss Verstärkung? War sie wirklich so ein hoffnungsloser Fall, dass er es allein nicht schaffte, einen passenden Mann für sie zu finden?

Olivia war verwirrt.

Direkt an der Tür lauschen wollte sie aber auch nicht. So blieb ihr nichts anderes übrig, als sich nichtsahnend für ihr Abendessen fertigzumachen. Nur ab und zu konnte sie ein paar Gesprächsfetzen aus dem Zimmer vernehmen.

„... mich hergeholt ..."

„... ja, ich weiß ..."

„... nicht mehr Olivias Coach ..."

Olivia horchte nervös auf. Was? Mr. Freudenkuss war nicht mehr ihr Coach?

Neeein! Was war da los?

33

Toni staunte nicht schlecht, als auf einmal ein Pärchen mit merkwürdigen Verletzungen vor ihm stand. Der Mann wies Bissspuren im Genitalbereich auf, während die Frau eine große Brandblase auf dem Rücken hatte.

„Wie ist denn das passiert?“, fragte er die beiden.

Das Pärchen sah sich verlegen an. Zögernd begann der Mann zu erzählen.

„Naja, wir wollten mal etwas Neues ausprobieren. Ich hab in der Küche Palatschinken gemacht und meine Frau hat mich währenddessen oral befriedigt. Es war echt heiß und mal etwas anderes. Bis sich plötzlich eine Spinne vor meinen Augen abgeseilt hat. Da hab ich mich so erschreckt, dass die Palatschinke, die ich gerade hochgeworfen hab, auf dem Rücken meiner Frau gelandet ist. Vor lauter Schmerzen hat sie zugebissen.“

Toni konnte sich nur mit Mühe ein Grinsen verkneifen. Bei diesen Patientengesprächen wurden die angehenden Ärzte echt auf Herz und Nieren geprüft.

Das klang ja mehr nach versteckter Kamera …

Er sah zum Oberarzt, der mit versteinerter Miene dasaß und alles beobachtete.

Reiß dich zusammen, Toni!

„Ich verstehe. Lassen Sie mich mal die Wunden genauer ansehen, dann verschreibe ich Ihnen die passenden Medikamente dafür“, sagte er schließlich ruhig und sachlich.

In der WG hatte Mr. Freudenkuss währenddessen ganz andere Schmerzen. Er musste gerade schweren Herzens Mrs. Liebherzig das Liebestraining für Olivia übertragen.

Sie erinnerte ihn einfach zu sehr an seine Jugendliebe Jessica. So konnte er nicht sein Bestes geben.

Immerhin wurde er nicht gleich zu einem komplett neuen Auftrag gerufen, sondern durfte weiterhin Toni und Clara bei ihren Dates zur Seite stehen. Um Olivia würde sich ab sofort Mrs. Liebherzig kümmern.

„Du weißt, dass das die richtige Entscheidung ist."

Mrs. Liebherzig sah den kleinen Liebesexperten aufmunternd an.

„Und immerhin darfst du ja hierbleiben. Du bist nur nicht mehr der Liebescoach von Olivia."

„Und was sagen wir Olivia und den anderen?"

Der kleine Mr. Freudenkuss sah sein weibliches Pendant verunsichert an.

Mrs. Liebherzig überlegte kurz und meinte dann: „Wir sagen ihnen, dass du jahrelang mein Schüler warst, und ich dir alles über Dating und die Liebe beigebracht habe, was ich weiß. Und dass du mit drei Klienten gleichzeitig überfordert warst und mich um Hilfe gebeten hast. Das kratzt zwar etwas an deinem Ego, aber das wirst du schon verkraften."

‚Pffff! Die hatte gut reden. Sie war ja nicht diejenige, die klein beigeben musste.'

„Vorsicht! Nicht nur du hast diesen Spezialknopf, mit dem man Gedanken lesen kann", grinste ihn die kleine Mrs. Liebherzig vielsagend an.

Verdammt!

Sie hatte ihm wirklich viel beigebracht. Jahrelang hatte sie ihn immer zu Kunden mitgenommen, ihn bei mentalen Übungen zusehen lassen und war ihm stets eine geniale Mentorin gewesen. Hatte er sich eigentlich jemals so richtig dafür bedankt und ihr seine Wertschätzung gezeigt? Mr. Freudenkuss fühlte sich plötzlich etwas schuldig.

„Lea, hab ich dir jemals gesagt, wie sehr ich das schätze, was du mir alles beigebracht hast?", sagte er zu einer überraschten Mrs. Liebherzig.

„Du hast dich immer im Hintergrund gehalten, während ich als DER Liebesexperte gefeiert werde. Dabei warst doch du immer das eigentliche Genie. Diejenige, die den Liebescode geknackt hat. Wenn ich daran denke, wie oft *ich* schon deine Hilfe gebraucht habe."

„Das hast du jetzt aber schön gesagt, Diego. Dankeschön! Und es freut mich riesig, dass du so ein genialer Liebesexperte geworden bist, der schon so vielen Singles geholfen hat. Ich wollte nie so dermaßen in der Öffentlichkeit stehen, also bin ich dir im Gegenzug dankbar, dass du diese Rolle übernommen hast. Danke, dass du das Gesicht von *Forever In Love* bist, das Bob und ich vor 20 Jahren gegründet haben. Du kannst dich also entspannen. Es ist alles gut, und du machst deine Sache großartig!"

Lea umarmte ihn fest und bat ihn noch um ein genaues Update, welche Übungen er bei Olivia denn schon angewandt hatte.

34

Olivia stand mittlerweile bereits in einem hübschen bunten Abendkleid vor dem großen Spiegel in der Garderobe.

Als sie sah, dass der kleine Mr. Freudenkuss und Mrs. Liebherzig wieder aus dem Zimmer kamen, blickte sie neugierig auf. Sie wollte nicht gleich mit der Tür ins Haus fallen und nachfragen, was sie zufällig mitgehört hatte.

Trotzdem wollte sie unbedingt wissen, was da besprochen wurde.

„Olivia, es wird ein paar Änderungen bei deinem Training geben", begann der kleine Mr. Freudenkuss vorsichtig und erzählte ihr dann, dass sich ab jetzt Mrs. Liebherzig um ihr Liebestraining kümmern würde.

Olivia war etwas enttäuscht.

Hatte sie doch großen Spaß mit dem kleinen Mr. Freudenkuss gehabt.

Als sie jedoch erfuhr, dass er trotzdem bleiben würde, und Mrs. Liebherzig im Grunde seine Mentorin war, entspannte sie sich allmählich.

„Wir wissen, dass das jetzt eine Umstellung für dich ist, liebe Olivia. Aber du kannst dir sicher sein, dass du bei Mrs. Liebherzig in sehr guten Händen bist. Sie hat alle Übungen selbst ausprobiert und damit ihren Wunschpartner kennengelernt: Bob", erzählte der kleine Mr. Freudenkuss.

„Ist das wahr? Wie genau hast du das gemacht?", wollte Olivia gleich von Mrs. Liebherzig wissen.

Das klang interessant.

„Ich habe mir genau überlegt, wie ich mir eine Beziehung mit meinem idealen Partner vorstelle und seine Charaktereigenschaften und Hobbys aufgeschrieben. Und zwar so detailliert wie möglich. Ich habe damals 20 Eigenschaften notiert - kurz darauf habe ich Bob kennengelernt. Er hat übrigens 18 von diesen 20", berichtete die kleine Mrs. Liebherzig und zeigte Olivia verliebt ein Foto von sich und Bob.

„Seitdem weiß ich genau, welche Power die eigene Vorstellungskraft hat, und wie schnell sich ein Wunsch manifestieren kann. Ich habe damals genau analysiert, warum es bei mir auf einmal geklappt hat, und habe so die Basis für meine Trainings entwickelt", erzählte sie stolz.

„Ihr seht richtig süß zusammen aus", schwärmte Olivia.

„Danke, das finde ich auch. Bob ist mein größter Schatz", grinste Mrs. Liebherzig selig.

„Aber jetzt zurück zu dir. Mr. Freudenkuss hat mir erzählt, wie weit ihr beim Training gekommen seid. Wenn du zustimmst, dass ich ab jetzt dein Liebestraining übernehmen darf, würde ich mich freuen."

Olivia sah nochmal wehmütig zu Mr. Freudenkuss, doch schlussendlich stimmte sie zu. Schließlich wollte sie auch ihren ganz persönlichen Bob finden. Mrs. Liebherzig fackelte auch nicht lange und stellte ihr gleich die nächste Aufgabe: Olivia sollte sich genau überlegen, welche Charaktereigenschaften und Hobbys IHR Traummann denn haben sollte. Dabei ging es gar nicht so um Äußerlichkeiten.

„Natürlich sollst du ihn attraktiv finden", erklärte ihr Mrs. Liebherzig, „doch es geht in erster Linie um seinen Charakter. Und darum, wie du dir die Beziehung mit ihm vorstellst. Würdet ihr gemeinsam kochen, reisen, auf den nächsten Gipfel klettern? Stellst du dir vor, dass er eher ruhig ist, viele Freunde hat, ein Sportmuffel oder gern in der Natur unterwegs ist?"

Mrs. Liebherzig gab Olivia ein paar Beispiele, durch die sie sich gleich viel besser vorstellen konnte, was die kleine Liebesexpertin meinte.

„Es geht auch nicht darum, dass er 100 Prozent von dieser Liste erfüllt. Das wäre ja quasi unmöglich. Diese Liste hat vielmehr den Zweck, dass du dir ganz genau überlegst, was du wirklich von einem Mann willst. Mit einem konkreten Ziel vor Augen gibst du deinem Unterbewusstsein schon mal Bescheid, was es dir zeigen soll, und wie du dich fühlen möchtest. Und auf einmal lernst du genau die richtigen Personen kennen, oder es passieren Situationen, mit denen du nie gerechnet hättest. Aber dazu später", gab Mrs. Liebherzig Olivia noch ein paar Tipps.

Olivia war beeindruckt.

Bei Mrs. Liebherzig klang das alles so *einfach.*

Sie hingegen hatte schon öfter so eine Liste geschrieben, auf der sie genau notiert hatte, wie sie sich ihren Partner vorstellte. Dass der Traummann trotzdem noch auf sich warten ließ, war offensichtlich. Aber damals hatte sie auch nicht so geniale Inputs bekommen.

„Schau dir am Ende die Liste noch einmal an, damit du aus voller Überzeugung *‚Ja, genau den hab ich verdient!'* sagen kannst", beendete Mrs. Liebherzig ihre Anweisungen an Olivia.

Sie hatte noch eine halbe Stunde Zeit, bevor sie zum Yume aufbrechen sollte. Diese Zeit nutzte sie dafür, gleich in ihr neues Notizbuch zu schreiben.

„Mein idealer Partner" schrieb sie als Überschrift und notierte die ersten Charaktereigenschaften, die ihr in den Sinn kamen.

Er sollte humorvoll, großzügig, treu, familiär, um die 30 und am liebsten selbstständig sein, dann konnten sie sich beide ihre Zeit frei einteilen. Olivia kam so richtig in einen Schreibfluss und hätte beinahe übersehen, dass sie schon gehen musste, wenn sie noch pünktlich beim Restaurant sein wollte. Sie verabschiedete sich von Mr. Freudenkuss und Mrs. Liebherzig und marschierte in Richtung U-Bahn.

Dabei dachte sie noch einmal an all die Eigenschaften, die sie notiert hatte. Ihr Partner sollte kreativ sein, *ein Lebemensch*. Sie wollte mit ihm gemeinsam etwas unternehmen, aber andererseits sollte auch wieder jeder für sich gern mal allein sein.

Sie dachte da speziell an einen Ex-Partner, der sich damals völlig von ihr abhängig gemacht hatte. Jedes Mal, wenn sie etwas alleine oder mit ihren Freunden unternehmen wollte, hatte er mit ihr zu diskutieren begonnen. Das war ihr schwer auf die Nerven gefallen. Aber sie war ihm dankbar für diese Erfahrung. Schließlich wusste sie jetzt, was sie auf keinen Fall mehr wollte – was auch wichtig war.

Sie wollte einen Partner, der unabhängig war und seine eigenen Freunde hatte. So hatte man ja auch *Zeit, einander zu vermissen*.

35

Beim Restaurant angekommen, wurde Olivia bereits von Bernhard, Josef und der gesamten Crew von *Happy Morning World* erwartet. So hieß das ganz besondere Frühstückslokal, in dem alle arbeiteten. Diesmal war auch der Chef dabei: Jonas.

„Des isch jo a nette Überroschung, dass uns so a feschs Madl begleitet. I hob scho gheat, dass du a Überfliaga bisch", begrüßte sie Jonas grinsend und zeigte ihr ihren Platz am Tisch. „Hock di hea und dazehl – wia woa des Klettern mit meine Burschn?"

Jonas wirkte durchaus sympathisch. Er war Mitte dreißig, hatte kurze schwarze Haare und grüne Augen. Dazu eine stattliche Figur und einen Dreitagesbart. Und der Dialekt! Olivia hatte eine Schwäche für Tiroler.

„Bis auf meinen Drahtseilakt war das Klettern super", schmunzelte Olivia.

Sie konnte gut über sich selbst lachen.

„Hahaha, auf des proscht ma!", lachte Jonas und bestellte Getränke.

„Was ich hier übrigens sehr empfehlen kann, ist das *Lemon Chicken* als Vorspeise", sagte Olivia in die Runde, als sie das Menü aufschlug.

Das war immer eines ihrer *Must-Haves*, wenn sie im Yume war. Allein, wenn sie daran dachte, lief ihr das Wasser im Mund zusammen. Sie beschlossen, dass sie gemeinsam einen bunten Mix aus Vorspeisen, Maki- und Sushi-Variationen bestellten, wo sich jeder einfach bedienen konnte. Olivia war jetzt schon begeistert. Sie mochte den Spirit, den diese Truppe versprühte, sehr.

„*Happy Morning World* ist also dein Frühstückslokal in St. Johann? Was kann man denn da alles so essen bei euch?", fragte Olivia Jonas interessiert.

Er erzählte ihr von seiner Idee, die er vor Jahren auf einer Weltreise gehabt hatte: ein Frühstückslokal mit den besten Spezialitäten aus der ganzen Welt.

„Und nochand hob i gschaut, wos am meischtn bschtellt wordn isch“, erzählte Jonas weiter.

„Aussikemmen sein olle meglichn Ortn von Eggs Benedict. Des mog irgendwia a jeda. Maria, woa des zerscht amal a Umapotzn. Owa hiatzad hammas scho heraussn, wias geht.“

Jonas lachte, als er an die Anfänge dachte.

Damals hatte er noch keinerlei Ahnung gehabt von Gastronomie. Doch sein Traum vom eigenen Frühstückslokal war so groß gewesen, dass er einen Kredit aufgenommen hatte und auf die Suche nach einem Koch gegangen war. Vier Jahre war das nun her.

„Und wos mochsch du?“, wollte er nun von Olivia wissen.

„Ich bin Designerin und entwerfe einzigartige Food Trucks“, sagte Olivia stolz.

„Hea auf, echt hiatzad? I hätt nämlich gern an Food Truck für *Happy Morning World* in Wian! Des isch jo jetzt luschtig bitte. Hosch ebba a poa Beispiele do, wosd scho entworfn hosch?“

Jonas war ganz aus dem Häuschen, ließ sich von Olivia Fotos auf ihrem Handy zeigen und fragte sie, was ihre Designs kosteten. Noch bevor sie richtig antworten konnte, hatte Jonas eine Entscheidung getroffen.

„Woascht wos, do muass i gor nit laung überlegn. I mecht, dass du unsan Food Truck designsch!“, sagte Jonas entschlossen und strahlte Olivia an.

Die war völlig perplex.

Damit hatte sie nun gar nicht gerechnet.

„Ist das dein Ernst? Das ist ja großartig. Dankeschön!“.

Sie fiel ihm vor lauter Freude um den Hals. Jonas hatte auch eine Riesenfreude. Anscheinend hatte er schon monatelang nach dem richtigen Designer gesucht, war aber nicht fündig geworden.

Es wurde noch ein wundervoller Abend. Sie bestellten Desserts, prosteten auf ihre neue Designerin und Olivia konnte ihr Glück kaum fassen. So fühlte es sich also an, wenn auf einmal alles im Flow war.

36

Jetzt denk an all die Männer, die nur Sex mit dir wollten, und lass die Emotion dazu hochkommen", sagte der kleine Mr. Freudenkuss zu Carla, die in ihrem Laufgewand vor ihm stand.

Carla schloss ihre Augen und ließ alle Emotionen zu, die sich in ihr meldeten. Sie dachte an Philip, der sie schon seit Wochen an der langen Leine hielt und daran, wie frustrierend das war. Oder Eduard, der nur flirtete, wann es ihm passte, und mir ihr spielte. Carla konnte richtig spüren, wie beim Gedanken an diese Männer ihr ganzer Körper zu beben begann. Sie hatte etwas Besseres verdient. Sie wollte sich das nicht mehr gefallen lassen!

„Yeeees! Und jetzt lauf los und lass das alles hinter dir!", rief der kleine Mr. Freudenkuss auf ihrer Schulter.

Zur Sicherheit klammerte er sich fest an ihren Sport-BH. Carla sprintete los und spürte richtig, wie sie diese alten Geschichten mit jedem Schritt etwas mehr hinter sich ließ. Sie wiederholte diesen Vorgang ein paar Mal, bis sie das Gefühl hatte, es war genug.

Herrlich!

Endlich stellte sich bei Carla eine Leichtigkeit ein, die sie in ihre nächsten Dates unbedingt mitnehmen wollte.

37

Toni hatte den ganzen Tag Patientengespräche geübt und war zufrieden mit sich. Er war ruhig geblieben und hatte wahrgenommen, was jeder Einzelne gerade gebraucht hatte.

Der Oberarzt hatte ihn gelobt, was ein richtig großes Kompliment war, weil er hohe Ansprüche an seine Studenten hatte. Vor allem bei besonders kuriosen Geschichten hatte Toni mit Feingefühl und Wissen geglänzt.

Sarah war heute in einer anderen Gruppe gewesen, worüber er echt froh war. Nachdem er in der WG schnell geduscht und etwas gegessen hatte, war endlich Zeit für die Aufgabe, die ihm der kleine Mr. Freudenkuss gestellt hatte. Toni holte seine Hängematte und fuhr hinauf zur Bellevue Wiese – einer seiner Lieblingsplätze in Wien.

Dort spannte er die Hängematte zwischen zwei Bäume – genau so, dass er den Ausblick auf Wien genießen konnte.

Mit dabei hatte er etwas zu trinken und Sandwiches. Er holte seinen Notizblock raus und begann all das aufzuschreiben, was ihn und seine Persönlichkeit ausmachte. Alles, was er an seinem Aussehen mochte, seine Werte und Charaktereigenschaften – alles, worauf er so richtig stolz war.

Das war gar nicht so einfach. Es wäre viel leichter, all diese Dinge über jemand anderen zu schreiben. Toni blickte über Wien und stellte sich vor, wie es wäre, wenn seine Traumfrau schon bei ihm wäre.

Genau hier. Sie würden gemeinsam in der Hängematte kuscheln und zusammen die herrliche Aussicht genießen.

Da machte es *Plopp* und Mr. Freudenkuss erschien direkt neben ihm in der Hängematte. Toni freute sich über seinen Überraschungsbesuch, denn er konnte etwas Hilfe brauchen.

„Was machst du gerade?“, fragte ihn der kleine Liebesexperte.

„Ich mach die Hausaufgabe, die du mir gegeben hast, und schreibe auf, was toll an mir ist. Aber es fällt mir nicht so leicht", antwortete Toni. „Hast du vielleicht einen Tipp für mich?"

Der kleine Mr. Freudenkuss sah ihn mit seinen gutmütigen Augen an. Er war noch immer etwas enttäuscht, dass er nicht mehr Olivias Coach war, aber gleichzeitig freute er sich, dass er zumindest Toni und Carla weiter unterstützen durfte. Dass beide seine Hilfe brauchten, war ja offensichtlich.

„Wie würde dich dein bester Freund beschreiben? Was schätzt er besonders an dir? Was sagen deine Familie und Freunde: Welche Talente und Stärken hast du?", half der kleine Mr. Freudenkuss Toni auf die Sprünge.

Das war eine gute Methode. Sich selbst aus der Perspektive von anderen zu betrachten, die einen gernhatten. Da sah man sich selbst gleich ganz anders.

Tonis Freund Dominik hatte ihn beispielsweise immer als unglaublich vielseitig und zielstrebig beschrieben. Wenn sich Toni in den Kopf setzte, er wollte jetzt Ukulele lernen, hatte er einfach begonnen, sich Youtube-Videos dazu anzusehen, und es sich selbst beigebracht. Oder er hatte mit Bogenschießen begonnen, nahm Salsa-Stunden und organisierte für Freunde öfter Wochenenden in genialen Locations.

Daneben rockte er noch sein Medizinstudium. Ja, auf diese Weise fiel Toni schon einiges ein. Da wurde ihm bewusst, dass er Dominik schon eine gefühlte Ewigkeit nicht mehr gesehen hatte. Seitdem dieser nach Vorarlberg gezogen war, hatten sie kaum noch Kontakt. Toni nahm sich fest vor, ihn wieder einmal anzurufen.

Der kleine Mr. Freudenkuss beobachtete zufrieden, wie Toni immer mehr notierte. Er ließ ihn in Ruhe schreiben und genoss in der Zwischenzeit die schöne Aussicht. Direkt vor ihnen lag Wien in seiner vollen Pracht.

Mit jedem wohlwollenden Wort, das Toni über sich selbst schrieb, merkte er, wie er sich immer besser fühlte. Ihm wurde bewusst, dass er in den vergangenen Wochen sehr oft mit sich selbst geschimpft und sich seine innere kritische Stimme immer öfter gemeldet hatte.

Warum hast du das nicht hingekriegt?
Du solltest schon längst die Frau fürs Leben gefunden haben.
Was, du traust dich nicht mal da rüberzugehen und sie anzusprechen?
Was bist du denn für ein Loser?

Solche und ähnliche Sätze waren ständig in seinem Kopf.

Doch Mr. Freudenkuss hatte auch dafür die passende Methode – zwei geniale mentale „Knöpfe", die Toni immer dann aktivieren konnte, wenn sein innerer Kritiker auftauchte.

Wenn der angehende Arzt sein linkes Knie berührte, konnte er die Stimme des inneren Kritikers einfach stumm schalten. Wollte er hingegen wissen, welche positive Absicht hinter dessen Worte steckte, berührte er einfach sein rechtes Knie. So erfuhr Toni, was er gerade lernen durfte.

Diese Methode fand der Medizinstudent fantastisch. Auf diese Weise hatte er keine gedanklichen Schimpftiraden mehr im Kopf.

Ein herrliches Gefühl!

„Ich bin eigentlich ein richtig toller Mann", stellte Toni fest und sah den kleinen Mr. Freudenkuss an.

„Nicht nur eigentlich, sondern wirklich.", erwiderte der Liebesexperte und hielt ihm seine kleine Hand für ein High Five hin.

„Das heißt, wir könnten heute einen Abstecher ins Rodriguez Banderas machen? Vielleicht treffen wir dort ja wieder Eva Right."

Toni bekam große Augen und ganz kurz kam die Unsicherheit wieder hoch.

Aber dann dachte er an seine zwei „Knöpfe“ und nach nur wenigen Sekunden antwortete er voller Überzeugung:

"Ja, das sollten wir in der Tat machen!“

Die beiden fuhren nach Hause und zogen sich um. Toni hatte sich ein maßgeschneidertes weißes Hemd anfertigen lassen, das ihm ausgezeichnet stand. Dazu trug er eine blaue Jeans mit einem edlen Ledergürtel.

Dank der Tipps vom Barber waren seine Haare und sein Bart in Windeseile gestylt, und es konnte losgehen.

38

Im Steaklokal Rodriguez Banderas angekommen, bekamen die beiden gleich einen wunderbaren Tisch mit Blick über das ganze Lokal.

„Mr. Freudenkuss, schön dass du wieder hier bist. Was kann ich euch bringen?", freute sich der Besitzer, der gerade aus der Küche kam.

Die beiden bestellten zwei selbstgemachte Limonaden und dazu mit zartem Rinderfilet gefüllte Tacos. Während sie auf das Essen warteten, sah sich Toni im Raum um – und tatsächlich: An der Bar saß Eva Right, die berühmte Salsa-Tänzerin, die Toni schon beim letzten Besuch entdeckt hatte!

Gerade, als er Mr. Freudenkuss Bescheid geben wollte, sah die hübsche Tänzerin zu Toni herüber und er schenkte ihr sein charmantestes Lächeln. Genauso, wie er es mit dem kleinen Liebescoach geübt hatte. Zu seiner Überraschung lächelte sie zurück!

Oh mein Gott!

Tonis Herz machte einen kleinen Freudensprung.

„Sie hat gerade zurückgelächelt. Eva Right hat gerade zurückgelächelt. Was mach ich jetzt?", fragte Toni den kleinen Mr. Freudenkuss voller Aufregung und Herzklopfen.

„Toni, entspann dich. Du lächelst sie noch einmal an – damit sie auch weiß, dass sie gemeint war, und schaust, was passiert", beschwichtigte ihn Mr. Freudenkuss gekonnt.

Okay. *Tief durchatmen* und los geht's! Toni blickte erneut zur Bar und sah eine lächelnde Eva, die ihn zu sich winkte. Er konnte sein Glück gar nicht fassen.

„Ich werd ihr jetzt mal ‚Hallo' sagen", sagte er, ohne den Blick von Eva Right abzuwenden, und machte sich auf den Weg Richtung Bar.

„Hi, I'm Toni. I just wanted to tell you how beautiful you look", begann Toni ein Gespräch mit Eva.

„I'm so sorry. I was waiting for my fiancé, he's right there!", unterbrach ihn Eva und deutete auf einen attraktiven Mann im Businessanzug, der direkt auf sie zukam.

Sie hatte also nicht *ihn* gemeint, sondern ihren Verlobten, der zufällig genau in derselben Sichtachse gestanden hatte? *Wie peinlich!*

Toni war so perplex, dass er gar nicht wusste, was er sagen sollte.

„Äh, sorry. I didn't mean to bother you", murmelte er peinlich berührt und wollte schon kehrtmachen, als er ein leises Kichern vernahm.

Ein paar Meter weiter saß eine junge Frau, die das Ganze beobachtet hatte und offensichtlich lustig fand. Als er sie ansah, fühlte sie sich ertappt. Weil jetzt ohnehin schon alles egal war, ging er direkt auf die Dame zu.

„Sehr witzig. Wusstest du, dass sie ihren Verlobten meint und nicht mich?", fragte Toni die attraktive Zuseherin.

„Ja, tut mir leid. Aus meiner Perspektive sah es echt lustig aus, und ich wollte wissen, was weiter passiert", entschuldigte sie sich bei Toni.

„Ich bin Anne-Marie."

Sie hielt ihm ihre Hand hin.

„Toni."

„Als kleine Entschuldigung lade ich dich auf einen Drink ein", schlug sie vor und lächelte ihn dabei versöhnlich an.

Toni war noch so verdattert von der Situation mit Eva Right, dass er Anne-Marie erst jetzt so richtig wahrnahm.

Sie hatte lange schwarze Haare, tiefbraune Rehaugen, kleine Bäckchen und ein paar Sommersprossen im Gesicht. An ihren Fingern trug sie unzählige Ringe und auf ihrem Schlüsselbein hatte sie drei kleine Herzen tätowiert.

„Ich sollte meinen Freund nicht so lange warten lassen. Bist du allein hier? Wenn ja, kannst du dich gerne zu uns setzen, wenn du magst", schlug Toni vor.

Anne-Marie sah hinauf zum Tisch, auf dem der kleine Mr. Freudenkuss seelenruhig wartete.

„Moment mal. Du bist mit Mr. Freudenkuss hier? DAS ist dein Freund? Ja, unbedingt will ich mich zu euch setzen! Ich hab ja so viele Fragen an ihn!", schwärmte Anne-Marie und war gleich Feuer und Flamme.

Sie gingen gemeinsam zu Mr. Freudenkuss, der vielsagend grinste, und Toni stellte die beiden einander vor.

39

Am Montag in der Kanzlei freute sich Carla schon riesig darauf, Herrn Beck ihre Wünsche mitzuteilen. Sie hatte sich am Wochenende noch einmal in allen Einzelheiten vorgestellt, wie begeistert er von ihrem Vorschlag sein würde.

„Herr Beck, hätten Sie bitte kurz ein paar Minuten für mich?", fragte Carla, als sie ihn in der Küche traf.

„Frau Stern, ja natürlich. Ich wollte ohnehin mit Ihnen sprechen. Kommen Sie gleich mit in mein Büro."

Carla war gespannt, was ihr Chef ihr zu sagen hatte, aber vorher wollte sie die Chance nutzen und ihr Anliegen vorbringen. Kaum waren sie im Büro angekommen, platzte Carla mit ihrem Wunsch heraus.

„Herr Beck. Ich bin jetzt schon seit drei Jahren in dieser Kanzlei und wie Sie wissen, macht es mir großen Spaß, hier zu arbeiten. Wir haben wunderbare Mandanten und Sie können sich immer auf mich verlassen", begann Carla.

Herr Beck lauschte interessiert ihren Ausführungen, hatte jedoch keine Ahnung, worauf sie hinauswollte. Doch das sollte sich schnell ändern, denn Carla fackelte nicht lange.

„Ich möchte ehrlich zu Ihnen sein: Ich würde gerne eine Woche ans Meer fahren. Mir ist nämlich bewusst geworden, dass ich mittlerweile seit zwei Jahren …"

Weiter kam sie nicht, denn Herr Beck unterbrach sie mit einem breiten Grinsen.

„Das ist jetzt aber wirklich ein witziger Zufall, Frau Stern. Gestern Abend rief mich nämlich eine unserer wichtigsten Klientinnen an: Frau Bosch. Sie wohnt auf einer kleinen Insel in Kroatien, auf Krk, um genau zu sein. Und sie wünscht sich so bald als möglich eine Vorort-Betreuung durch unsere Kanzlei. Sie möchte ein neues Lokal am Meer eröffnen und wir sollen die Verträge dazu prüfen. Das wird vermutlich nicht eine Woche, sondern mindestens zwei Wochen dauern. Wäre das für Sie machbar?“

Herr Beck sah Carla fragend an.

Die junge Anwältin wusste nicht ganz, ob sie das jetzt träumte, oder ob es wirklich passierte. Letzte Woche noch hatte er ihr erklärt, wie wichtig es sei, dass sie zu ihrem normalen Stundenpensum zurückkehrte. Und heute wollte er, dass sie für zwei Wochen nach Krk fuhr? Sie zwickte sich selbst in den Oberarm, um wieder aufzuwachen. Doch nichts passierte.

Also zwickte sie ihren Chef.

„Aua! Frau Stern, was machen Sie denn da?!“, rief Herr Beck empört.

Shit, doch kein Traum.

„Äh, da war so eine gefährliche Raupe. Wie heißen die doch gleich? Eichenprozessionsspinner. Genau! Die war auf ihrem Oberarm. Aber jetzt ist sie weg“, fing Carla wie wild an zu plappern.

Ihr Chef meinte es also ernst. Er wollte sie für ganze zwei Wochen nach Kroatien schicken! Ihr Herz machte einen Luftsprung.

Am liebsten hätte sie ihren Chef umarmt.

„Zwei Wochen Kroatien mit einer wichtigen Mandantin? Das klingt großartig! Natürlich übernehme ich den Auftrag – mit dem größten Vergnügen!“

Carla ließ sich von Herrn Beck alle Einzelheiten zum Auftrag erklären. Sie konnte immer noch nicht glauben, was da gerade passierte. Hatte der kleine Mr. Freudenkuss etwa *gezaubert*?

Magische Kräfte hatte er auf jeden Fall, aber ob er auch so etwas Großes einfach mal herzaubern konnte? Sie würde ihn bei nächster Gelegenheit fragen. Vielleicht war das alles aber gar keine Magie, sondern genau das, was Mr. Freudenkuss gemeint hatte.

Das konnte passieren, wenn man sich überlegte, was man eigentlich genau wollte und seine Wünsche auch konkret äußerte. Carla nahm sich fest vor, das ab sofort öfter zu tun.

40

Ihr erratet nie, was mir heute passiert ist!"

Mit diesen Worten betrat Carla schwungvoll die WG. Sie liebte es, dass sie hier jederzeit die Möglichkeit hatte, ihre Neuigkeiten jemandem persönlich mitzuteilen. Sie musste niemanden anrufen oder treffen, sondern einfach nur nach Hause kommen.

„Erzähl! Ich mach gerade Chili sin Carne. Magst du auch?", rief Toni aus der Küche.

„Mmmhhh, Chili!"

Carla sauste in die Küche und atmete genüsslich den herrlichen Duft ein.

„Das sieht köstlich aus. Was ist da alles drin?", fragte Carla und lugte neugierig in den riesigen Kochtopf.

„Zucchini, Paprika, Bohnen, Mais – und dazu gibt's Josephbrot, Avocadoscheiben und Sauerrahm mit frischen Kräutern.

„Das klingt fantastisch!", freute sich Carla. „Ich decke inzwischen den Tisch."

„Olivia müsste auch jeden Moment nach Hause kommen", sagte Toni, der konzentriert im Topf rührte.

„Ah super, dann warte ich mit meinen Neuigkeiten, damit Olivia sie auch erfährt. Moment mal! Seit wann kochst du eigentlich vegetarisch? Bist du nicht normalerweise ein leidenschaftlicher Fleischesser?".

Carla sah Toni mit hochgezogenen Augenbrauen an.

Hatte er etwa jemanden kennengelernt?

„Naja, ich hab demnächst ein Date mit Anne-Marie", sagte Toni und konnte sich ein Grinsen nicht verkneifen.

„Lass mich raten: Sie ist Vegetarierin. Und du testest vorab das Essen, das du für sie kochen möchtest."

„Bingo!“

Carla hatte immer schon einen guten Riecher für solche Dinge gehabt. Sie *wusste* doch, dass da etwas dahintersteckte. Toni kochte so gut wie nie etwas ohne Fleisch. Aber sie hatte nichts dagegen und freute sich aufs fleischlose Chili.

„Hallo ihr Lieben!“, rief Olivia zur Tür herein. „Mmmhhh, da duftet es ja herrlich!“

Sie legte ihre Sachen in der Garderobe ab und umarmte die beiden zur Begrüßung.

„Ich hab den coolsten Auftrag ever bekommen!“, strahlte sie und erzählte den beiden von dem Food Truck für *Happy Morning World*.

Heute hatte sie sich noch einmal mit Jonas getroffen, und sie hatten besprochen, was er sich genau vorstellte. Sie konnte noch immer nicht fassen, wie einfach das gegangen war. So oft hatte sie in der Vergangenheit das Gefühl gehabt, sie müsste noch härter arbeiten, sich noch mehr anstrengen, noch mehr leisten, um erfolgreich zu sein.

Doch dieser Auftrag widerlegte das alles. Sie hatte einen ganzen Tag lang einfach nur das gemacht, was ihr Spaß gemacht hatte.

Mrs. Liebherzig hatte ihr erklärt, dass sich dadurch auch ihre Ausstrahlung veränderte. So ganz verstanden hatte Olivia das Prinzip zwar noch nicht, aber das war im Moment auch nicht so wichtig. Sie genoss einfach diese Erfahrung, dass es auch leicht gehen konnte und das Gewinnen neuer Kunden nicht unbedingt mit Anstrengung verbunden sein musste.

„Olivia, das ist ja mega!“, freute sich Carla.

Sie war gerade dabei, leckere Mocktail-Rezepte rauszusuchen. Mocktails waren Cocktails ohne Alkohol. Vor ihr standen Kokossirup, Granatapfelsirup, Limettensaft, Minze, Basilikum, Orangensaft, Kirschsaft und Zitronen.

„Ich mix uns da jetzt einfach etwas Leckeres draus – im Carla-Style", beschloss sie und legte los.

Innerhalb von Minuten hatte sie drei Mocktails in wunderschönen Gläsern mit Schirmchen gezaubert und hielt sie den beiden hin.

„Toni, auf dich und dein Date. Olivia, auf deinen neuen coolen Design-Auftrag. Und auf mich: ich fahre morgen nach Kroatien!", verkündete Carla und prostete den beiden zu.

„Du fährst nach Kroatien? Wie das?"

Olivia und Toni sahen Carla erwartungsvoll an. Also berichtete sie vom Gespräch mit Herrn Beck, und dass er sie für zwei Wochen nach Krk schickte.

„Ich freu mich schon riesig darauf! Meine Mandantin besitzt ein paar Grundstücke in Kroatien. Unter anderem eine Villa mit Infinity Pool und Blick aufs Meer! Und stellt euch vor, wer da zwei Wochen lang wohnen darf?", strahlte Carla von einem Ohr zum anderen.

„Übrigens: Das Chili ist köstlich, Toni. Das kannst du Anne-Marie mit ruhigem Gewissen servieren."

Auch Olivia schmeckte die fleischlose Kreation und sie nahm sich gleich noch einen Nachschlag. Toni freute sich. Es war sein erstes Chili mit Gemüse und sollte natürlich ein echtes Highlight werden beim Date mit Anne-Marie. Der Abend mit ihr im Restaurant war nett gewesen und es konnte nicht schaden, sie mit seinen Kochkünsten zu beeindrucken.

„Carla, das sind ja fantastische Neuigkeiten! Ich freu mich sehr für dich. Aber sagt mal, ihr zwei: Habt ihr auch so das Gefühl, dass ihr auf einmal total im Flow seid?", fragte er die beiden Ladies.

Olivia lachte. Ja, genau dieses Gefühl hatte sie auch. Auf einmal war alles so einfach, so leicht, so fließend. Sie wünschte, dass es immer so bleiben könnte. Obwohl ihr natürlich bewusst war, dass das Leben nun mal aus Höhen und Tiefen bestand. Doch sie nahm sich fest vor, dass sie trainieren wollte, auch in Zukunft emotional unabhängig zu sein und diese Leichtigkeit nicht mehr zu verlieren.

Oft hatte sie erlebt, dass sie von etwas total begeistert war, doch kaum passierte etwas Unerwartetes, oder jemand, wie ihre Großtante, sagte etwas Negatives darüber – war sie schlagartig schlecht gelaunt. Das wollte sie unbedingt ändern, weil sie sich in der Vergangenheit so um viele schöne Momente und Erfolgserlebnisse gebracht hatte.

Sie nahm sich deshalb fest vor, Mrs. Liebherzig zu fragen, wie sie üben konnte, in ihrer Kraft zu bleiben.

In diesem Moment machte es *Plopp* und Mrs. Liebherzig tauchte neben ihr auf.

„Ist notiert, Schätzchen", meinte sie lächelnd zu Olivia und zwinkerte ihr dabei zu.

„Dankeschön!"

Olivia schmunzelte zurück. Bei Mrs. Liebherzig konnte sie sich voll und ganz entspannen.

Olivia war mittlerweile sehr froh, dass sie die kleine Liebesexpertin an ihrer Seite hatte. Mr. Freudenkuss hatte ihr zwar auch wirklich weitergeholfen, doch irgendetwas stand zwischen ihnen. Was das war, wollte sie Mrs. Liebherzig bei nächster Gelegenheit fragen.

„Ich könnte sogar noch jemanden mitnehmen", platzte Carla auf einmal in ihre Gedanken und sah die beiden vielversprechend an. „Die Villa ist groß genug für acht Personen. Also wenn ihr zufällig Zeit habt, kommt doch mit!"

Das klang sehr verlockend.

Toni holte sofort sein Handy heraus und sah in seinem Terminkalender nach.

„Zwei Wochen ab morgen, sagst du?", fragte er noch einmal nach.

„Ja genau. Kommt ihr mit?"

Carla sah die beiden gespannt an.

„Den neuen Food Truck kann ich auch in Kroatien entwerfen. Also ich bin dabei! Wie cooool!“, freute sich Olivia.

Sie liebte solche Spontan-Aktionen.

„Was ist mit dir, Toni?“

„Bei den Vorlesungen könnte ich mich online dazuschalten, wichtige Übungen haben wir erst wieder in zweieinhalb Wochen, und für das Date mit Anne-Marie gibt es eh noch keinen konkreten Termin“, überlegte Toni laut. „Ich bin auch dabei, Ladies!“

Die drei waren ganz aus dem Häuschen. Noch vor Kurzem gab es so viel emotionale Last, die sie mit sich herumschleppten. Doch jetzt schienen sie die Lorbeeren für ihre Anstrengungen zu ernten und waren einfach nur dankbar.

Nachdem Mrs. Liebherzig schon fleißig mitfeierte, gesellte sich nun auch der kleine Mr. Freudenkuss zu ihnen.

„Ich bin so richtig stolz auf euch“, sagte er mit stolzgeschwellter Brust und stieß mit einem Mini-Mocktail mit ihnen an.

„Wenn ihr nichts dagegen habt, begleiten euch Mrs. Liebherzig und ich auch nach Kroatien“.

Er sah fragend in die Runde.

„Natürlich kommt ihr mit!“, lachte Carla.

Sie genoss dieses wunderbare Glücksgefühl und freute sich auf alles, was sie in Kroatien erwartete. Daran, dass sie Ben nun etwas länger nicht sehen würde, dachte sie vor lauter Aufregung gar nicht.

41

Olivia, bist du fertig? Wir warten schon alle auf dich!", rief Carla quer durch die WG.

Toni, Mr. Freudenkuss und Mrs. Liebherzig saßen schon voller Vorfreude im Auto. Olivia stand wie angewurzelt in ihrem Zimmer. Hatte sie auch wirklich alles dabei? Pass, Laptop, Unterwäsche, Zahnputz-Zeugs – gedanklich ging sie alles noch einmal durch.

Handy, Bikini, Flip Flops, …

„Ja, gleich! Ich bin in fünf Minuten da!", rief sie zurück.

Sie hatte gestern endlich die neue Lieferung für ihr Zimmer bekommen und wollte alles noch fix fertig gestalten, bevor sie wegfuhr.

Ihr Bett hatte sie schon verschönert mit den zwei kleinen Nachtkästchen, der neuen dunkelblauen Leinenbettwäsche und den beiden Pölstern.

Jetzt fehlte nur noch das Wandtattoo mit dem lachenden Paar am Strand. Sie zog die Folie ab und klebte das Tattoo genauso auf die Wand, wie es in der Beschreibung stand. Danach fuhr sie mit der großen Spachtel darüber, sodass sich das Tattoo von der Folie löste und schließlich auf der Wand kleben blieb.

Olivia machte einen Schritt zurück und betrachtete zufrieden ihr Werk. JETZT sah es nach einem Bett aus, in dem ein glückliches Pärchen schläft.

„Das hast du schon vor einer Viertelstunde gesagt. Komm jetzt! Pass und Handy hast du dabei?", fragte Carla ungeduldig.

Sie gehörte zu den Menschen, die in der Früh aufwachten und sofort hellwach waren.

Olivia brauchte erst mal eine halbe Stunde und ihren Morgenkaffee. Vorher war sie zu keiner geistigen Höchstleistung bereit.

„Handy! Danke. Das steckt noch am Ladekabel."

Olivia lief wie ein aufgescheuchtes Huhn zu ihrem Handy und packte es ein.

„So, ich glaub, jetzt hab ich wirklich alles. Auf geht's nach Krk!"

Der kleine Mr. Freudenkuss freute sich ganz besonders auf die schöne Insel. Er war schon öfter dort gewesen, wobei er einen ganz besonderen Bezug zu Baška hatte. Er hatte sich vorgenommen, wieder genau an diesen Strand zu gehen. An jenen Ort, an dem mit Jessica alles geendet hatte.

Nachdem sie im Auto ein paar Podcast-Folgen gehört hatten, schlug Mrs. Liebherzig ein Spiel vor.

„Wir könnten ‚*Was wäre, wenn?*' spielen. Kennt ihr das?"

„Nein, wie geht das?", wollte Toni wissen.

„Es geht um große Träume, um Visionen, eben um ‚*was wäre, wenn*'", erklärte Mrs. Liebherzig.

„Das habe ich öfter mit Bob gespielt, als wir gerade frisch zusammen waren und uns gewünscht haben, ein gemeinsames Unternehmen zu gründen. Damals hatten wir die wildesten Träume von den schönsten Reisen, großen Firmenaufträgen, Barbecues auf Segelyachten mit Freunden und vielem mehr. Und soll ich euch etwas sagen? Es hat sich alles verwirklicht!"

„Wow, das klingt toll! Wie genau funktioniert das? Jeder erzählt einfach, wovon er träumt?", wollte Olivia wissen.

„Ja, genau. Aber zuerst dürft ihr euch alle erst einmal in dieses Gefühl von euch als Kind hineinversetzen, als ihr so richtig groß geträumt habt. Als ihr das Gefühl hattet, dass alles möglich ist. Das Gefühl, dass Magie in der Luft liegt und ihr euch einfach nur etwas zu wünschen braucht, damit es in Erfüllung geht", fing Mrs. Liebherzig an zu erzählen und ihre Augen leuchteten dabei.

„Denkt an Situationen, die euch schon passiert sind, und die so richtig magisch waren. Als ihr genau die richtige Person getroffen habt. Oder ihr eine geniale Idee hattet. Oder auf einmal dieses Bauchgefühl da war, das euch gesagt hat, was zu tun ist."

Mrs. Liebherzig sah sie alle begeistert an und konnte an ihren Blicken erkennen, wie jeder Einzelne Situationen im Kopf hatte, in denen genau das der Fall war.

Mr. Freudenkuss sah Mrs. Liebherzig bewundernd an. Sie hatte ihm schon so viel gezeigt, und trotzdem konnte er immer wieder von ihr lernen. Den *inneren Träumer* zu erwecken – er liebte diese Übung auch sehr.

„Wer möchte mit seinen magischen Momenten starten?", fragte Mrs. Liebherzig neugierig.

„Ich fang an", sagte Carla.

„Ich glaub, das hab ich euch noch nie erzählt. In der Situation war ich zwar kein kleines Kind mehr, aber es war die erste, die mir eingefallen ist, als du von magischen Momenten gesprochen hast, Mrs. Liebherzig."

Carla sah sie vielversprechend an.

„Mit 15 Jahren hatten eine Freundin und ich eine lustige Idee. Wir wollten aufschreiben, wie wir uns das Leben in zehn Jahren vorstellten. Was wir dann machen würden, was wir erreicht hatten, mit wem wir zusammen sein würden – die ganze Palette eben. Also haben wir alles notiert und die Zettel anschließend bei meinen Eltern im Garten vergraben. Es muss lustig ausgesehen haben, wie zwei Teenager mitten in der Nacht mit einer Schaufel durch den Garten spaziert sind. Wir haben eine gute Stelle gefunden – direkt am Eck der Gartenmauer haben wir die kleine Holzkiste mit unseren Wünschen eingegraben. Leider haben wir nicht daran gedacht, diese Stelle zu markieren. Zehn Jahre später wollten wir nachlesen, was wir damals notiert hatten, aber wir konnten die Holzkiste nicht mehr finden. Was ich noch weiß, ist, dass ich damals aufgeschrieben habe, dass ich eine *Business-Lady* sein werde. Auch, wenn ich damals noch gar nicht richtig wusste, was das Wort überhaupt bedeutet. Und naja, das bin ich jetzt wohl."

„Oh wie toll! Da bekomm ich richtig Gänsehaut, Carla. Weißt du sonst noch etwas von dem, was du aufgeschrieben hast?", wollte Olivia wissen.

Sie wünschte, sie hätte das auch gemacht als Teenager.

Aber damals hatte sie wohl andere Dinge im Kopf, die in ihren Augen wichtiger waren.

„Ich weiß auch noch, dass ich immer ein rotes Austin Healey Cabrio wollte und eine Villa am Meer direkt auf einer Klippe. Und hey! Jetzt, wo ich davon erzähle: Genau da fahren wir doch jetzt gerade hin!", lachte Carla.

Sie bekam nun auch Gänsehaut. All das hatte sie sich schon mit 15 gewünscht? Und wie war sie überhaupt auf die Idee gekommen, eine *Business-Lady* sein zu wollen?

„Das nennt man die Macht der Gedanken", flüsterte Mrs. Liebherzig. „Danke für diese wunderschöne Geschichte, Carla. Wer mag noch von seinen magischen Momenten berichten?"

Mrs. Liebherzig sah sich im Auto um. Alle hatten so gebannt Carlas Geschichte gelauscht, dass sie offensichtlich gedanklich schon am Meer waren.

42

Olivia war die Erste, die sich wieder auf die Übung besinnen konnte. Also fing sie an zu erzählen.

„Etwas, bei dem ich bis heute nicht weiß, wie das eigentlich passiert ist: Ich hab mir vor Jahren ein Visionboard gebastelt und all meine Wünsche und Träume in Form von Bildern aufgeklebt. Die Idee dazu hatte eine ehemalige Arbeitskollegin, die meinte, sie selbst würde das jedes Jahr machen, um ihre Träume zu visualisieren. Einer meiner Wünsche war ein Thermenaufenthalt in diesem Luxushotel in der Steiermark. Ich hatte vorher schon öfters Fotos von diesem superschönen Infinity Pool gesehen und wollte da unbedingt mal hin. Nur leider haben es meine Finanzen zu dem Zeitpunkt nicht zugelassen", begann Olivia und grinste Carla vielsagend an.

Ja, auch sie hatte eine Schwäche für Infinity Pools.

„Auf jeden Fall hatte ich ein Foto von genau diesem Thermenresort auf meinem Visionboard. Und ein halbes Jahr später bekomme ich plötzlich ohne besonderen Grund einen Gutschein von einer Freundin geschenkt – für ein Wochenende genau in dieser Therme! Könnt ihr euch das vorstellen? Ich war erst mal so baff, dass ich gar nicht wusste, was ich darauf sagen sollte. Diese Freundin kannte ja mein Visionboard nicht, und erzählt hatte ich ihr auch nie davon. Das war echt so, als ob ihr jemand meine Gedanken verraten und gezaubert hätte."

Olivia erinnerte sich noch gut daran, wie sie den Gutschein ausgepackt hatte und der Freundin vor Freude um den Hals gefallen war.

„Genial, Olivia! Da hätte ich gerne dein Gesicht gesehen. Ich weiß ja, wie sehr du auf Thermen und solche Pools stehst", lachte Toni.

Er war die letzten Stunden mit dem Auto gefahren und brauchte jetzt mal eine Pause, um etwas zu essen.

„Da vorn gibt's eine gute Raststation, da könnten wir eine Kleinigkeit zu Mittag essen und die Vignette für Slowenien kaufen. Ist das okay für euch?"

Die anderen stimmten zu. Auch sie wollten sich mal die Beine vertreten und frische Luft schnappen.

In der Raststation holten sich alle ein Sandwich und etwas zu trinken und spazierten eine Runde über den Parkplatz.

„Tut das gut!", stellte der kleine Mr. Freudenkuss fest.

Er war kein Fan langer Autofahrten.

Während er sich auf der Schulter von Toni indirekt die Füße vertrat, überlegte er angestrengt, welche Geschichte er preisgeben wollte.

Als alle fertig gegessen hatten, übernahm Carla das Steuer, und los ging es über die slowenische Grenze.

Kaum waren sie losgefahren, begann Toni damit, seine magische Geschichte zu erzählen.

„Als ich noch ein kleines Kind war, hab ich mir immer eine Piñata gewünscht. Ihr wisst schon – diese wunderschönen Pappfiguren, die mit lauter Süßigkeiten gefüllt sind, und die man mit verbundenen Augen mit einem Stock zerschlägt, um an die Naschereien zu gelangen", grinste Toni vielsagend.

„Ich hab niemandem von meinem Wunsch erzählt, außer …", Toni zögerte.

Sollte er das jetzt wirklich sagen?

„Nun sag schon!", forderte ihn Olivia auf.

„Also gut. Ich hab es niemandem erzählt – außer meiner Wunderlampe."

Carla gluckste: „Du hattest eine Wunderlampe? Im Ernst jetzt?"

Toni schaute verlegen. Doch er erzählte weiter.

„Ja, ich hatte eine Wunderlampe, so eine wie bei Aladin. Die haben mir meine Eltern zu Weihnachten geschenkt, und ich hab sie *geliebt*!

Sie war klein und golden, und wenn man an ihr mit einem speziellen Tuch gerieben hat, kam weißer Rauch aus ihr heraus. Zwar leider kein Dschinn, aber der Rauch hat mir als kleines Kind schon genügt".

Toni hatte beim Erzählen seiner Geschichte ein Strahlen in den Augen, das seine Freunde noch nie zuvor bei ihm gesehen hatten.

Mrs. Liebherzig lächelte zufrieden. Das war die Power des *inneren Träumers*.

„Und was hast du mit dieser Wunderlampe gemacht?", wollte sie nun von ihm wissen.

Toni zögerte wieder etwas.

Das hatte er noch nie jemandem erzählt.

Doch was sollte schon passieren? Seit Mr. Freudenkuss und Mrs. Liebherzig in sein Leben getreten waren, war ohnehin alles auf den Kopf gestellt.

Also sagte er schließlich: „Es gab eine Zeit, da hatte ich ein ganz bestimmtes Ritual. Jedes Mal vor dem Schlafengehen hab ich an meiner Wunderlampe gerieben. Und immer, wenn der Rauch herauskam, habe ich ihr meine Träume und Wünsche erzählt. Unter anderem eben auch den Wunsch von einer richtig coolen Piñata. Und eines Abends, als mein Vater von einem Business-Trip nach Hause kam, öffnete er vor mir den Koffer und darin lag– eine Piñata in Form von Jago! Diesem Vogel aus Aladin!"

Toni blickte in lauter faszinierte Gesichter. Jetzt war er doch froh, dass er seine Geschichte erzählt hatte.

„Und jetzt hast du sogar deinen ganz persönlichen Dschinn dazu. Naja, fast", zwinkerte ihm der kleine Mr. Freudenkuss zu.

„Haha, genau!", freute sich Toni.

„Ich hab dann meinen Vater gefragt, wie er darauf gekommen ist, dass er mir ausgerechnet diese Piñata kauft. Und er hat geantwortet, dass er sie zufällig bei einem Wettschießen auf dem Jahrmarkt gewonnen hätte! Das war einfach unglaublich".

„Coole Geschichte, Toni. Wow!", nickte ihm Olivia bewundernd zu.

„Ich frag mich, warum wir uns solche Sachen nicht schon früher erzählt haben. Ich meine, das sind doch alles kleine Wunder, oder? Carla die Business-Lady, Toni mit seiner Piñata, ich mit meinem Thermenurlaub. Und Mrs. Liebherzig hat auf diese Weise sogar ihren Traumpartner bekommen! Wisst ihr das eigentlich schon?"

„Was? Echt jetzt? Mrs. Liebherzig, ist das wahr?"

Carla wollte sofort mehr darüber erfahren.

„Ja, genau so ist das passiert. Ich berichte euch gerne davon. Vorher darf aber noch Mr. Freudenkuss seine magische Geschichte erzählen", sagte Mrs. Liebherzig und sah ihn liebevoll an.

Mr. Freudenkuss lächelte dankbar zurück.

Mrs. Liebherzig hatte diese ganz besondere empathische Seite, die er sehr an ihr schätzte. Sie musste sich nicht in den Vordergrund drängen und die Heldin spielen. Vielmehr war ihr wichtig, dass jeder seinen Platz innerhalb einer Gruppe hatte, und jedem Gehör geschenkt wurde.

„Ein sehr besonderer Moment für mich war, als mich Bob und du eingestellt habt. Das hat mein Leben verändert. Dazu muss ich aber etwas ausholen", begann der kleine Mr. Freudenkuss und sah dabei Mrs. Liebherzig dankbar an.

„Was ihr nämlich noch gar nicht von mir wisst: Ich hatte mal eine ganz normale Körpergröße."

43

Carla und die anderen waren baff und sahen ihn mit großen Augen an.

Mr. Freudenkuss setzte seine Geschichte unbeeindruckt fort.

„Damals hab ich als Verkaufsberater in einer großen Firma gearbeitet. Die Arbeit mit den Kunden hat mir unglaublich viel Spaß gemacht. Es war ein Geschäft für Designermode, und Kunden aus aller Welt haben bei uns eingekauft. Ich durfte sie beraten, ihnen schöne Kleider und Anzüge zeigen und bekam selbst einen Rabatt auf die Mode, die wir hatten. Leider war die Chefin eine ziemliche Cholerikerin. Ständig verlangte sie mehr Abschlüsse von mir, schrie herum und stellte mich vor Kunden bloß. Das wirkte sich auf die gesamte Belegschaft aus. Immer wieder war jemand aus dem Team krank. Aber nicht nur mit einer Verkühlung oder leichten Grippe. Da gab es Mitarbeiter, die auf einmal chronische Bauchschmerzen bekamen, 20 Kilo zunahmen oder schwer depressiv wurden. Manche waren schon ewig lang dort beschäftigt und suchten sich einfach nichts Neues, weil sie es gewohnt waren, dort zu arbeiten. Wenn ich so darüber nachdenke, verstehe ich bis heute nicht, wie sie das so lange ausgehalten haben. Noch dazu kam, dass einige Mitarbeiter schlecht über die anderen geredet haben – auch über mich. Ein ungutes Gefühl, wenn du an einer Gruppe vorbeigehst, und es auf einmal ganz still wird. Das kann ich gar nicht leiden. Ich bin ein direkter Mensch und schätze Ehrlichkeit. Wenn jemand ein Problem mit mir hat, soll er es mir ins Gesicht sagen. Nach einiger Zeit habe ich gemerkt, wie sehr mich das alles belastete. Ich kam von der Arbeit nach Hause und fühlte mich so antriebs- und energielos. Als hätte mir jemand einfach mein Licht ausgeknipst. Freunde von mir erkannten mich gar nicht wieder und fragten, ob bei mir alles okay sei. Genau zu dieser Zeit habe ich Mrs. Liebherzig kennengelernt."

Mrs. Liebherzig drückte liebevoll seine Hand. Sie wusste noch genau, wie schlecht es ihm damals gegangen war.

„Wie habt ihr euch getroffen?", wollte Carla wissen.

„Ich bekam damals auch ein Paket zugeschickt, aus dem Mrs. Liebherzig herausgehüpft ist. Ehrlich gesagt habe ich mich ganz schön erschreckt. Schließlich hatte ich vorher noch nie so eine kleine Frau gesehen, die sich noch dazu unsichtbar machen kann", lachte Mr. Freudenkuss.

„Ich weiß noch ganz genau, als du zu mir gesagt hast ‚*Wir werden jetzt deine Lebensfreude wieder aktivieren!*'. Sie hat mit mir mentale Übungen gemacht, mich gefragt, was meine Träume sind, und wie ich mir mein Berufsleben vorstelle. Das Ganze war also kein Liebestraining, so wie bei euch drei, sondern eher ganzheitlich."

Mr. Freudenkuss räusperte sich.

Dass er selbst noch gar nicht seine wahre Liebe kennengelernt hatte, wusste nur Mrs. Liebherzig. Die anderen sollten nichts davon erfahren, weil er sonst vielleicht als Liebescoach unglaubwürdig erscheinen würde.

„Durch das Training mit Mrs. Liebherzig habe ich herausgefunden, dass ich selbst Trainer und Coach werden möchte. Ich habe Coachingausbildungen absolviert, bin mit Mrs. Liebherzig zu ihren Kundenterminen gegangen und habe alles von der Pike auf gelernt. Und dann haben mir Bob und Mrs. Liebherzig vorgeschlagen, bei ihnen Coach zu werden, um damit anderen Menschen zu helfen. Ich brauchte nicht lange überlegen und sagte sofort zu. Vorher musste ich aber auch erst mal geschrumpft werden. Dazu stellte mich Bob in seine Maschine, die mich auf eine Größe von sieben Zentimetern schrumpfte und mir die Fähigkeit verlieh, mich unsichtbar zu machen und Gedanken lesen zu können. Diesen Moment werde ich nie vergessen. Das war für mich absolut magisch!"

Mr. Freudenkuss strahlte. Es war schön, das mit den anderen zu teilen.

„Was ist mit deinem Job als Verkaufsberater passiert?", wollte Toni wissen.

„Kurz bevor ich geschrumpft wurde, hab ich das gemacht, was ich schon lange vorhatte, aber immer vor mir hergeschoben habe: Ich habe gekündigt. Keiner sollte in einer derart toxischen Atmosphäre arbeiten, da kann nichts Gutes dabei herauskommen. Aber ich bin froh, dass mir bei diesem Schritt Mrs. Liebherzig den Rücken gestärkt hat. Das hat mir sehr geholfen. Soweit ich weiß, arbeiten dort noch immer dieselben Leute. Da hätten einige sicher auch eine Mrs. Liebherzig gebraucht", sagte Mr. Freudenkuss nachdenklich.

Olivia hatte die ganze Zeit aufmerksam zugehört. Jetzt ratterten jede Menge Fragen durch ihren Kopf. Mr. Freudenkuss war also mal ganz normal groß? Konnte er denn wieder seine normale Größe erlangen? Hatte er dann noch seinen Spezialknopf und konnte er noch immer Gedanken lesen?

Bevor sie es sich versah, sprudelten die Worte schon aus ihrem Mund heraus.

„Kann dich Bob eigentlich auch wieder zurückverwandeln?", fragte sie Mr. Freudenkuss unverblümt.

Mr. Freudenkuss sah Olivia tief in die Augen.

Er fühlte sich plötzlich, als ob Jessica ihn ansehen würde.

Seine Jessica.

Mr. Freudenkuss erinnerte sich an den Tag, an dem sie verschwunden war. Das war jetzt 15 Jahre her. Sie waren gemeinsam auf Urlaub gewesen und hatten den ganzen Tag am Strand von Baška verbracht. Baška war eine kleine Stadt auf der Insel Krk.

Jene Insel, auf der sie die nächsten zwei Wochen verbringen würden. Wollte ihm das Schicksal damit etwas sagen?

Er erinnerte sich noch ganz genau an diesen Tag. Jessica hatte ein weißes Strandkleid getragen, in dem sie wunderschön ausgesehen hatte. Mr. Freudenkuss war ihr mit seinen Händen unzählige Male durch ihre seidigen, glatten Haare gefahren. Sie hatten so viel miteinander gelacht, dass er am Abend einen Bauchmuskelkater gehabt hatte.

Beim gemeinsamen Spaziergang am Strand hatte er sie kurz allein gelassen, um für sie beide schnell ein Eis zu besorgen. Als er zurückgekommen war, war sie verschwunden gewesen. Er hatte den ganzen Strand nach ihr abgesucht, doch er konnte sie nirgends finden.

Mr. Freudenkuss fühlte den Schmerz in seiner Brust, als er daran dachte. Es tat einfach so weh, in Olivias Augen zu sehen. Jedes Mal wurde er genau daran erinnert. An diesen Moment am Strand. Er hatte Jessica angerufen, sie überall gesucht, doch er hatte nie wieder etwas von ihr gehört.

Er wünschte sich so sehr, dass sie auf einmal wieder da war. Er träumte von einem wunderbaren Date mit ihr. Eines, bei dem sie in aller Ruhe dort weitermachen konnten, wo sie aufgehört hatten. Am liebsten ein Date, bei dem er wieder seine normale Größe hatte, sie berühren und in den Arm nehmen konnte.

Er erinnerte sich an Bobs Worte: *‚Wenn du deine wahre Liebe findest und du mit ihr zusammen bist, verwandle ich dich zurück.'*

Damals war Mr. Freudenkuss noch nicht bewusst gewesen, auf welchen Deal er sich da eingelassen hatte. Als Charmeur, der er war, war er der festen Überzeugung gewesen, dass er höchstens ein paar Monate sieben Zentimeter groß sein würde. Dass das jetzt schon vier Jahre her war, ließ ihn laut seufzen. Hilfesuchend blickte er zu Mrs.

Liebherzig. Was sollte er Olivia jetzt bloß antworten? Er hatte doch noch nie jemandem etwas über Jessica erzählt.

„Bob und Mr. Freudenkuss haben einen Deal. Wenn der erfüllt ist, wird er wieder seine normale Körpergröße bekommen", beantwortete Mrs. Liebherzig kurz und bündig Olivias Frage.

Mehr musste sie auch nicht wissen.

Einen Deal? Was sollte das denn heißen?

Doch Olivia wollte nicht weiter neugierig sein und beließ es dabei – fürs Erste zumindest.

44

Mrs. Liebherzig dachte zurück an die Zeit, als sie Mr. Freudenkuss kennengelernt hatte. Es war das erste Mal gewesen, dass Bob die Idee gehabt hatte, sie in einem Überraschungs-Paket zu verschicken. Er hatte auf der Webseite einen Spezial-Button programmiert, mit dem man einen Coach für einen Freund oder eine Freundin bestellen konnte. Und genau das hatte ein Kumpel von Mr. Freudenkuss getan: Severin.

Monatelang hatte er zugesehen, wie es seinem Freund Diego immer schlechter ging. Er hatte versucht, ihn aufzumuntern, hatte sich beim Sport mit ihm ausgepowert und ihm stundenlang zugehört.

Doch irgendwann war er an seine Grenzen gestoßen, bis er die Webseite von Bob entdeckt hatte. Damals hatte sie noch *Happy Forever* geheißen.

Und bei dem Button ‚*Du willst einem Freund oder einer Freundin helfen?*' war Severin hellhörig geworden und hatte für Mr. Freudenkuss dieses Überraschungs-Paket bestellt: Mrs. Liebherzig.

Ihr war etwas mulmig zumute gewesen, als Bob ihr erklärt hatte, sie solle sich doch bitte in einem Paket verschicken lassen. Zur Sicherheit hatte er ihr eine Mini-Luftdruckpistole mit eingepackt. Damit sie zur Not das Paket durchschießen und herausklettern konnte. Doch das war gar nicht nötig gewesen.

Und so war sie bei Diego gelandet und mit einem Haufen Konfettiregen und Tanzmusik aus dem Paket gesprungen. Dieser hatte sich so erschreckt, dass er sich erst mal setzen musste.

Von seinem auslaugenden Job hatte er dunkle Augenringe gehabt und verdammt müde ausgesehen. Mrs. Liebherzig hatte ihn nach und nach wieder aufgepeppelt, gesundes Essen für ihn gekocht und war mit ihm an der frischen Luft spazieren gegangen. In ihren Gesprächen wurde ziemlich schnell klar, dass ihn sein Job völlig ausbrannte, und er auch seine Familie und Freunde dadurch vernachlässigte.

Ganz abgesehen von seinen eigenen Interessen und Hobbys.

Mrs. Liebherzig erinnerte sich noch ganz genau daran, wie sie jeden Tag mit ihm zur Donau gefahren war, um dort im eiskalten Wasser schwimmen zu gehen. Anfangs hatte er sie noch für verrückt erklärt. Er würde doch nicht *freiwillig* in das zehn Grad kalte Wasser springen! Doch dann hatte er es ausprobiert und sich der Herausforderung gestellt.

Das allererste Mal, als sie gemeinsam im kalten Wasser schwimmen waren, und der Körper bereits nach kurzer Zeit zu prickeln begonnen hatte, war einfach magisch gewesen.

Sein Leuchten in den Augen.

Seine Lebensfreude.

Sein Strahlen.

Für diesen kurzen Moment hatte sie es bei ihm wieder wahrnehmen können. Und da war ihr auch bewusst gewesen: Er hatte sein Strahlen noch. Es war nur verschollen. Versteckt und vergraben unter all der Arbeit, der schreienden Chefin und den nörgelnden Mitarbeitern.

Dieses kalte Wasser hatte wieder so viel in ihm aktiviert. Natürlich hatte Mrs. Liebherzig auch mentale Übungen mit ihm gemacht und seine Kernerlebnisse aus der Kindheit herausgefunden.

Mr. Freudenkuss hatte durch das Training immer mehr zu seiner inneren Kraft gefunden.

Er hatte wieder begonnen, mehr zu lachen und seine Hobbys auszuüben. Und dann war der Zeitpunkt gekommen, an dem das Stundenkontingent von Severins Geschenk aufgebraucht gewesen war. Diego hatte zu dem Zeitpunkt schon herausgefunden, dass er unbedingt Liebesexperte werden wollte. Aber ihm fehlten die finanziellen Mittel, um das alles zu finanzieren.

Die Ausbildungen und Mrs. Liebherzig als Mentorin waren eine kostspielige Angelegenheit.

Dazu kam, dass Diego zu der Zeit Single war. Das war in der Firma von Bob und Mrs. Liebherzig schon immer das oberste Gebot: Trainer, die nur das trainierten, was sie selbst gelebt und schon erreicht hatten. Lange hatten sie hin und her überlegt, wie sie das mit Mr. Freudenkuss lösen konnten.

Da hatte Bob die zündende Idee gehabt: Er hatte Diego einen Vertrag als Liebesexperte angeboten, in dem er die Ausbildungen und Mrs. Liebherzig als Mentorin gegengerechnet hatte.

Als Bedingung wurde festgesetzt, dass Diego erst wieder seine normale Größe erlange, wenn er mit seiner wahren Liebe zusammenkommen würde. Im Gegenzug sollte ihm Mrs. Liebherzig jederzeit als Mentorin zur Verfügung stehen und ihm mit Kunden weiterhelfen, wenn er sie brauchte. Und so war aus Diego Mr. Freudenkuss geworden …

Dass er irgendwann so berühmt werden würde, damit hatten sie nicht gerechnet.

Mit beinahe mütterlichem Blick sah Mrs. Liebherzig Mr. Freudenkuss an. Sie war so stolz auf ihn. Beruflich hatte er bereits so viele schöne Projekte gerockt und so vielen Singles geholfen. Umso mehr wünschte sie sich für ihn die Partnerin an seiner Seite, nach der er sich so sehnte.

Es war sicher manchmal schwer für ihn, von all diesen Erfolgsgeschichten seiner Singles zu hören und gleichzeitig allein zu sein.

„Wenn du bereit bist, hinzusehen, weißt du, wo du mich findest“, hatte Mrs. Liebherzig zu ihm gesagt.

Dabei wollte sie es auch belassen. Ihr war wichtig, dass er selbst die Initiative ergriff und aktiv auf sie zukam. Sie war schließlich keine Babysitterin und er war ein erwachsener Mann. Auf diesen Moment freute sie sich schon. Wenn er bereit war, diesen entscheidenden Schlüssel zu drehen.

45

Gerade sind wir bei Zagreb vorbeigefahren. Dann kann es ja nicht mehr so weit sein", stellte Carla fest.

Sie war schon voller Vorfreude auf die Villa, das Pool und auch auf ihre neue Mandantin, Frau Bosch.

„Was hast du eigentlich Ben zurückgeschrieben?", fragte sie der kleine Mr. Freudenkuss aus dem Nichts heraus.

Carla machte große Augen.

„Oh mein Gott! Ben! Den hab ich ja völlig vergessen bei all dem, was gerade los war. Olivia, du fährst!"

Carla zischte zur nächsten Raststation, stieg aus dem Auto und sah auf ihr privates Handy. Das hatte sie nur selten in der Hand, weil die meisten Kontakte über ihr Firmenhandy liefen.

„Wie geht's dir? Alles okay?" stand da als ungelesene Nachricht von Ben.

Wie konnte sie das übersehen haben?

Ah genau, sie erinnerte sich.

Beim Gespräch mit Herrn Beck hatte ihr privates Handy gepiepst und sie hatte die Nachricht weggeklickt, ohne draufzusehen. Seitdem war sie so mit den Vorbereitungen für Krk beschäftigt gewesen, dass sie gar keine Zeit gehabt hatte, auf Nachrichten zu reagieren.

Sie öffnete den Nachrichtenverlauf mit Ben und sah sich seine Fotos aus Rom an. Interessanterweise nahm sie jetzt etwas ganz anderes wahr als beim ersten Mal, als sie von ihm das Bild bekommen hatte: Einen Ben, der gut drauf und mit seinen Studenten unterwegs war. Einen Ben, der gerade an sie dachte und sie fragen wollte, wie es ihr ging.

Einen Ben, der sie vielleicht sogar vermisste und sich schon auf das nächste Date mit ihr freute.

Mit einer inneren Zufriedenheit und Leichtigkeit tippte Carla eine Antwort an Ben:

„Das sieht ja wundervoll aus. Ich wünsch dir ganz viel Spaß in Rom! Du wirst nie glauben, was passiert ist: Wir sind gerade alle auf dem Weg nach Krk, wo ich zwei Wochen lang eine Mandantin betreuen darf. Unsere Weinverkostung muss also leider noch etwas warten. Freu mich riesig darauf. Lass uns gerne am Abend telefonieren."

Der kleine Mr. Freudenkuss war auf Carlas Schulter geklettert und nickte ihr zufrieden zu. DAS konnte sie beruhigt abschicken.

Carla lächelte ihn an.

„Danke, dass du mich davon abgehalten hast, diese komische, zickige Nachricht zu schreiben. Ich hab jetzt verstanden, was du gemeint hast", sagte sie zum kleinen Mr. Freudenkuss.

„Sehr gerne und ich gratuliere dir!", feierte er sie, indem er seine kleine Hand zu einem High Five erhob.

Carla lachte und klatschte mit ihm ab. Es war so schön, dass er jeden Schritt aus vollstem Herzen mit ihnen feierte, auch wenn er ihr klein vorkam. Also der Schritt, nicht Mr. Freudenkuss.

46

Nach einer kurzen Kaffeepause mit Kuchen stiegen alle wieder ins Auto und Olivia übernahm das Lenkrad.

„Jetzt kannst du uns endlich erzählen, wie du Bob kennengelernt hast", sah Carla Mrs. Liebherzig erwartungsvoll an.

Mrs. Liebherzig schmunzelte selig in sich hinein, als sie daran dachte.

„Ich war gerade auf einem Weiterbildungswochenende, bei dem es um große Träume und Ziele ging", begann Mrs. Liebherzig zu erzählen.

„Dort gab es eine ganz besondere Mentorin, die mich gefragt hat, was denn gerade mein Hauptziel sei. Ich habe ihr geantwortet, dass ich jetzt *endlich den Richtigen kennenlernen* wollte. Also hat sie mich dazu aufgefordert, alle Charaktereigenschaften und Hobbys aufzuschreiben, die ich mir bei DEM Mann an meiner Seite vorstelle. Am nächsten Tag kam ich mit einer Liste von 20 Eigenschaften, die mein Partner haben sollte. Ich weiß noch genau, wie mich die anderen Teilnehmer gemustert haben. Alle waren erstaunt darüber, wie genau ich wusste, was ich wollte. Ich hab damals jeden Tag eine spezielle Meditation gemacht, in der ich mir vorstellte, wir wären schon zusammen. Immer wieder sah ich vor mir das Bild, wie wir heirateten. Ich konnte zwar sein Gesicht nicht genau erkennen, aber ich konnte die Liebe zwischen uns spüren und deutlich fühlen, wie glücklich wir miteinander waren. Tja, und ein paar Wochen später hab ich bei einer Konferenz einen Vortrag gehalten und Bob ist im Publikum gesessen."

Mrs. Liebherzig grinste, als sie die erstaunten Gesichter der anderen sah.

„Und was ist dann passiert?", fragte Carla neugierig.

Sie wollte auch unbedingt so eine Liste mit Eigenschaften, die ihr Mann haben sollte, schreiben.

„Nach meinem Vortrag gab es eine große Pause, in der wir etwas essen konnten. Als ich mir beim Buffet etwas nehmen wollte, stand Bob auf einmal neben mir. Er hat zur selben Zeit wie ich nach den gegrillten Shrimps gegriffen. Darüber haben wir beide herzhaft gelacht. Er hat sich sofort zu mir an den Tisch gesetzt und wir haben uns blendend unterhalten. Es war von Beginn an eine ganz spezielle Verbindung zwischen uns – irgendwie magisch. Die Konferenz fand über ein verlängertes Wochenende in einer wunderschönen Therme in der Schweiz statt. Also haben wir uns gleich für den nächsten Tag verabredet. Das ist jetzt 20 Jahre her."

„Was für eine wundervolle Geschichte", strahlte Carla.

„Dankeschön, das finde ich auch", lächelte Mrs. Liebherzig glückselig zurück.

Sie freute sich schon sehr darauf, dass Bob zu Besuch kommen wollte, und sie ihn endlich wieder in ihre Arme schließen konnte.

Er war ihr größter Schatz, und sie war jeden Tag zutiefst dankbar für ihn.

„Hattet ihr eigentlich schon immer diese Körpergröße?", wollte Toni wissen.

Mrs. Liebherzig sah ihn freundlich an.

„Nein, das war ein Experiment von Bob. Ihr müsst wissen, dass er ein genialer Erfinder ist. Wir haben gemeinsam unser Unternehmen gegründet und zuerst Menschen in allen möglichen Lebensbereichen geholfen und uns dann auf die Liebe spezialisiert. Eines Tages fragte uns ein Kunde, ob wir ihn nicht zu einem Date begleiten könnten. Mit der Technik heutzutage ist vieles möglich. Wir haben dem Klienten einen Ohrstöpsel verpasst, das Restaurant mit Kameras ausgestattet und von einem versteckten Raum aus zugesehen. So konnten wir ihm

Tipps geben und ihn beim Date unterstützen. Doch das war auch ein Riesenaufwand. Da hatte Bob die Idee, dass er uns mit einer eigens gebauten Maschine schrumpfen lassen könnte. Er ist eigentlich gelernter Maschinenbauer und Ingenieur. Also hat er nicht lange gebraucht, um die Schrumpf-Maschine zu basteln", begann Mrs. Liebherzig zu erzählen.

Alle hörten ihr gespannt zu.

„Das heißt Bob hat die Maschine gebaut, und du hast dich einfach so schrumpfen lassen?", fragte Carla ungläubig. „Das nenn ich mal Vertrauen!"

„Bob ist der beste Ingenieur und Erfinder, den ich kenne, also hatte ich keinerlei Bedenken, als ich in die Maschine gestiegen bin", stellte Mrs. Liebherzig an Carla gewandt klar.

„So konnte ich jedenfalls unsichtbar und in dieser Größe auf die Dates unserer Kunden mitgehen. Das unsichtbar-Machen kam dann noch dazu. Ich hatte so viel Spaß dabei, dass Bob auch ausprobieren wollte, wie es ist, nur sieben Zentimeter groß zu sein. Auch er fand Gefallen daran, und jetzt bleiben wir die meiste Zeit so klein – können uns allerdings auch in unsere normale Größe zurückverwandeln, wenn wir wollen."

„Ich freu mich schon darauf, deinen Bob kennenzulernen. Der klingt nach einem kreativen Kopf!", meinte Toni.

„Er freut sich auch schon darauf, euch zu treffen", lächelte Mrs. Liebherzig.

‚*Wie das wohl ist, so klein zu sein?*', fragte sich Carla und wurde von ihrer Freundin in ihren Überlegungen unterbrochen.

„Ich will ja nicht unterbrechen, aber ich hab auch schon so eine Liste mit den Eigenschaften meines Traumpartners geschrieben", verkündete Olivia stolz.

„Das ist toll, liebe Olivia und ich hoffe, sie hat dir gezeigt, worauf es dir bei einem Mann wirklich ankommt", hakte Mrs. Liebherzig etwas genauer nach.

„Und wie mir das geholfen hat! Ich kann das jedem nur empfehlen", antwortete Olivia vom Fahrersitz aus.

„Gut, dass du das sagst. Das wäre nämlich auch mein Vorschlag für alle anderen gewesen. Stellt euch vor, ihr habt die Beziehung schon, die ihr euch wünscht. Schreibt alles auf, was sie beinhalten soll", sagte Mrs. Liebherzig in die Runde.

„Und was ist, wenn wir schon jemanden kennengelernt haben? Wie sollen wir dann diese Liste schreiben?", fragte Toni.

Er dachte dabei an Anne-Marie.

„Geh mal bewusst von einem weißen Blatt Papier aus. Was ist deine Idealvorstellung von einer Partnerin? Was wünschst du dir von ihr? Wie soll sie sein, und wie verbringt ihr eure gemeinsame Zeit? Es geht nicht darum, dass diese Partnerin all diese Punkte erfüllt. Du sollst in erster Linie wissen, was du willst", erklärte Mrs. Liebherzig.

Aus ihrer langjährigen Erfahrung als Liebesexpertin wusste sie schon, dass diese Idee von einer Liste mit Charaktereigenschaften von Frauen und Männern unterschiedlich angenommen wurde. Dementsprechend skeptisch sah Toni noch drein.

Da schaltete sich Mr. Freudenkuss ein:

„Toni, das ist wie beim Bogenschießen. Ohne Ziel vor Augen schießt du einfach irgendwo hin. Aber wenn du eine Zielscheibe oder ein 3D-Tier vor dir hast, weißt du ganz genau, wohin du dich fokussieren sollst."

Das leuchtete Toni ein, und er nahm sich fest vor, auch so eine Liste zu schreiben.

„Nachdem wir jetzt alle unseren *inneren Träumer* geweckt haben, würde ich vorschlagen, dass wir einander etwas später von unseren großen Träumen erzählen, wenn wir entspannt mit einem Glas Wein am Pool mit Blick aufs Meer sitzen. Was haltet ihr davon?", fragte Mrs. Liebherzig.

Sie hatte immer ein gutes Gespür dafür, wenn Menschen erst mal Zeit brauchten, um alles zu verarbeiten. Sie ließ das Fenster hinunter und frische warme Luft strömte ins Auto. Wie gut das tat!

„Ja, das ist eine gute Idee. Jetzt gerade hätte ich keinen Kopf mehr dafür", sagte Olivia und sah dankbar in den Rückspiegel.

Auch die anderen nickten unisono.

Plötzlich begann es zu regnen. Dicke Tropfen klatschten auf die Windschutzscheibe des Autos. Der Regen wurde stärker, und schließlich schüttete es wie aus Eimern.

Olivia atmete tief durch und schaltete den Scheibenwischer auf die schnellste Stufe. Sie war immer etwas nervös beim Autofahren, wenn es so stark regnete.

Der kleine Mr. Freudenkuss sah sich in aller Ruhe die fetten Tropfen an. Jetzt, wo er nur sieben Zentimeter groß war, hatte er etwas Respekt vor Regen. Doch hier im Auto fühlte er sich sicher.

Toni schaltete ruhigen Chillout-Sound ein, und so lauschten sie entspannt der Musik, während sie sich ihrem Ziel immer mehr näherten. Sie kamen vorbei an Rijeka und konnten schon bald das Meer sehen. Alle blickten wie gebannt aus den Fenstern und sogen die Bilder der herrlichen Landschaft in sich auf. Auch wenn sie alle schon öfter am Meer gewesen waren, hatte es immer wieder diese ganz besondere Wirkung auf sie.

In dem Moment, als Olivia über die Brücke zur Insel Krk fuhr, schien die Zeit stillzustehen. Der Regen hörte augenblicklich auf und die Sonne kam heraus. Es schien fast so, als ob die Insel sie bereits erwartet hatte, denn direkt über ihnen erschien in diesem Moment ein riesiger doppelter Regenbogen. Olivia freute sich wie ein kleines Kind über die schillernden Farben dieses Wunders der Natur.

Sie hatte noch nie einen doppelten Regenbogen gesehen!

Was für ein wunderschöner Anblick!

Sie hielt sich weiter an die Anweisungen des Navis, und schließlich kamen sie in Vrbnik an, einem kleinen Ort von Krk.

„Sie erreichen ihr Ziel in drei Minuten“, tönte es aus dem Navi.

Alle waren schon so gespannt darauf, was sie erwartete. Olivia nahm eine starke Rechtskurve und fuhr nun eine sehr steile Straße hinauf. Am Ende dieser Straße war nur eine einzige Villa zu erkennen mit der Aufschrift *Marilyn Monroe Villa.*

47

Das ist es!“, rief Carla begeistert.

Sie sprang aus dem Auto und ging direkt zur Eingangstür. Eine elegante Dame in einem wehenden Sommerkleid öffnete die Tür und strahlte sie an.

„Da seid ihr ja endlich! Ich bin Frau Bosch, aber ihr könnt mich gern Uschi nennen“, begrüßte sie Carla und die anderen.

„Freut mich sehr, Sie kennenzulernen, Frau Bosch! Ich bin Carla Stern und ich darf Sie in den kommenden zwei Wochen betreuen. Als Dankeschön für Ihre Gastfreundschaft haben wir Ihnen ein paar Köstlichkeiten aus Wien mitgebracht.“

Carla überreichte ihr einen großen Geschenkkorb mit einer Wiener Sachertorte, ein paar Weinflaschen des Weingutes Zahel, Mozartkugeln und Marillenröster.

„Oh, das ist aber nett von euch“, freute sich Frau Bosch sichtlich. „Wir können aber gerne per Du sein. Ich bin die Uschi.“

Carla zögerte.

Was würde ihr Chef von ihr denken, wenn sie mit einer Mandantin gleich per Du war?

Aber Frau Bosch wirkte so unglaublich nett. Sie wollte ihre Einladung nicht ein zweites Mal ignorieren.

„Sehr gerne, liebe Uschi. Ich bin Carla. Und das sind Toni, Olivia, Mr. Freudenkuss und Mrs. Liebherzig“, stellte Carla den Rest der Truppe vor.

Uschi begrüßte alle freundlich und hielt inne, als sie Mr. Freudenkuss erblickte.

„Du bist doch der berühmte Liebesexperte, oder? Was für eine Ehre, dich in meinem Haus begrüßen zu dürfen“, sagte sie beeindruckt und streckte Mr. Freudenkuss ihre Hand hin.

Der kleine Liebesexperte schenkte der Hausherrin sein charmantestes Lächeln und gab zurück: „Die Ehre ist ganz auf meiner Seite, liebe Uschi."

„Ich zeig euch mal die Villa", schlug Uschi vor. „Eure Sachen könnt ihr erst mal hierlassen. Um die wird sich Fernando kümmern."

Kaum hatte sie diese Worte ausgesprochen, flitzte schon ihr Assistent an ihnen vorbei und begann damit, ihre Koffer in die Villa zu tragen.

Als sie in die Küche kamen, stellte Uschi den großen Geschenkkorb auf der Granitplatte ab.

„Marillenröster?", fragte sie mit neugierigem Blick.

„Wir hatten die Idee, dich morgen mit einem klassischen Wiener Kaiserschmarrn zu bekochen. Und dazu passt am besten Marillenröster", meinte Toni.

Uschi fand die Idee großartig und zeigte ihnen die restlichen Räume der Villa. Die Freunde waren von ihrer freundlichen und netten Hausherrin begeistert.

Toni musterte sie genauer.

Uschi hatte schulterlange blonde Locken und strahlend blaue Augen. Auf den Fingernägeln und Zehen trug sie knallroten Nagellack. Toni schätzte sie auf etwa vierzig. Als sie bemerkte, dass er sie anstarrte, schenkte sie ihm ein kurzes Lächeln und sah gleich darauf wieder weg. Ein angenehmes Kribbeln durchfuhr seinen Körper und er lächelte zurück. *Was für eine faszinierende Frau.*

„Die Villa ist ja der Hammer!", entfuhr es Olivia, als sie auf der Terrasse standen und auf das Meer blickten.

Das Haus hatte sechs Schlafzimmer, vier Bäder, einen großzügigen Wohn- und Essbereich, außerdem ein Heimkino, einen Wellnessbereich mit Indoor-Pool sowie einen groß angelegten Garten mit dem Infinity Pool und Palmen rundherum. Es war wie im Paradies!

„Das freut mich sehr, ihr Lieben. Mein Architekt hat wirklich großartige Arbeit geleistet. Ich hab ihm meine Ideen geschildert und er hat sie genauso umgesetzt, wie ich wollte", grinste Uschi selig.

„Leider ist er wieder nach Österreich gezogen. Ich hätte ihn bei meinem Lokal gut gebrauchen können. Aber lassen wir das. Stoßen wir lieber auf eine schöne Zeit und natürlich auf gutes Gelingen beim Vertragsabschluss für das neue Lokal an."

Kaum hatte sie die Worte ausgesprochen, kam auch schon Fernando mit einem großen Tablett herein, auf dem sich ein Kübel mit gekühltem Champagner sowie wunderschöne Sektflöten befanden.

‚*Konnte Fernando etwa auch Gedankenlesen?*', fragte sich Carla und war beeindruckt.

„Prost!"

Sie erhoben ihr Glas und prosteten einander zu.

Als Carla auf das Meer hinausblickte und hinter sich die Villa und das Pool wahrnahm, bekam sie Gänsehaut. Es war nur wenige Tage her, als sie diesen Wunsch Mr. Freudenkuss gegenüber erwähnt hatte – und jetzt stand sie hier und lauschte den Wellen.

Es war zwar nicht so, dass die Villa ihr gehörte, aber sie war hier. *Jetzt.* Ein wohlig warmes Gefühl breitete sich in ihrem ganzen Körper aus. Sie war einfach nur glücklich.

„Ihr habt sicher Hunger. Fernando wird für uns grillen. Ich habe frischen Fisch und Gemüse eingekauft. Ihr müsst mir nur sagen, was ihr gerne hättet. Es gibt Goldbrasse, Dorade, Zucchini, Süßkartoffel, Paprika …"

Carla sah sich um und zählte die Sekunden, bis Fernando mit einem Tablett voller Fische vorbeisauste. Und da war er auch schon! Freundlich lächelnd zeigte er allen die frischen Fische und nahm die Bestellungen auf. Ein Held von einem Assistenten!

So einen wollte sie auch einmal haben.

Uschi geleitete die Freunde zum gedeckten Tisch auf der Terrasse und bat sie, Platz zu nehmen.

„Uschi, was ich dich wegen des Lokals fragen wollte …", begann Carla.

„Carla, Liebes, lass uns das morgen besprechen. Heute sollt ihr mal in Ruhe ankommen und die Meeresbrise genießen. Um den Vertrag kümmern wir uns morgen", sagte Uschi freundlich, aber bestimmt.

Eine Powerfrau, die wusste, was sie wollte.

Toni merkte, wie sie immer interessanter für ihn wurde. Doch irgendetwas in ihrer Ausstrahlung wirkte auf ihn – er konnte es nicht genau beschreiben – a*ngestrengt? Nervös? Verschlossen?*

Er hatte sich schon im Auto Gedanken darüber gemacht, wie er sich seine ideale Frau vorstellte. Und lustigerweise hatte er immer an eine Frau gedacht, die etwas *älter* war als er.

Es wurde noch ein herrlicher Abend. Sie aßen gegrillten Fisch mit Gemüse, dazu servierte Fernando Röstkartoffel mit Mangold.

Alle fühlten sich wie in einer anderen Welt. Es war so ruhig hier, und das Meer ließ sie alle mehr bei sich selbst ankommen.

„Der Ausblick hat etwas Magisches, finde ich", stellte Olivia gedankenverloren fest.

„Ja, in der Tat. Manchmal sitze ich einfach hier auf der Terrasse und sehe mir stundenlang das Meer und die Landschaft an", sagte Uschi. „Und dann wünsche ich mir einen Partner an meiner Seite. Irgendwie hat das bis jetzt noch nicht so geklappt, wie ich das gerne hätte. Ich weiß, ich bin eine attraktive, erfolgreiche Frau und ich würde das alles gerne mit jemandem teilen."

In diesem Moment zeigte Uschi ihre verletzliche Seite, was Toni noch mehr imponierte.

„Ich bin ja davon überzeugt, dass es keine Zufälle gibt, und man eine Gelegenheit immer beim Schopf packen soll, wenn sich einem eine bietet“, meinte Uschi und sah dabei Mr. Freudenkuss an.

„Du bist vermutlich ausgebucht, aber hättest du vielleicht trotzdem in den nächsten Tagen mal Zeit für einen VIP-Tag mit mir?“

Mr. Freudenkuss sah Mrs. Liebherzig kurz fragend an.

Diese nickte zustimmend.

Sie würde ausnahmsweise an dem Tag die Betreuung von Carla und Toni übernehmen.

„Es wäre mir eine Freude“, sagte der kleine Liebesexperte.

„Wie schön! Lass uns bitte gleich einen Termin fixieren“, freute sich Uschi und bat ihn kurz ins Haus.

„Dass sie das einfach so offen erzählt …“, sagte Carla.

„… und gleich bei Mr. Freudenkuss bucht!“, zeigte sich Toni beeindruckt.

Er brauchte manchmal Wochen, um sich für etwas zu entscheiden. Und diese Frau redete einfach Tacheles und nahm sich, was sie wollte. Das fand er richtig *heiß*.

48

Als Carla glückselig in ihr Zimmer kam, ließ sie sich erst einmal in das Kingsize-Himmelbett mit weißer Bettwäsche aus ägyptischem Leinen fallen. Wie schön *weich* sich das anfühlte.

Sie ging auf ihren Balkon, von dem aus sie einen wundervollen Blick übers Meer hatte. Gedankenverloren lauschte sie dem nächtlichen Rauschen, als plötzlich ihr Handy piepste. Es war Ben!

„Das sind ja großartige Neuigkeiten! Ich freu mich riesig für dich! Ruf mich gerne an, wenn du Zeit hast. Ich bin jetzt gut erreichbar."

Carla nahm ihr Handy und wählte seine Nummer.

„Das ging ja schnell! Wie geht's dir?", hob Ben gutgelaunt ab.

„Mir geht's großartig. Die Villa ist einfach genial und Frau Bosch ist sehr nett. Ich habe das alles noch gar nicht richtig realisiert. Können wir Videotelefonieren? Dann zeig ich dir, wo ich gerade bin", sagte Carla.

„Ja klar, ich bin gespannt!", antwortete Ben und klang dabei wirklich interessiert.

Beide schalteten ihre Kameras ein und Carla sah einen erholten Ben auf ihrem Handydisplay.

„So schön, dich zu sehen", grinste er. „Zeig her deine Mansion!"

Carla freute sich auch, ihn zu sehen und seine Stimme zu hören. Sie switchte den Kameramodus und zeigte ihm ihr Zimmer und die Aussicht vom Balkon. Von hier aus konnte man auch das Pool und die Terrasse sehen.

„Wooow, na dir geht's gut! Das sieht ja fantastisch aus", schwärmte Ben. „In dem Pool kann man sicher genialen Sex haben …"

Er grinste sie schelmisch an.

„Hey mach mich jetzt nicht schoaf! Ich seh dich ja jetzt noch ganze zwei Wochen lang nicht", lachte Carla.

Doch sie musste zugeben, dass sie diesen Gedanken auch schon gehabt hatte. Sie und Ben allein in dieser Villa. Heiße Küsse und leidenschaftliche Nächte – tja, und dieses Pool.

„Gibs zu, du hast dir das jetzt gerade vorgestellt“, lachte Ben verschmitzt.

Er kannte sie schon so viel besser, als ihr bewusst war.

„Du bist doch jetzt zwei Wochen dort, oder? Das wäre doch genial, wenn ich dich besuchen würde. Also ich will mich jetzt nicht aufdrängen, und ich weiß auch noch gar nicht, ob sich das mit der Uni zeitlich machen ließe …“, überlegte Ben laut,

„… aber ein paar Tage Kroatien mit dir, das würde mir schon gefallen. Wir würden nett essen und im Meer schwimmen gehen. Ich könnte mein Mountainbike mitnehmen für die Zeit, wenn du deine Kundentermine hast.“

Das klang wirklich sehr verlockend. Carla überlegte. Ob das wohl auch für Uschi okay wäre? Carla wollte die Gastfreundschaft ihrer Mandantin nicht überstrapazieren. Sie war schon so dankbar, dass Toni, Olivia, Mr. Freudenkuss und Mrs. Liebherzig mitkommen durften. Und was genau waren Bens Absichten? Würde er nur nach Kroatien kommen, um Sex mit ihr zu haben?

„Es sei denn, das geht dir jetzt zu schnell. Dann versteh ich das natürlich“, ruderte Ben etwas zurück, als er merkte, dass Carla zögerte.

„Nein, das hört sich wirklich großartig an. Aber ich möchte ehrlich sein. Mich beschäftigen zwei Dinge: Erstens weiß ich nicht, ob es für meine Mandantin in Ordnung ist, wenn ich noch jemanden einlade. Und zweitens: Würdest du nur herkommen, um mit mir Sex zu haben?“

Carla sah ihn etwas verlegen an. Aber sie hatte sich in den vergangenen Tagen fest vorgenommen, ihre Wünsche ab jetzt klar und deutlich zu kommunizieren. Das hier war die beste Gelegenheit dazu.

Ben sah sie liebevoll an. Seine blonden Wuschellocken hingen ihm dabei ins Gesicht.

„Carla, ich möchte eines klarstellen: Ich hab dich wirklich gern. Und ich möchte dich kennenlernen, Dates mit dir haben und sehen, wohin uns das führt. Und ja, ich steh auch auf Sex mit dir. Aber ich bin nicht auf der Suche nach der nächsten Sex-Beziehung. Du bist für mich eine faszinierende und wunderschöne Frau. Ob wir unser nächstes Date in Kroatien, in Wien oder sonst wo haben, kannst gerne du entscheiden", sagte er.

„Und wenn dir das mit deiner Mandantin unangenehm ist, dann lassen wir es. Ist auch kein Thema. War nur eine spontane Idee von mir, weil ich dich gern bald wiedersehen würde."

Carla lächelte. So klar hatte in den letzten Jahren kein Mann ausgedrückt, was er wollte.

„Ich mag dich auch", meinte sie grinsend.

„Na siehst du", lachte er.

Ben hatte so eine Leichtigkeit an sich, die Carla richtig guttat, denn nach den vergangenen Dating-Erfahrungen verlor sie sich manchmal immer noch in irgendwelche Gedanken, die ganz und gar unnötig waren.

Auch wenn ihre Sorge, nur ein Sexobjekt zu sein, ja durchaus seine Begründung hatte, da sie es einfach die letzten Jahre so oft bei anderen Männern erlebt hatte.

„Ich werde in den nächsten Tagen mal mit Frau Bosch, also Uschi, reden", sagte Carla. „Und du kannst inzwischen abklären, ob du Zeit hast, ein paar Tage zu kommen."

„Deal!"

49

Mr. Freudenkuss spürte den Wind in seinen Haaren, als er gemeinsam mit Uschi in ihrem schwarzen Mercedes Cabrio fuhr.

Sie waren unterwegs zu ihrer kleineren Villa in Crikvenica. Dort wollten sie den VIP-Tag verbringen.

„Ich freu mich so“, übertönte Uschi den Fahrtwind.

Mr. Freudenkuss strahlte zurück.

Er liebte es, wenn Kunden so eine Lebensfreude hatten und schnelle Entscheidungen aus ihrer Intuition heraus trafen. Und Uschi war einfach durch und durch eine Powerfrau. Es gab zwar ein paar mentale Hürden, was ihre Partnersuche betraf, aber das Problem würden sie heute angehen.

„So, da sind wir schon“, sagte Uschi und parkte vor einer weißen Villa mit blauen Fensterläden.

Mr. Freudenkuss staunte nicht schlecht. *Kleiner* bedeutete in diesem Fall, dass die Villa zwei Schlafzimmer, zwei Bäder, eine großzügige Wohnküche und eine riesige Terrasse mit Pool und Whirlpool hatte. Uschi zauberte in der Küche schnell eine selbstgemachte Limonade mit Limetten und frischer Minze und reichte frische Feigen dazu.

Sie setzten sich auf die Terrasse und Mr. Freudenkuss zückte sein Mini-Notizbuch.

„Was ist dein Ziel?“, fragte er Uschi gleich geradeheraus.

„Ich wünsche mir eine liebevolle Beziehung mit einem Partner auf Augenhöhe. Einen, der lustig ist und mich so nimmt, wie ich bin. Einen, mit dem alles einfach ist. Früher hatte ich Dates, die oft so richtig mühsam …“

„Vorsicht! Ich hab dich gefragt, was du willst und nicht, was du nicht willst“, unterbrach sie der kleine Mr. Freudenkuss.

In diesem Punkt konnte er manchmal richtig streng sein.

„Stimmt. Bitte entschuldige. Also ich möchte einen Partner, der liebevoll, großzügig und treu ist. Eine Schulter zum Anlehnen. Einen, der mit mir Ausflüge unternimmt, Wandern geht, die Natur genießt. Einen, mit dem ich lachen kann, und der sich nicht von meinem Erfolg einschüchtern lässt, sondern sich für mich freut und mir den Erfolg von ganzem Herzen gönnt."

„Und, was glaubst du, warum hast du so einen Mann bisher noch nicht kennengelernt?", fragte der kleine Mr. Freudenkuss.

Uschi seufzte:

„Tja, wenn ich das wüsste."

„Was sind so typische Aussagen, die du über die Liebe oder eine harmonische Partnerschaft in deinem Leben immer wieder gehört hast?", fragte sie der kleine Liebesexperte.

Plötzlich wirkte Uschi wie versteinert.

Mr. Freudenkuss schien den richtigen Punkt getroffen zu haben.

„Naja, ich meine, ich hab echt viel ausprobiert. Ich war bei unterschiedlichen Therapeuten, Coaches, war bei Familienaufstellungen dabei", begann Uschi zu erzählen.

„Und einmal war ich bei einer Wahrsagerin. Ich wollte einfach wissen, was mit mir und meinen Beziehungen los ist. Das war mitten auf einem Jahrmarkt. Die ist da in einem kleinen dunklen Zelt gesessen und hatte wirklich so eine leuchtende Kugel vor sich. Auch wenn ich jetzt sicher bin, dass das einfach nur ein Licht war. Ich war gerade mit Freundinnen unterwegs, die das lustig fanden und meinten, dass ich das doch ausprobieren sollte. Also bin ich in das Zelt hineingegangen. Drin ist eine alte Frau gesessen mit zerzausten grau-weißen Haaren und einer Hornbrille mit dreieckigen Gläsern. Auf ihrer rechten Schulter saß ein Papagei, der immer alles nachgeplappert hat. Es war alles so schräg, aber gleichzeitig habe ich mir gedacht, dass die wohl gewisse Fähigkeiten haben muss, wenn sie so aussieht. Ich hab sie jedenfalls gefragt, wie es bei mir in der Zukunft in der Liebe aussieht." Uschi begann plötzlich zu weinen.

Dicke Tränen kullerten über ihre Wangen.

„Was hat diese Wahrsagerin denn gesagt?", wollte der kleine Mr. Freudenkuss wissen.

„Sie ... sie hat gesagt, dass ich für immer allein bleiben werde", schluchzte Uschi.

Oh!

Der kleine Mr. Freudenkuss bekam Gänsehaut. Er glaubte nicht an Wahrsagerei, sondern daran, dass jeder sein Schicksal selbst in der Hand hatte. Das sollte nicht heißen, dass es nicht Menschen mit unglaublichen Fähigkeiten gab, die Dinge auf ganz andere Art und Weise wahrnehmen konnten.

Doch das war für ihn etwas anderes. Menschen mit so einer Gabe konnten anderen helfen, sie in ihren Wünschen bestärken und ihr inneres Strahlen wieder hervorholen.

Im umgekehrten Fall konnten Scharlatane anderen Menschen auch schaden, sie in ihren Fähigkeiten und Talenten beschneiden, sie schwächen oder ihnen jegliche Hoffnung nehmen. Mr. Freudenkuss hatte keinerlei Respekt vor Menschen, die so etwas taten.

Uschi schien solch einer Person geglaubt zu haben. Das machte ihn richtig wütend! Wie konnte sich jemand die Frechheit herausnehmen und so einen Blödsinn behaupten?

Das toppte ja fast schon die Aussage, die er mal von einer anderen Kundin gehört hatte.

Die war auch bei einer Wahrsagerin gewesen, die zu ihr gesagt hatte: *„Du wirst mal zwischen zwei Männern stehen und dich für den falschen entscheiden."*

Bei solchen Aussagen fehlten dem kleinen Liebesexperten echt die Worte!

Er beruhigte Uschi, indem er auf den Tisch hüpfte und ihr ein Taschentuch entgegenstreckte, was ihn ziemlich anstrengte. Uschi musste bei dem Anblick lachen und nahm das Taschentuch dankbar an.

„Hast du Lust, diese Aussage ein für alle Mal zu *kübeln*?“, fragte er sie schließlich.

„Wie meinst du das?“

„Irgendein Anteil in dir scheint diesen *Bullshit* ja zu glauben, den dir diese Wahrsagerin eingeredet hat, oder? Ich würde mit dir gern eine Übung machen, mit der du diesen Gedanken wieder aus deinem Unterbewusstsein entfernen kannst.“

„Ja, bitte lass uns das machen“, sagte Uschi, nachdem sie sich etwas beruhigt hatte.

„Wenn du an einen magischen Behälter denkst, der für dich alles transformieren und positiv auflösen könnte, und der über ein unendliches Fassungsvermögen verfügt: Was kommt dir da als Erstes in den Sinn?“, fragte sie der kleine Mr. Freudenkuss.

Uschi überlegte nicht lange.

„Ein großer goldener Topf“, antwortete sie prompt.

„Sehr gut. Dann schließ jetzt bitte deine Augen und lass nochmal all die Emotionen hochkommen, die du mit der Aussage ‚*Du wirst für immer alleine bleiben*‘ verbindest. Und jetzt stell dir bitte vor, dass dieser große goldene Topf direkt vor dir steht. In all seiner Pracht. Mit seiner Fähigkeit, dass er alles, was du reingibst, transformieren kann. Und all das, was jetzt hochkommt – all die Emotionen, das Körpergefühl, alles, was du jetzt wahrnimmst –, lässt du einfach in diesen goldenen Topf fließen“, leitete der kleine Mr. Freudenkuss Uschi dazu an, alles loszulassen.

„In deinen Topf gibst du auch all die negativen Aussagen, die du jemals gehört hast über die Liebe oder über Partnerschaften. Auch all das, was gar nicht deines ist. Du gibst all die Momente hinein als kleines Kind, in denen du dich einsam gefühlt hast, in denen du alleine warst."

In diesem Moment begann Uschi wieder zu weinen. Der kleine Mr. Freudenkuss hatte ein Gespür dafür, wo die tiefen Wunden seiner Kunden begraben lagen.

„Du kannst auch einfach mit deinen Händen alles von deinem Körper abstreifen, was sich unangenehm anfühlt, oder was vielleicht sogar wehtut", sagte er beruhigend.

Uschi stand auf und begann, wie wild zu hüpfen und sich ausgelassen zu schütteln.

„Das ist genial! Hüpf und schüttel alles raus!", feuerte sie der kleine Liebesexperte an. „Du kannst auch schreien, wenn du …"

„Waaaaaahhhhhhhhhhhhhh!", machte Uschi und ließ einen richtigen Urschrei heraus, der Mr. Freudenkuss zufrieden grinsen ließ.

„Super machst du das. Lass alles raus! Diese Ungerechtigkeit, dass du eine so geniale Frau bist, und den Partner, den du dir wünschst, noch immer nicht kennengelernt hast. Lass es raus! Den Frust. Die Wut. Die Trauer. Lös dich von all den Blockaden. Von all den Ängsten. Von all den Zweifeln. Von all den Bullshit-Aussagen, die dir irgendjemand einreden wollte. Jetzt!"

Uschi hüpfte und stampfte wie ein kleines Kind auf der Terrasse ihrer wunderbaren Villa. Sie konnte richtig fühlen, was sie seit Jahren gekonnt umschifft hatte: Die Tatsache, dass sie einsam war.

Nun, da sie diesem Gefühl endlich Raum schenkte, konnte sie es auch loslassen.

„Du machst das großartig", lobte sie der kleine Mr. Freudenkuss. „Warum, glaubst du, hast du dich dafür entschieden, dieser Aussage zu glauben, dass du für immer allein bleiben würdest. Was war die positive Absicht dahinter?"

Die positive Absicht? Uschi war kurz irritiert. Sie wusste zuerst nicht, welchen Nutzen diese Aussage gehabt haben sollte. Doch dann fiel es ihr wie Schuppen von den Augen.

„Es war eine Art Schutzmechanismus. So konnte ich alle Männer, die ich kennengelernt habe, einfach schön auf Abstand halten, und wurde nie ernsthaft verletzt. Wenn ich es mir recht überlege, habe ich mich seit dem Besuch bei der Wahrsagerin nie richtig auf eine Beziehung eingelassen“, stellte Uschi nachdenklich fest.

„Eine wunderschöne, positive Absicht, findest du nicht?“, lächelte sie der kleine Mr. Freudenkuss an.

„Unser Unterbewusstsein hat wertvolle Skills drauf. Behalte dir einfach diese Schutzfunktion, und alles andere darf in deinen goldenen Topf fließen. Dein Unterbewusstsein weiß ganz genau, was das alles ist.“

Uschi schmunzelte und spürte, wie sie langsam, aber sicher loslassen konnte.

„Ist alles drin?“, fragte sie der kleine Liebesexperte und Uschi nickte.

„Dann schließe jetzt deinen goldenen Topf und stell dir vor, dass alles, was drin ist, transformiert und positiv aufgelöst wird. Und dass alles in etwas Schönes, in ein Geschenk für dich verwandelt wird.“

Es dauerte nicht lange und Uschi konnte innerlich wahrnehmen, wie aus all den negativen Gedanken und Glaubenssätzen ein wunderschönes, rotes Herz entstand.

Sie streckte sich symbolisch zum goldenen Topf hinunter und nahm das rote Herz behutsam in ihre Hände. Es fühlte sich warm und leicht an.

„Du kannst dir dein Geschenk gerne an eine Stelle im Körper setzen, an der du es jetzt besonders spüren möchtest“, sagte der kleine Mr. Freudenkuss.

Uschi setzte das rote Herz symbolisch in ihren Brustkorb und spürte, wie sich dessen Wärme und Leichtigkeit in ihrem ganzen Körper ausbreitete. Was für ein *herrliches Gefühl*! Sie genoss es noch ein paar Minuten und öffnete dann wieder ihre Augen.

„Wenn du genau mit diesem Gefühl Männer kennenlernst – wie wäre das?“, fragte sie Mr. Freudenkuss.

„Ich sehe mich offen auf Männer zugehen, mit ihnen lachen und scherzen. Ich verstecke mich abends nicht mehr in meiner Villa, sondern gehe aus, feiere Feste, besuche neue Kurse und mache viele Dinge, die ich mich bis jetzt nicht getraut habe“, strahlte Uschi.

„Mr. Freudenkuss, ich danke dir von Herzen. Ich fühl mich gerade sowas von lebendig und quietschvergnügt, ich könnte die ganze Welt umarmen!“

Sie drehte Musik auf und begann, auf der Terrasse zu tanzen. War das nicht? Natürlich! *Salsa!*

Uschi schwang ihre Hüften im Takt und forderte den kleinen Mr. Freudenkuss auf, mitzutanzen. Die beiden waren ein lustiges Gespann. Uschi hatte ein weißes Sommerkleid mit großen, roten Tulpen an, und der sieben Zentimeter große Mr. Freudenkuss tanzte neben ihr in seiner weißen Leinenhose und einem weißen Leinenhemd.

Eine halbe Stunde später sank Uschi glückselig in ihren Couchsessel.

„Was machen wir jetzt?“, wollte sie von Mr. Freudenkuss wissen.

„Jetzt werden wir mal richtig schön essen gehen. Ich hab uns einen Tisch im Galija reserviert!“, verkündete Mr. Freudenkuss stolz.

Uschi freute sich. Sie war ein Fan von gutem Essen. Das Galija war ein nobles Restaurant mit wunderbarer Küche und herrlichen Getränken direkt am Hafen von Crikvenica.

50

Wia lafts auf Kkkrkkk?", fragte Jonas in die Webcam. „Zoag her amol, wosd do genau bisch."

Olivia hatte ihm gerade ihre ersten Entwürfe für seinen Food Truck geschickt. Jetzt hatten sie ihre erste offizielle Besprechung. Olivia nahm ihren Laptop und drehte ihn so, dass Jonas die wundervolle Umgebung sehen konnte. Sie hatte es sich auf der Terrasse in einem der weißen Hängesessel gemütlich gemacht. Zum Glück hatte sie vor Jahren in einen tollen Laptop mit Grafikkarte investiert, mit dem sie örtlich unabhängig all die CAD-Programme schnell und einfach bedienen konnte.

„Boah, des isch bärig!", sagte Jonas beeindruckt. „Do kunnsch sicha guat orbeitn", zwinkerte er ihr zu.

Er war mit seinem Team wieder gut in St. Johann angekommen. Den Vormittag hatten sie gerade mit dem Austüfteln neuer Rezeptideen verbracht.

„Es ist wirklich traumhaft schön hier. Und ja, die tolle Umgebung inspiriert mich sogar bei meinen Ideen!", beschwichtigte ihn Olivia.

In der Früh hatte ihnen Fernando ein großartiges Frühstück mit Omeletts, Butter-Toasts, frischen Feigen, Melone, Pfirsich, Joghurt, Orangensaft und frischem Kaffee aufgetischt.

Gemeinsam mit Carla, Toni und Mrs. Liebherzig hatte Olivia wie eine Königin geschlemmt.

Schon beim Frühstück hatte sie so viele neue Ideen und Bilder für den Food Truck im Kopf, dass sie sich gleich anschließend an ihren Laptop gesetzt und alle Aufzeichnungen in ihr Programm geklopft hatte.

Und jetzt, nach dem Call, würde sie eine Runde schwimmen gehen. Sie war *on fire*. Dementsprechend zufrieden war Jonas auch mit ihren bisherigen Entwürfen. Er äußerte lediglich noch ein paar Wünsche und verabschiedete sich dann von Olivia.

„Brav bleibm, gell?"

Was auch immer das bedeutete.

Mr. Freudenkuss hielt sich seinen kleinen Bauch vor lauter Lachen. Er hatte mit Uschi einen intensiven VIP-Tag verbracht und sie am Nachmittag nochmal in all ihren Fähigkeiten und Talenten gestärkt.

Jetzt, am Abend, war der Plan der, dass sie ihre Komfortzone erweitern sollte, was auch hervorragend zu klappen schien. Gerade eben hüpfte sie am Strand herum wie ein kleines Kind. Es sah so lustig aus, sie dabei zu beobachten. Die erfolgreiche Business-Lady, die mehrere eigene Villen besaß, sprang wie ein ausgelassenes Kind durch den Sand.

„Ich fühl mich so frei!", rief sie laut, als sie sich wieder zu Mr. Freudenkuss gesellte. „Was gibt's noch für Kärtchen?"

Mr. Freudenkuss hielt ihr seine Komfortzonen-Kärtchen hin, von denen sie sich noch welche aussuchte.

Gib dich als Zeitreisende aus und frag jemanden, welches Jahr gerade ist.

„Uh, das klingt lustig. Das probier' ich aus", lachte Uschi vergnügt.

Gib einem Fremden ein High Five.

Stell dich in Powerpose 30 Sekunden lang auf einen öffentlichen Platz.

„Die nehm ich alle! Los geht's!"

„Super! Und erinnere dich daran: tiefer Atemzug, bis drei zählen, in die Bewegung gehen, dein Ziel vor Augen haben. All das hilft dir dabei, diesen Schritt aus der Komfortzone zu machen", wiederholte der kleine Mr. Freudenkuss die Anweisungen für die Übung.

„Und was den meisten meiner Kunden hilft, ist der Gedanke *‚Pfeif drauf, ich mach das jetzt einfach'.*"

Uschi nickte nur kurz und schon startete sie los.

Mr. Freudenkuss hatte es sich auf ihrer Schulter bequem gemacht und machte sich noch schnell unsichtbar, damit die anderen Beteiligten durch seine Anwesenheit nicht irritiert waren. Uschi war gar nicht mehr zu bremsen.

Auf einer Parkbank entdeckte sie einen Mann in ihrem Alter.

Sie ging zu ihm hin und fragte geradeheraus: „Gibst du mir bitte ein High Five?"

Der Mann sah irritiert von seinem Buch auf und antwortete: „Ein High Five? Warum das?"

Damit hatte Uschi jetzt nicht gerechnet. Er wollte eine *Begründung* haben? Was sollte sie denn jetzt sagen?

„Ähm, weil ich mir gerade die Brüste hab machen lassen", sagte sie schließlich.

Der Mann sah Uschi an, blickte auf ihre Brüste und sagte grinsend: „Auf das geb ich gern ein High Five" und schlug herzhaft ein.

Uschi ging fröhlich summend weiter den Weg entlang, bis sie außer Hörweite war. In dem Moment erschien Mr. Freudenkuss.

„Gratuliere! Du hast dich getraut!", jubelte er.

„Ja schon, aber …"

„Kein aber. Das hast du toll gemacht! Jetzt darfst du dir noch überlegen, wen du dir für die Challenges aussuchst", sagte der kleine Liebescoach.

„Wie meinst du das?", wollte Uschi wissen.

„Naja. Sprichst du einfach den Nächstbesten an, oder siehst du ihn dir vorher genauer an? Hast du bei dem Mann, der dir eben ein High Five gegeben hat, vorher wahrgenommen, wie er auf dich wirkt? Ob er gut drauf ist oder schlechte Laune hat? Ob ihr zwei ein gutes

Gespräch hättet, wenn es darauf hinauslaufen sollte? Ob er dir gefällt? Hattest du vorher Blickkontakt mit ihm? Habt ihr euch vielleicht sogar schon angelächelt? Das alles wirkt sich auf euer Gespräch aus, glaub mir."

Der kleine Liebesexperte sah seine Kundin vielversprechend an. Er hatte es bei seinen Trainings schon so oft erlebt, dass seine Klienten gar nicht darauf geachtet hatten, wen sie eigentlich ansprachen. Und wie, im Gegenzug, aus dem Nichts heraus ein wunderbares Gespräch entstanden war, weil sie vorher genau hingespürt hatten, ob die Person mit ihnen auf einer Wellenlänge war. Es machte einfach einen riesigen Unterschied, wenn man sein Gegenüber vorher kurz beobachtete und sich in die Situation hineinfühlte.

„Okay, verstanden. Ich werde das beim nächsten Mal berücksichtigen. Danke für den Tipp!", meinte Uschi entschlossen.

Sie wollte das unbedingt hinkriegen. In der Business-Welt hatte sie keinerlei Probleme damit, mit Männern zu sprechen. Aber sobald es ums Flirten ging, wurde sie nervös.

„Stell dir vor, du bist bei einem Business-Meeting und voll in deinem Element. Du hast ein schönes Kleid an, deine Haare sind gestylt und du bist selbstbewusst. Vielleicht fällt dir auch ein konkreter Moment ein, in dem du so richtig mutig warst. Und genau das Gefühl aus diesem Moment holst du dir jetzt her", schlug der kleine Mr. Freudenkuss vor.

„Welche Körperhaltung hast du dann? Wie fühlst du dich? Welche Gedanken hast du? Erwecke auch beim Flirten einfach die Business-Lady in dir!"

Uschi dachte kurz über solch einen Moment nach und erinnerte sich an eine Situation, die sie erst letzte Woche erlebt, und in der sie nur so vor Selbstbewusstsein gestrotzt hatte. Sie hatte einen Vortrag gehalten für die *Women Leadership Conference* und konnte sich noch genau erinnern, wie es war, auf diesem Podium zu stehen. Hunderte von Leuten saßen im Publikum und sie hatte die Bühne gerockt. Sie konnte das! Sie hatte diese mutige Seite in sich.

Wie genial, dass sie sich genau dieses Gefühl jederzeit wieder herholen konnte! Uschi spürte, wie sie auf einmal aufrechter dastand und sich ihr ganzer Körper entspannte.

Sie sah den kleinen Mr. Freudenkuss an und sagte mit fester Stimme: „Ich bin bereit."

Das war das Kommando für Mr. Freudenkuss, um sich wieder unsichtbar zu machen. Diesmal ließ sich Uschi mehr Zeit. Sie schlenderte in Ruhe auf der Promenade herum und beobachtete die vielen Menschen ganz genau. Sie lächelte den ein oder anderen an, und wenn sie Lust hatte, wechselte sie mit einigen ein paar Worte.

Die mutige Uschi war entspannt und locker.

Das war ein tolles Gefühl!

Zum Schluss wollte sie unbedingt noch Powerposing ausprobieren. Also stellte sie sich mitten auf die Promenade, drehte ihren Kopf zur Seite und formte mit ihren Händen die Pose einer Ägypterin.

Ihr inneres Kind war geweckt, und das war die erste Pose, die ihr *innerlich lachend* dazu eingefallen war. Viele der Passanten waren so mit ihren eigenen Gedanken beschäftigt, dass sie Uschi gar nicht wahrnahmen. Doch dann kam ein älteres Pärchen näher. Der Mann schaute sie ganz interessiert an und stupste sie plötzlich an.

„Hey!", rief Uschi, die ganz in ihre Powerpose vertieft war.

„Jössas, des is jo gor ka Statue!", schreckte er sich, als sich Uschi plötzlich wieder bewegte.

Sie begann, wie ein kleines Kind zu lachen. Sie lachte so herzlich und mitreißend, dass das Pärchen schließlich mitlachte.

„Hach, war das herrlich!", sagte sie zum kleinen Mr. Freudenkuss. „Ich danke dir von Herzen für diesen coolen Tag!"

51

In der Küche war Olivia gerade dabei, Smoothies zu mixen. Die Feigen dafür hatte sie kurz zuvor im Garten von Uschi gepflückt. Sie fand es genial, dass hier so frisches südländisches Obst direkt vor der Tür wuchs.

„Wollt ihr auch einen Feigen-Pfirsich-Smoothie?", fragte sie Toni und Carla, als diese die Küche betraten.

„Als gesunde Abwechslung zu den Cocktails? Ja gerne!", schmunzelte Carla.

Uschi hatte ihr alle Unterlagen für den Kauf des neuen Lokals gegeben, und Carla hatte den ganzen Tag damit verbracht, sich alles genau durchzulesen.

Außerdem hatte sie bereits mit einem Sachverständigen das Lokal begutachtet, damit er ihr sagen konnte, ob die Bausubstanz auch in Ordnung war. Sie durfte sich um viele Kleinigkeiten kümmern, deshalb war sie heute etwas erledigt.

„Olivia, kennt Toni eigentlich schon die Geschichte mit dem Eishockey-Match?", fragte Carla plötzlich in die Runde.

„Welches Eishockey-Match?", fragte Toni.

„Was?", sagte Olivia und sah Carla in die Augen, während sie den Mixer einschaltete.

Aaaaaahhhh!

Olivia hatte wegen Carlas Frage völlig vergessen, den Deckel auf den Mixer zu geben. Jetzt war ein Teil der Küche mit zerfetzten Obststücken bedeckt. Von Olivia selbst ganz zu schweigen.

„Shit!", fluchte sie und sah sich das Chaos an.

Toni und Carla kamen ihr zu Hilfe. In Windeseile hatten sie alles weggeputzt und Olivia lief schnell in ihr Zimmer, um sich ein neues T-Shirt anzuziehen. Als sie in die Küche zurückkam, stellte sie fest, dass zwei Drittel des Obstes aus dem Mixer herauskatapultiert worden waren. Olivia lachte und begann in aller Seelenruhe, den Mixer mit neuen Feigen und Pfirsichen zu füllen. Zum Glück gab es davon ja genug im Garten.

„Warte, ich helfe dir", verkündete Carla. „Wegen vorhin: Ich musste heute zufällig an die Eishockey-Match-Geschichte denken und laut lachen. Magst du sie uns nicht erzählen? Biiiitte!"

„Lass uns erst mal die Smoothies fertigmachen, dann erzähle ich sie euch auf der Terrasse, wenn ihr unbedingt wollt."

„Und ob wir wollen!", lachte Toni.

Nachdem sie mit Carlas Hilfe die Smoothies diesmal ganz ohne Panne fertiggemixt hatte, machten es sich die drei auf den bequemen Rattan-Sesseln mit weißen Pölstern auf der Terrasse gemütlich.

Das Meer glitzerte im Mondschein. Von hier aus konnte man wunderbar die Sterne betrachten.

„Jetzt bin ich aber neugierig geworden", sah Toni mit hochgezogenen Augenbrauen zu Olivia.

„Ich weiß ja gar nicht, ob ich das jetzt so wiedergeben kann. Es war einfach so eine Situationskomik damals", versuchte Olivia auszuweichen.

Doch als die beiden nicht lockerließen, begann sie zu erzählen.

„Carla hat vor einiger Zeit einen Mann kennengelernt, der leidenschaftlicher Eishockey-Fan war. Sie wollte sich irgendwie nicht alleine mit ihm treffen – warum eigentlich nicht, Carla?"

„Ich wollte, dass du ihn kennenlernst und mir sagst, ob er zu mir passt", sagte Carla.

„Ah genau. So war das. Also sind wir zu viert – eine Freundin war auch noch dabei – zu einem Eishockey-Match gegangen und hatten es wirklich lustig. Wir sind hintereinander gesessen, ich mit meiner

Freundin hinter Carla und ihrem Date. Wie hieß der noch gleich? Klaus?“, fragte Olivia in Richtung ihrer Mitbewohnerin.

„Ja genau, Klaus“, sagte Carla schmunzelnd.

„In der Pause ist Carla mit unserer gemeinsamen Freundin auf die Toilette gegangen und hat mich mit diesem Klaus sitzengelassen. Ich hab hin und her überlegt, was ich denn mit ihm reden soll“, erzählte Olivia weiter.

Da kam Carla schon ein kleines Grunzen aus.

„Und? Was hast du gesagt, Olivia?“, fragte sie Carla, die sich fast nicht mehr zurückhalten konnte.

Olivia musste auch schon grinsen.

„Hey, lach nicht so! Das war eben das Allererste, das mir eingefallen ist. Also, ich hab ihn gefragt, ob die Schiedsrichter denn alle *Eunuchen* sind, weil sie ja keinen Hodenschutz tragen.“

Carla lachte laut und Toni begann zu grinsen.

„Was? Das hast du ihn wirklich gefragt, Olivia?“, lachte nun auch Toni. „Und, wie hat er reagiert?“

„Er hat mich mit ganz großen Augen angesehen und sowas daher gestammelt wie ‚Das glaub ich nicht‘“, gluckste Olivia.

„Aber mal ganz ehrlich, Leute. Warum haben die wirklich keinen Hodenschutz?“

Auf diese Frage hin prosteten sich die drei lachend mit ihren selbstgemixten Smoothies zu. Herrlich! Olivias Gedankenwelt konnte einen schon erheitern.

52

Als Uschi und der kleine Mr. Freudenkuss nach Hause kamen, war es ruhig in der Villa. Es schien so, als wären schon alle schlafen gegangen. Mr. Freudenkuss wünschte Uschi eine gute Nacht und gratulierte ihr nochmal zu ihrem heutigen Mut.

„Danke für diesen Tag. Der wird mir ewig in Erinnerung bleiben", lächelte Uschi zufrieden. „Ich muss sagen, ich bin richtig stolz auf mich. Gute Nacht, Mr. Freudenkuss."

Uschi drehte sich Musik auf und trat auf ihre Terrasse hinaus. Hier begann sie, im Mondlicht zu tanzen und stellte sich dabei vor, dass ihr Partner sie in den Armen hielt.

„Du kannst Salsa tanzen?", ertönte plötzlich hinter ihr eine männliche Stimme.

Uschi zuckte zusammen und drehte sich um. Es war Toni. Er wollte sich gerade ein Glas Wasser aus der Küche holen und hatte Uschi dabei auf der Terrasse entdeckt.

„Ja, ich liebe es!", strahlte Uschi und kam tanzend auf ihn zu.

Ihre Ausstrahlung war auf einmal so offen, so *frei*, so rundum glücklich.

Toni strahlte zurück und sagte: „Ich schätze, der VIP-Tag mit Mr. Freudenkuss ist gut gelaufen?"

„Es war genial! Ich fühl mich einfach großartig!"

Toni kam einen Schritt auf sie zu, hielt ihr seine Hand hin und fragte galant: „Darf ich bitten?"

„Sag jetzt nicht, du kannst auch Salsa tanzen?", staunte Uschi und legte ihre Hand in Tonis.

Die beiden legten los, tanzten eine Figur nach der anderen bis hin zu Freestyle. Sie waren beide so in ihrem Element, dass die Zeit nur so verflog.

„Ich hätte nicht gedacht, dass ich in Kroatien Salsa tanzen würde", lachte Toni glücklich.

Seitdem er mit Sarah Schluss gemacht hatte, war er nicht mehr Salsatanzen gewesen.

„Und du führst richtig gut!", lobte ihn Uschi.

Sie liebte es, wenn Männer die Führung beim Tanzen übernahmen. So machte es erst so richtig Spaß. Etliche Lieder später ließen sich die beiden verschwitzt, aber glücklich in die weißen Hängesessel fallen.

„Darf ich dir etwas zu trinken anbieten?", fragte Uschi. „Ein Glas Wein vielleicht?"

„Lass mich das machen. Was hättest du denn gerne?", sagte Toni.

„Der Gemischte Satz vom Weingut Zahel, den ihr mitgebracht habt – den würde ich gerne probieren", antwortete Uschi. „Er steht im Kühlschrank."

„Kommt sofort!"

Toni huschte in die Küche, füllte zwei Weingläser und kam mit einem Tablett mit Wein und Nüssen zurück auf die Terrasse. Uschi und er grinsten sich wie zwei verliebte Teenager an und schienen denselben Gedanken zu haben. War das etwa ein *Date*?

„Du siehst heute übrigens ganz bezaubernd aus", flirtete Toni und hielt Uschi ihr Glas Wein hin.

„Oh, dankeschön!", freute sich Uschi über das Kompliment und wurde etwas rot.

„Magst du mir etwas von deinem VIP-Tag mit Mr. Freudenkuss erzählen? Aber natürlich nur, wenn ich es wissen darf", fragte Toni vorsichtig.

Es interessierte ihn brennend, welche Übungen der Liebesexperte bei Uschi angewandt hatte.

„Zuerst einmal war es richtig emotional", begann Uschi.

„Oh ja, das kenn ich. Mr. Freudenkuss trifft genau jene Wunde, auf die man nicht so gerne hineinsieht“, bestätigte Toni. „Bitte entschuldige. Jetzt hab ich dich unterbrochen. Erzähl weiter.“

Uschi erzählte von den mentalen Übungen, und auch Toni berichtete zwischendurch immer wieder davon, was sich bei ihm alles getan hatte, seitdem Mr. Freudenkuss in der WG aufgetaucht war. Sie hatten so ein wundervolles, ehrliches Gespräch über die Höhen und Tiefen in der Liebe. Darüber, was sie beide erlebt hatten, und was sie sich für die Zukunft wünschten.

Als Uschi von ihrer Ägypten-Pose erzählte, lachte Toni laut auf.

„Nein, das hast du echt gemacht? Mitten auf der Promenade?“

„Ja! Du hättest die Gesichter der Leute sehen sollen. Der eine Mann hat mich angesehen wie ein Uhu!“, lachte Uschi.

Es war so schön, gemeinsam zu lachen und mit einem Mann hier auf der Terrasse Wein zu trinken. Lange hatte sich Uschi genau das gewünscht. *Ob Toni auch so empfand?* Sie blieben noch eine ganze Weile sitzen, bevor sie sich schließlich eine gute Nacht wünschten.

„Sollen wir das morgen wiederholen?“, fragte Toni, als sie zurück ins Haus gingen.

„It's a date“, lächelte Uschi vergnügt.

„Stell dir vor, Uschi hat zugestimmt, dass du für ein paar Tage nach Krk kommst!“, sagte Carla zu Ben am Telefon. „Ich hab ihr erzählt, dass du Architektur studiert hast, und sie meinte, du könntest dich ja vielleicht mit ein paar Ideen für den Umbau des neuen Lokals einbringen.“

„Das ist ja großartig! Auf der Uni haben sie meinen Urlaub auch genehmigt. Das heißt, wir sehen uns in ein paar Tagen!“, strahlte nun auch Ben.

Auch er liebte solche spontanen Aktionen.

53

Hast du alles?", fragte Uschi, die schon am Lenkrad ihres schwarzen Mercedes Cabrio auf Toni wartete.

„Ja, alles eingepackt. Wo fahren wir denn hin?", wollte Toni wissen und stieg gut gelaunt ins Auto.

„Das ist eine Überraschung", grinste Uschi und fuhr los.

Die letzten Tage hatten Toni und sie jeden Abend miteinander verbracht. Sie hatten Salsa getanzt, die Aussicht genossen und einander besser kennengelernt.

Und beide spürten es. Zwischen ihnen *knisterte* es irgendwie …

Da Toni kein Fan von *Ghosting* war, hatte er Anne-Marie offen und ehrlich mitgeteilt, dass er in Kroatien jemanden kennengelernt hatte und ihr Date abgesagt. Sie war zwar nicht sonderlich begeistert, aber fand es andererseits gut, dass Toni so ehrlich war. Noch war ja nicht wirklich etwas zwischen ihnen passiert.

Tage zuvor hatte Uschi die Idee gehabt, Toni mit einer Bootstour zu überraschen. Er hatte ihr erzählt, wie gerne er früher als kleines Kind mit seinem Onkel mit dem Boot mitgefahren ist.

Sie hatte ihm nur verraten, dass er einen Picknickkorb einpacken sollte. Alles weitere würde er früh genug sehen.

„Ich bin ja so gespannt, wo wir hinfahren!", freute sich Toni.

Er schätzte es sehr, wie unternehmungslustig und spontan Uschi war. Bei seinen früheren Freundinnen war immer nur er derjenige gewesen, der die Ideen zu gemeinsamen Aktivitäten gehabt hatte.

Eine Viertelstunde brauchten sie zum Hafen in Punat, wo Uschi ihr Auto parkte. Zusammen schlenderten sie zu den Booten.

Toni staunte nicht schlecht, als sie bei einem luxuriösen Motorboot namens *Gorgeous* haltmachten.

„DAS ist die Überraschung? Wir fahren mit *diesem Boot aufs Meer hinaus?* Wie cool ist das denn!"

Toni war ganz aus dem Häuschen. Offenbar hatte Uschi seinen Erzählungen genau zugehört.

„Warte, bis du siehst, WO wir hinfahren", grinste Uschi.

Toni konnte sein Glück kaum fassen.

Die beiden gingen an Bord und fuhren los.

Der warme Wind wehte durch ihre Haare und das Meer glitzerte im Sonnenlicht. Nach einer halben Stunde Fahrt schaltete Uschi einen Gang runter und wurde langsamer.

„Das wollte ich dir zeigen", sagte Uschi und deutete auf die kleine Bucht vor ihnen.

Das Wasser in der Bucht war strahlend blau und reflektierte den cremig weißen Kalkstein. Es sah aus wie im Paradies. Sie warfen den Anker aus und beschlossen, erst mal eine Runde schwimmen zu gehen.

Uschi hatte an alles gedacht und präsentierte zwei Taucherausrüstungen. Toni war einmal mehr beeindruckt, wie viele Gedanken sie sich gemacht hatte.

„Damit können wir die Unterwasserwelt noch mehr genießen. Hier kann man nämlich unglaublich schöne Fische sehen", sagte Uschi und gab Toni seine Ausrüstung.

Mit einem lauten *„Juhuuuu"* hüpfte Uschi vom Boot und landete mit einer fetten Arschbombe im Meer.

Auch wenn sie 13 Jahre älter war als Toni, war er beeindruckt, wie jung geblieben und fröhlich sie war.

Er sprang hinterher und schwamm zu ihr. Gemeinsam schnorchelten sie in Richtung Strand. Unter Wasser streckte Toni seine Hand aus und reichte sie Uschi, die sie liebevoll ergriff. Ein wohlig warmes Gefühl durchflutete seinen Körper. Lange hatte er sich nicht mehr so lebendig und gut gefühlt mit einer Frau. Uschi schien es ganz genauso zu gehen. Über ihre Taucherbrille hinweg grinste sie ihn an.

Sie beobachteten bunte Fischschwärme, die langsam an ihnen vorbeischwammen. Da! Ein Seepferdchen! Und noch eines! Toni zeigte ganz aufgeregt mit seinem Finger auf die kleinen zierlichen Tiere.

Oh, waren die *süß*!

Beide glitten so ruhig wie möglich im Wasser und sahen den Seepferdchen dabei zu, wie diese geschmeidig an ihnen vorbeizischten.

„War das cool!", meinte Toni begeistert, als er wieder an Bord kletterte. „Danke für dieses Geschenk."

Mit diesen Worten zog er Uschi an sich und umarmte sie. Er konnte richtig spüren, wie ihr Herz schneller zu klopfen begann und gegen seine Brust hämmerte.

Als sich ihre Blicke trafen und sie ihn glücklich anlachte, beugte er sich zu ihr und küsste sie. Sie war so eine wundervolle Frau. Er wollte ihr zeigen, wie besonders er sie fand. Seine Küsse wanderten hinunter zu ihrem Nacken, während seine Hände langsam über ihren Rücken strichen. Zum Glück hatte sie vorgesorgt und Kondome dabei.

Uschi sah ihn an und zog ihr Bikini-Oberteil aus. Tonis Hände glitten zu ihren Brüsten und berührten sie sanft, sodass Uschi leise aufstöhnte. Weit und breit war keine Menschenseele zu sehen. Sie ließen sich langsam auf das Deck gleiten. Toni küsste Uschi auf den Mund und fuhr ihr dabei mit seinen Fingern durch die nassen Haare. Sie zog ihr Bikini-Höschen aus. Er entledigte sich ebenfalls seiner Badehose. Uschi konnte sehen, dass sein bestes Stück erregt war. Sie begann, es zu massieren, woraufhin Toni laut aufstöhnte.

„Nicht so schnell!", grinste er und drückte sie sanft in die Kissen, ohne dabei mit dem Küssen aufzuhören.

Dabei streichelte Toni mit beiden Händen über ihren ganzen Oberkörper. Er ließ sich Zeit und küsste genüsslich ihre Brüste bis hinunter zum Bauch. Währenddessen fuhr er langsam über die Innenseite ihrer Oberschenkel, bis er schließlich zwischen ihren Beinen landete. Er begann, mit ihrem unteren Bereich zu knutschen, *was ihr sichtlich zu gefallen schien.*

„Oh mein Gott!"

Sie würde gleich ...

„Komm her", flüsterte sie ihm zu.

Toni hielt inne und fragte: „Bist du sicher?"

„Ja, jetzt komm schon her!", lachte Uschi.

Sie nahm ihn in sich auf und stöhnte laut, als er sich langsam bewegte und genau die richtigen Stellen berührte.

„Ja, ja, JA!", stöhne Uschi und krallte ihre Hände in Tonis knackigen Hintern.

„Waren wir jetzt ... *gleichzeitig*? Also so richtig auf die Sekunde?", keuchte Toni.

„Ich schätze schon. Wow, das ist mir ja noch nie passiert!", stellte Uschi ebenso keuchend fest.

„Ein Wahnsinn mit dir", sagte Toni lachend und trank erst mal einen Schluck Wasser, nachdem sie sich voneinander gelöst hatten.

„Noch eine Runde schwimmen und dann Picknick?", fragte Uschi und Toni nickte zustimmend.

54

Ich freu mich schon wieder auf dich", hauchte Mrs. Liebherzig ins Telefon.

„Ich freu mich auch schon! Jetzt bist du schon lange weg", sagte Bob.

Er war es nicht gewohnt, so lange von seiner Lea getrennt zu sein.

„Da haben wir uns zeitlich leider echt genau verpasst. Ich hatte diesen Auftrag, du hast ein Firmenevent in Santorin besucht", seufzte Mrs. Liebherzig. „Warte kurz, da klingelt es an der Tür."

Mrs. Liebherzig kletterte auf den kleinen Kasten neben der Haustür und warf sich mit ihrem ganzen Gewicht gegen den Schalter, um sie zu öffnen.

Manchmal war es doch eine Herausforderung, so klein zu sein. Als sich die Tür öffnete, sah sie Fernando und in seiner Hand saß ... *Bob*!

Bob hielt noch immer das Mini-Handy ans Ohr und grinste.

„Überraschung!"

„Mein Schatz, was machst DU denn hier?", lachte Lea glücklich.

Fernando setzte Bob zu ihr, und so konnte sie in freudestrahlend umarmen.

„Ich dachte, du bist noch unterwegs!"

„Ja, das Event hätte noch bis morgen gedauert. Aber ich wollte dich einfach sehen!", sagte Bob und küsste sie leidenschaftlich.

Bob war ebenfalls sieben Zentimeter groß, hatte kurze, schwarze Haare, braune Augen und trug eine rote Brille.

Das war so typisch Bob.

Lea liebte seine Überraschungen.

Mrs. Liebherzig zeigte ihrem Schatz die Villa und fragte: „Hast du Lust, mit mir in den Whirlpool zu gehen?"

Bob war sofort dabei.

Er packte seinen Zauberkoffer aus und holte zwei Mini-Gläser sowie alle Zutaten für Leas Lieblings-Mocktail heraus: einen *Coconut Kiss*.

„Wie süß bist du denn? Ist das dein Ernst?“, sah ihn Lea verliebt an, als Bob begann, Ananassaft, Kokossirup, Eiswürfel und etwas Schlagobers in einem Shaker zu mixen.

Anschließend leerte er die fertige Mixtur in die Mini-Gläser und garnierte die Mocktails mit Cranberry-Saft und Cocktail-Schirmchen.

„Jetzt können wir in den Whirlpool“, grinste er und reichte Lea ein Glas.

Als die beiden mit den Mocktails auf der Terrasse standen, sah Bob weit und breit keinen Whirlpool.

„Und wo ist er jetzt?“, fragte er verwirrt.

Lea grinste.

Sie hatte heute nämlich etwas entdeckt! Sie drückte auf einen gelben Knopf und in Sekundenschnelle öffnete sich ein Teil des Terrassenbodens.

Hervor kam ein *versteckter Whirlpool.*

„Wie cool ist das denn?“, war Bob begeistert und hüpfte in das Blubberwasser.

Aus seinem Zauberkoffer hatte er noch schnell eine spezielle Plattform geholt, auf der sie beide mit ihrer Größe bequem sitzen konnten.

„Und, wie geht's unseren Schützlingen?“

Lea kletterte zu Bob in den Whirlpool und erzählte ihm alles, wovon er noch nichts wusste.

„Dir ist bewusst, dass ich hier noch zu tun habe, oder?“, fragte sie ihn plötzlich.

„Ja, mach dir keine Sorgen. Du kennst mich. Ich werde surfen gehen und freu mich, wenn wir zwischendurch gemeinsam etwas Zeit verbringen können“, beschwichtigte sie Bob.

Er liebte das Meer und konnte stundenlang allein auf seinem Mini-Surfbrett Wellenreiten. Für ihn war jede normale Welle eine richtige Riesenwelle.

Lea küsste ihn.

„Ich liebe dich. Weißt du das?“, flüsterte sie ihrem Bob ins Ohr.

„Ich liebe dich auch.“

Und so sahen sie sich Arm in Arm die Sterne an.

55

Wie geht's dir mit deiner Liste?", wollte Mrs. Liebherzig wissen, als sie Olivia im Wohnzimmer traf.

Olivia hatte ihren Laptop vor sich aufgeklappt und starrte nachdenklich in die Gegend.

„Was?", fragte sie, als sie aus ihren Gedanken gerissen wurde.

„Ach so, die Liste mit den Eigenschaften meines Traumpartners. Ja, damit habe ich schon angefangen. Ich habe auch schon eine ziemlich genaue Vorstellung davon, wie er sein sollte. Aber mir fehlt irgendwie noch das gewisse Etwas, damit ich mich voll und ganz darauf einlassen kann. Hast du vielleicht eine spezielle Meditation oder so etwas für mich, mit der ich mir vorstellen kann, dass ich schon mit ihm zusammen bin? Ich glaube, das würde mir helfen", meinte Olivia.

Mrs. Liebherzig schmunzelte. Genau deshalb war sie ja hier.

Sie überreichte Olivia einen USB-Stick, auf dem eine passende Meditation gespeichert war.

„Meine Empfehlung ist, dass du sie für die nächsten drei Wochen jeden Tag hörst. Vielleicht gleich in der Früh, wenn du aufwachst, oder vor dem Schlafengehen. Das bleibt ganz dir überlassen. Finde deinen eigenen Rhythmus dafür. Fühl dich so richtig hinein in diese Situation, wenn du frisch verliebt und mit deinem Traummann zusammen bist. Stell dir vor, was du mit ihm unternimmst, und wie es sich anfühlt, in seinen Armen zu liegen und ihn zu küssen", sagte Mrs. Liebherzig schmunzelnd.

„Und wenn man sich jemand Bestimmten vorstellen möchte?", fragte Olivia plötzlich. „Ich meine, wie machen das Carla und Toni?"

Mrs. Liebherzig war auf die Frage gefasst und hatte dementsprechend die passende Antwort parat.

„Du kannst niemanden dazu zwingen, dich zu lieben. Jeder hat seinen eigenen Willen, deshalb würde ich mir an deiner Stelle auch keine bestimmte Person vorstellen. Aber du kannst mit all deinen Sinnen wahrnehmen, dass du bereits glücklich vergeben bist. Dazu musst du gar nicht wissen, wie dein Partner genau aussieht. Stell ihn dir einfach bildlich vor und male dir aus, wie er dich glücklich anlächelt."

Olivia nickte.

„Jetzt bleibt wohl nur noch die Frage, wo ich diesen Mann finde", sagte sie.

„Sieh dir deine Liste an und überlege dir, wo sich der Mann, der deine Eigenschaften erfüllt, gerade aufhalten könnte. Zeig mal her."

Olivia zeigte Mrs. Liebherzig ihre Liste mit all den Punkten, die sie sich von einem Mann wünschte.

„Aja, nehmen wir das als Beispiel: Du wünschst dir einen Lebemenschen, der selbstständig ist und eigene Freunde hat. Was bedeutet für dich das Wort *Lebemensch*? Was macht so ein Mensch? Ist der gerade mit Freunden am Berg oder bei einer Konferenz für Unternehmer? Wo würdest du ihn am ehesten kennenlernen? Und wie passen deine eigenen Hobbys und Unternehmungen dazu? Besucht dein Traummann vielleicht gerade einen Grillkurs, oder nimmt er an einer Weinverkostung teil? Was davon würde dir selbst auch Spaß machen?", erklärte Mrs. Liebherzig geduldig, worauf es bei der Liste ankam.

„Das macht Sinn. Danke! Ich glaube, ich weiß jetzt, was du meinst. Ich besuche ja auch nicht fünf Whiskey-Seminare, wenn mir Whiskey gar nicht schmeckt, oder?", grinste Olivia ihre persönliche Liebesexpertin an.

„Genau! Wobei es ja auch durchaus Hobbys geben darf, die jeder für sich hat. Wenn Bob Surfen geht, liege ich zum Beispiel am Strand und lese. Wir sind beide happy, weil jeder das machen kann, was ihm

Spaß macht, und freuen uns dann auch wieder auf die gemeinsame Zeit. Bei diesen Dingen darfst du einfach die goldene Mitte finden.“

Das klang logisch.

Olivia bedankte sich bei Mrs. Liebherzig für ihre Zeit und freute sich auf die Meditation. Sie war schon ganz gespannt darauf, was sie bewirkte, und wollte sie gleich ausprobieren.

56

Wow, was für ein tolles Gebäude!", schwärmte Ben, als er mit Carla und Uschi zusammen auf dem Grundstück des neuen Lokals stand, das Uschi kaufen wollte.

Carla hatte die letzte Woche damit verbracht, alle notwendigen Informationen für den Kaufvertrag zusammen zu tragen. Sie hatte mit den Besitzern gesprochen, ein sehr nettes kroatisches Pärchen, das jedoch keinen Nachweis für einen behördlich geprüften Grundstückswert hatte.

Carla hatte daraufhin zwei unterschiedliche Sachverständige kommen lassen, die darauf spezialisiert waren, den Wert derartiger Strandgrundstücke zu schätzen. In Kroatien dauerte das alles etwas länger. Es war klug von Uschi gewesen, einen Zeitraum von zwei Wochen anzugeben. Denn es würde noch ein paar Tage dauern, bis Carla den endgültigen Kaufvertrag vorlegen konnte. Die Vorlage dafür hatte sie zwar bereits von den Besitzern bekommen, doch irgendetwas irritierte sie daran noch.

Die Besitzer hatten nämlich selbst damit begonnen, im Lokal eine einzige Wand herauszureißen, sie dann aber zur Hälfte stehen gelassen. Warum genau, hatten sie bisher nicht erzählt, was Carla etwas misstrauisch machte.

Das Lokal hatte eine traumhafte Lage direkt am Strand. Die Gäste konnten ihr Essen und ihre Getränke genießen und dabei direkt aufs Meer hinaussehen. Uschi lächelte selig und auch stolz, als sie die einzelnen Räume herzeigte. Hier würde etwas ganz Wundervolles entstehen, davon war sie überzeugt.

„Gibt es denn schon einen genauen Plan?", fragte Ben.

Er war immer ganz begeistert davon, wenn man einen Teil der alten Bausubstanz erhalten wollte, und etwas Neues dazu baute.

„Nein, noch nicht. Aber ich habe ein paar Skizzen gebastelt, wie ich es mir vorstelle“, sagte Uschi. „Willst du sie sehen?“

„Ja, natürlich. Zeig her!“, freute sich Ben.

Uschi holte ihre Skizzen hervor und Ben staunte nicht schlecht. Es waren mit der Hand gezeichnete Visualisierungen, die das ganze Lokal von innen und außen darstellten. Woher konnte sie so gut zeichnen?

„Ich hab mir schon den Bebauungsplan angesehen und die Gebäudehöhe berücksichtigt. An dieser Stelle darf man höher bauen als hier“, erklärte Uschi und zeigte auf einen bestimmten Punkt auf ihrer Skizze.

„Das ist ja genial!“

Ben war sichtlich beeindruckt.

„Hier könntest du vielleicht eine schöne Galerie mit einer Sitzecke machen“, schlug er vor.

„Ja, die Idee gefällt mir, Ben!“, freute sich Uschi.

Sie liebte es, mit anderen über Ideen für ihr Lokal zu sprechen. Carla musterte in der Zwischenzeit neugierig das Areal. Hatte sie etwas übersehen? Als Anwältin war sie von jeher auf alles vorbereitet. Als sie gerade aus dem Fenster blickte, sah sie die Besitzer auf das Lokal zukommen. Perfektes Timing.

Kurz bevor sie sie begrüßen konnte, machte es *Plopp* und der kleine Mr. Freudenkuss erschien auf ihrer Schulter, nur um sich in Windeseile gleich wieder unsichtbar zu machen.

„Was machst *du* denn hier?“, flüsterte ihm Carla leise zu.

„Ich unterstütze dich bei deinem Projekt. Ich hatte so das Gefühl, dass du mich vielleicht brauchen könntest“, flüsterte er zurück.

„Herr und Frau Babić! Wie schön, dass Sie so kurzfristig kommen konnten“, begrüßte Carla die Besitzer.

Sie wollte mit ihnen noch einmal ein paar Details besprechen.

„Sehr gerne, Frau Stern. Ich weiß ja, dass Sie unbedingt erfahren wollen, was mit dieser einen Wand passiert ist. Nun ja, ich hab beschlossen, es ihnen heute zu erzählen“, fing Frau Babić an.

Carla war auf einmal ganz aufgeregt und bekam große Augen.

Oh, wirklich?

„Ich weiß nicht, was Sie erwarten. Aber Sie scheinen zu glauben, dass es hier irgendein Geheimnis zu lüften gibt, das gar nicht existiert. Und das verzögert nur den Kaufabschluss. Deshalb erzähl ich es Ihnen heute, auch wenn es Sie im Grunde gar nichts angeht.“

Frau Babić sah Carla mit eiserner Miene an.

„Es tut mir leid, ich wollte nicht …“, begann Carla.

Doch Frau Babić ließ sie nicht ausreden.

„Sei es drum, Frau Stern. Die Wahrheit ist: Ich wollte einmal in meinem Leben eine Wand selbst einreißen, und das hab ich getan. Da wir das Lokal ohnehin verkaufen wollten, dachte ich mir, es macht keinen Unterschied. Es würde einfach nur den Sitzbereich vergrößern. Ich hab mir einen Vorschlaghammer geschnappt und auf diese Wand eingeschlagen. Dabei wusste ich noch nicht, wie schwer so ein Hammer eigentlich ist. In meiner Vorstellung hatte ich das in null Komma nichts erledigt. Die Realität sah allerdings ganz anders aus. Drei Stunden später hat mir alles wehgetan und ich hatte erst die Hälfte der Wand geschafft. Also hab ich kurzerhand beschlossen, es bleiben zu lassen.“

Frau Babić sah sie etwas verlegen an. War ihr das etwa *peinlich*?

Carla wusste nicht ganz, was sie darauf sagen sollte. Das war also die Erklärung für die halbe Wand? Anscheinend hatte sie sich in etwas verrannt.

Sie atmete erleichtert auf. So brauchte sie sich keine Gedanken mehr zu machen, ob es irgendeinen Haken beim Verkauf gab.

In diesem Moment schaltete sich der kleine Mr. Freudenkuss ein.

„Carla, warum reißt ihr die restliche Wand nicht gemeinsam ein? Das wäre eine symbolische Besiegelung des Verkaufs und würde euch alle noch näher zusammenschweißen“, flüsterte er ihr ins Ohr.

Carla hörte aufmerksam zu. Vielleicht hatte der kleine Mr. Freudenkuss recht.

„Wo ist denn dieser Vorschlaghammer?“, fragte Carla.

Frau Babić zeigte zur hintersten Ecke des großen Sitzbereiches. Carla ging hin und schnappte sich das Werkzeug. Es war ein riesiger knallroter Vorschlaghammer, und er war *wirklich schwer.* Carla hatte Mühe, ihn zu den anderen zu tragen.

Frau Babić beobachtete das Ganze skeptisch. Was hatte Carla denn vor?

Als Carla schließlich vor den Babićs, Ben und Uschi stand, verkündete sie feierlich: „Lasst uns den Rest dieser Wand einschlagen. *Gemeinsam*!“

Eine großartige Idee! Alle waren sofort dabei.

Frau Babić war total gerührt. Sie war es gewohnt, Dinge allein in Angriff zu nehmen und freute sich riesig über diese Aktion. Die halbe Wand hatte ihr schon lange Kopfzerbrechen bereitet. Sie ließ Dinge nicht gerne unerledigt.

„Frau Babić, machen Sie den Anfang?“, fragte Carla und hielt ihr den knallroten Vorschlaghammer hin.

Und ob sie den Anfang machte! Sie holte Schwung und knallte den Vorschlaghammer gegen die restliche Wand, während die anderen applaudierten.

Dann reichte sie ihn weiter an ihren Mann. Der schwang ebenfalls den Hammer ein paar Mal kräftig gegen die Wand, und ein großes Stück krachte in sich zusammen.

Nun kamen auch Ben und Carla an die Reihe. Es war ein geniales Gefühl, die restliche Wand einfach gemeinsam niederzureißen! Jedes

Mal, wenn ein größerer Brocken der Wand fiel, begannen alle zu jubeln.

Eine Stunde später schauten sie stolz auf ihr gemeinsames Werk: Die gesamte Wand war vollständig eingerissen. Besonders Frau Babić freute sich riesig darüber.

„Ich hab noch einen ganz besonderen Pelinkovac hier in meinem Geheimversteck“, verkündete sie und öffnete ein geheimes Fach der Bar.

Selbst ihr Mann wusste offensichtlich nichts von diesem Versteck.

„Lasst uns auf den Verkauf anstoßen!“

„Das ist also dein kleines schmutziges Geheimnis? Hier versteckst du sicher auch deine Süßigkeiten, stimmt's?“, neckte Herr Babić seine Frau und sie wurde etwas rot.

Er lachte laut und gab ihr einen Kuss auf die Wange.

Sie ließen die Gläser klirren und besiegelten so den Kauf. Carla war erleichtert, weil sie wusste, dass ihr Chef zufrieden sein würde. Uschi freute sich, dass sie endlich mit dem Umbau loslegen konnte. Die beiden Babićs waren ganz aufgeregt, denn sie wollten einen Teil des Geldes in eine Weltreise investieren und konnten jetzt endlich loslegen. Und Ben war ganz gespannt auf den Umbau.

Uschi war so begeistert gewesen von seinen Ideen, dass sie ihn gleich als Architekten engagiert hatte. Alle waren rundum *happy*.

57

Als Uschi gerade mit Ben an der Planung für den Umbau saß, und Bob wieder einmal Wellensurfen war, war der perfekte Zeitpunkt für ein Komfortzonentraining für die WG-Bewohner gekommen.
Mr. Freudenkuss und Mrs. Liebherzig hatten beschlossen, gemeinsam mit Carla, Olivia und Toni in der Altstadt von Vrbnik positive Stimmung zu verbreiten.
Für den Fall, dass die drei Freunde zusätzliche Ideen brauchten, hatten Mr. Freudenkuss und Mrs. Liebherzig ihre üblichen Kärtchen mit Challenges dabei, aus denen sich die drei Freunde etwas aussuchen konnten. Doch jetzt war erst mal Kreativität gefragt.

Mr. Freudenkuss saß bei Carla auf der Schulter und war voller Vorfreude beim Gedanken an die Dinge, die sich seine Schützlinge trauen würden. Er war sich sicher, dass es heute lustig werden würde.

„Ich weiß schon, was ich machen möchte“, verkündete Carla und sah ihre Freunde begeistert an.

„Seht ihr diese Reihe mit Parkbänken dort drüben, wo so viele Leute sitzen? Da schauen ein paar richtig schlecht gelaunt drein. Ich werde mich dazusetzen und einfach voll zu lachen beginnen. Das hab ich vor Ewigkeiten beim Lachyoga gelernt. Mal sehen, wie sich das auf alle auswirkt.“

Toni und Olivia sahen sich fragend an. So etwas würden sie sich nie trauen, aber es war klar, dass Carla gleich mit einer richtigen Herausforderung beginnen wollte.

Sich in eine derartige Höhle der Löwen zu begeben und die Stimmung wildfremder Menschen ins Positive zu verwandeln, war eine hohe Kunst.

„Ich feiere dich jetzt schon – allein für diese Idee!“, sagte Mrs. Liebherzig.

„Uh, das klingt genial!", war auch der kleine Mr. Freudenkuss ganz entzückt.

Toni nickte ihr anerkennend zu.

Olivia sah Carla hingegen ganz überrascht an.

„Du kannst *Lachyoga*?", fragte sie ihre Mitbewohnerin ganz verdattert.

„Ja, kann ich! Wartet – ich bin gleich wieder da!", rief Carla und startete schon los zu der besagten Parkbankreihe.

Der Rest der Truppe verteilte sich etwas, damit sie nicht alle so auffällig hinstarrten. Sie waren gespannt darauf, was da gleich passieren würde.

Inzwischen hatte Carla die Parkbank erreicht und sich hingesetzt. Seelenruhig schaute sie sich die Leute rundherum an. Sie wollte ganz bewusst wahrnehmen, wie jeder so drauf war.

Es gab ein paar Jugendliche, die ganz vertieft in ihre Handys waren. Was die sich wohl ansahen? Eine Rentnerin las gerade eine Zeitung und wirkte dabei etwas angespannt. Ein paar Kinder rannten gut gelaunt herum und zeigten ihren Eltern, was sie auf dem Boden so alles finden konnten. Und dann gab es noch ein paar Frauen, die aufgrund ihrer Körpersprache wohl gerade über jemanden lästerten. Schnell war für Carla klar, dass hier jede Menge Lebensfreude fehlte.

Und genau die wollte sie jetzt versprühen!

Sie atmete tief durch und begann aus vollem Herzen zu lachen. Dabei versuchte sie ganz bewusst, den anderen Personen in die Augen zu sehen und sie direkt anzulachen. Das war zuerst gar nicht so einfach. Die Jugendlichen waren nämlich so in ihre Handys vertieft, dass sie ihre Umgebung einfach ausblendeten. Die lästernden Frauen unterbrachen zwar ihr Getratsche, schauten aber im ersten Moment einfach nur genervt in Richtung Carla.

Die Allerersten, die sich vom Lachen anstecken ließen, waren die Kinder! Sie liefen zu Carla und lachten einfach mit ihr mit.

„Hihihi!", zerkugelte sich auch Mr. Freudenkuss.

Carla hatte einfach so ein wunderbar ansteckendes Lachen. Es war herrlich! Nach und nach begannen auch die anderen Personen, zuerst ganz leicht zu grinsen, um schließlich lauthals mitzulachen. Keiner wusste, worüber sie eigentlich lachten, aber das war auch völlig egal. Je mehr Menschen mitlachten, desto mehr schien die ganze Gruppe miteinander in Resonanz zu gehen.

Minuten später wischte sich Carla ihre Freudentränen aus den Augen. Sie sah sich um und blickte in lauter entspannte, zufriedene und glückliche Gesichter. Wie anders doch alle auf einmal aussahen, wenn sie lachten, und wie schnell es möglich war, miese Stimmung in etwas Gutes zu verwandeln. Lachen verstand man schließlich in allen Sprachen. Dafür brauchte man keine Übersetzung.

Carla war stolz auf sich. Diesen Moment, diese Stimmung hatte gerade sie initiiert. Sie ganz alleine. Einfach so. Weil sie Lust darauf gehabt hatte. Weil sie allen etwas Gutes tun wollte. Weil sie sich getraut hatte.

Sie sagte zu allen leise *„Danke"* und ging zurück zu ihren Freunden.

Schon auf dem Rückweg begann Mr. Freudenkuss, Carla zu applaudieren. Als sie Olivia, Toni und Mrs. Liebherzig erreicht hatte, hielten ihr alle ihre Hände für ein High Five hin.

Carla klatschte alle nach der Reihe mit einem lauten *Juhuuuu* ab.

Auf einmal hatte sie so viel Energie! Sie hatte ja keine Ahnung, wie durch so eine Aktion auf einmal so viele Glückshormone und Adrenalin ausgeschüttet werden konnten. Es war *fantastisch!*

58

Respekt, Carla. Damit hast du ja schon mal gut vorgelegt", lobte sie Toni.

Er sah hinüber zu Olivia.

„Hast du auch schon eine Idee, wie du deine Komfortzone verlassen möchtest? Ich bin mir noch nicht ganz sicher", sagte er zu ihr.

Olivia staunte noch immer über Carla. Ihre Freundin war einfach eine richtig coole Socke!

„Ich möchte mich gern auf dieses kleine Podest stellen und singen", hörte sich Olivia plötzlich selbst sagen.

Hatte sie das gerade wirklich *laut* ausgesprochen?

„Geniale Idee, Olivia!", war Mrs. Liebherzig begeistert.

Sie hatte es sich auf der Schulter von Olivia bequem gemacht.

„Atme tief durch, hol dir die mentalen Tricks, die dir persönlich am meisten geholfen haben, ins Gedächtnis zurück, und los geht's!"

Olivia atmete tief durch. Sie konnte fühlen, wie ihr das Herz bis zum Hals schlug.

„Ist das normal, dass ich auf einmal so nervös bin?", fragte sie die kleine Mrs. Liebherzig.

„Jeder Körper reagiert anders auf etwas außerhalb seiner Komfortzone. Beobachte ganz genau, wie das bei dir ist. Vielleicht schlägt dein Herz schneller, du bekommst einen trockenen Mund oder vielleicht auch nasse Hände. Bei jedem ist das etwas anders. Und das besonders Spannende daran: Es macht keinen Unterschied, ob du kurz davor bist, einen Vortrag zu halten, von einer Klippe zu springen, oder einen Mann anzusprechen, der dir gefällt. Dein Körper reagiert immer gleich. Somit ist das schon mal der erste Anhaltspunkt für dich: Nimm deine Gefühle wahr und freu dich, ganz nach dem Motto: ‚Das ist etwas, an dem ich gerade wachsen kann!'", erklärte ihr die kleine Mrs. Liebherzig.

„Jedes Mal, wenn du etwas zum ersten Mal machst, erweiterst du deine Komfortzone. Und die gute Nachricht ist: Je mehr du trainierst, und je öfter du mutig bist, umso schwächer werden die körperlichen Symptome. Dein Herzklopfen wird vielleicht nicht ganz weggehen, schließlich bist du ein menschliches Wesen, und Angst gehört nun mal zum Leben dazu. Aber es wird schwächer. Und wenn du dann etwas zum zweiten, zehnten oder hundertsten Mal machst, ist es für dich schon ganz normal. Dein Körper ist entspannt und du hast dich bereits daran gewöhnt."

Olivia hörte der kleinen Liebesexpertin ganz genau zu und machte sich innerlich dafür bereit, ihre Komfortzone zu verlassen.

„Dann los! Gehen wir diese ersten Male sammeln!"

Olivia hatte ihr Ziel klar vor Augen und machte bewusst einen Schritt nach vorne. So war ihr Körper schon in Bewegung auf dem Weg zum Podest, während ihr Kopf gar nicht erst auf die Idee kam, es ihr auszureden. Sie spürte ihren pochenden Herzschlag und stellte sich vor, dass sie einfach all die Anspannung ausatmete.

Jetzt war sie beim Podest angekommen. Sie sah die Menschen rundherum, doch nahm sie gar nicht mehr richtig wahr, weil sie so auf das fokussiert war, was gleich passieren würde.

Sie zählte gedanklich bis drei und begann gleichzeitig zu singen. So war ihr Kopf noch mit Zählen beschäftigt, statt sich darüber Gedanken zu machen, was die anderen Leute denken könnten.

Ain't no fountain high enough ...
ain't no rally slow enough ...

Olivia sang einen ihrer Lieblingssongs von Marvin Gaye, oder zumindest ihre Version davon. Und obwohl ihre Knie schlotterten, genoss sie ihren Auftritt schon nach wenigen Sekunden in vollen Zügen. Es heißt ja, dass man beim Singen automatisch gut gelaunt ist. Offensichtlich war da etwas Wahres dran.

Die meisten Passanten gingen einfach an ihr vorbei. Doch ein paar blieben stehen und hörten ihr aufmerksam zu. Sie lauschten der wunderbaren Klangfarbe von Olivias Stimme.

Als das Lied zu Ende war, klatschten ihre Zuhörer und schenkten ihr ein strahlendes Lächeln.

Nachdem sie sich verbeugt hatte, stieg Olivia vom Podest hinunter. Da sah sie, dass jemand auf sie zukam. Er war groß, hatte kurze rote Haare, blaue Augen und Sommersprossen im Gesicht.

„Du hast eine ganz wunderbare Stimme. Ich hatte Gänsehaut, als du gesungen hast", sagte er zu ihr. „Danke dafür, das hat mir den Abend versüßt."

Olivia war ganz perplex und lächelte überrascht zurück.

Damit hatte sie jetzt wirklich nicht gerechnet.

Und außerdem: Er sprach *Deutsch*?

„Dankeschön, das ist nett von dir", sagte sie. „Ich bin übrigens Olivia."

„Ich bin Leon", sagte ihr Fan mit einem Grinser im Gesicht. „Ich muss jetzt leider los. Hat mich sehr gefreut, Olivia."

Mit diesen Worten rannte er los zu einer Gruppe von Männern, die schon auf ihn warteten.

Kurz bevor er ganz aus ihrem Sichtfeld verschwunden war, drehte sich Leon noch einmal zu Olivia um und lächelte sie an.

‚Der war ja so richtig herzig', dachte sich Olivia vergnügt und ging stolz zurück zu Toni, Carla und den beiden Liebesexperten.

59

Wie cool war das denn? Und was für eine geile Stimme hast du bitte?", feierte Carla ihre Freundin und umarmte sie.

„Gruppen-Umarmung!", schrie Toni und auch der kleine Mr. Freudenkuss und Mrs. Liebherzig, die auf Olivias Schultern saßen, umarmten sie mit ihren Mini-Händen.

„Das war sooo genial! Ich fühle mich großartig! Ich hätte nie gedacht, dass ich mich das trauen würde, aber ich bin richtig stolz auf mich. Den meisten war es ja völlig egal, dass ich dort stehe und singe. Und dass mir ein paar Leute tatsächlich zugehört und sogar applaudiert haben – das war die Kirsche auf der Torte!", freute sich Olivia. „Und ein Kompliment hab ich auch bekommen, habt ihr das gesehen?"

Glückselig grinste Olivia in sich hinein. Hach, war das schön!

„Oh ja, den netten jungen Mann, der dich ganz entzückt angesehen hat? Den haben wir alle gesehen, Olivia", zwinkerte ihr Mrs. Liebherzig zu. „Fabelhaft!"

Langsam lösten sie sich wieder aus der Gruppen-Umarmung. Alle Aufmerksamkeit galt nun Toni.

„Was bringt mir das jetzt, wenn ich auch so etwas mache? Ich habe mich schließlich schon getraut, mit Uschi auszugehen. Ist das nicht auch eine Art, seine Komfortzone zu verlassen?", fragte Toni den kleinen Mr. Freudenkuss.

„Was das bringt? Das siehst du doch bei Carla und Olivia. Die beiden strahlen um die Wette und fühlen sich großartig", erwiderte Mr. Freudenkuss.

„Aber das ist nicht der einzige Grund, weshalb solche Übungen gut für einen sind. Wenn du diesen Muskel trainierst, weißt du einfach für dich in Zukunft, was du brauchst, um dich etwas zu trauen und mutig zu sein. Das hilft dir nicht nur bei deinen Dates, sondern auch im Berufsleben. Sagen wir, du darfst einen Vortrag für die Ärztekammer halten und da sitzen Hunderte renommierte Ärzte im Publikum. Wäre es dann nicht genial, wenn du genau wüsstest, was dir hilft, um erstens überhaupt zuzusagen und zweitens, um den Vortrag voller Selbstbewusstsein zu halten?"

Toni dachte kurz darüber nach und begann nach wenigen Sekunden, zufrieden zu lächeln. Das genügte ihm als Erklärung und Motivation, um seine Komfortzone zu verlassen. Jetzt brauchte er nur noch eine Idee, wie er positive Stimmung verbreiten konnte.

„Ich bin dabei, aber mir fällt gerade nichts ein. Habt ihr vielleicht ein paar Vorschläge für mich?", fragte er Mr. Freudenkuss und Mrs. Liebherzig.

Mr. Freudenkuss holte daraufhin seine Kärtchen heraus und ließ sie Toni durchblättern.

Mach mit fremden Personen Liegestütze oder Sportübungen.
Laufe 30 Sekunden im Hopserlauf.
Sag einer fremden Person, dass der Sitz auf der Parkbank schon für dich reserviert ist.
Mach mit einer unbekannten Person ein Selfie.

„Das mit der Parkbank möchte ich ausprobieren, das klingt lustig", meinte Toni. „Am besten sag ich es auf Englisch, Kroatisch kann ich nämlich nicht."

Er sah sich in Ruhe um, welche Person dafür am besten geeignet war. Da! Eine Dame mittleren Alters saß auf einer Parkbank und las gerade ein Buch. Neben ihr waren noch Plätze frei – perfekt für diese Aufgabe. Wie würde sie reagieren?

„Kommst du mit, Mr. Freudenkuss?“, fragte er den kleinen Liebesexperten, der sogleich auf Tonis Schulter kletterte.

Toni schaute ihn nochmal an, bevor er sich unsichtbar machte. Das allein gab ihm schon ein wunderbar stärkendes Gefühl – zu wissen, dass der kleine Mr. Freudenkuss auf seiner Schulter saß und bei ihm war.

Er ging auf die Dame zu mit der Intention, positive Stimmung zu verbreiten. Als Toni bei der Parkbank angekommen war, stellte er sich vor die Dame hin und wartete, bis sie von ihrem Buch aufblickte.

„Excuse me, but I booked the seat where you are sitting“, sagte er zu ihr und sah sie dabei freundlich an.

„Oh sorry, I didn't know!“

Die Dame sprang von der Parkbank auf und machte ihm Platz. Toni hatte eine komplett andere Reaktion erwartet, doch er bedankte sich und setzte sich auf ihren Platz auf der Bank.

„Can I ask you: Where did you book the seat?“, fragte ihn die Dame jetzt.

Toni durfte improvisieren.

„I booked it on www.reserveyourseatatkrk.com“, sagte Toni.

Plötzlich tauchte ein anderer Tourist neben ihm auf und sah sich etwas irritiert um, ob sein Platz eventuell auch reserviert war.

Jetzt konnte sich Toni nicht mehr zurückhalten und lachte lauthals los. Nie hätte er gedacht, dass ihm das irgendjemand wirklich abkaufen würde. Doch er wollte ja auch niemanden ernsthaft aufs Korn nehmen, also erklärte er den beiden, dass das Ganze ein Scherz war. Die Dame und der Tourist begannen zu lachen.

„Hahaha, good one. You made my day!“, lachte sie.

Es war eine erfrischend neue Erfahrung für Toni. Nun konnte er auch nachempfinden, warum Carla und Olivia so fröhlich ausgesehen hatten. Er fühlte sich auf einmal so *lebendig*.

60

Auch er wurde von allen für seinen Mut gefeiert.

„Gratuliere, Toni! Coole Aktion!"

„Habt ihr das gesehen? Die ist sofort aufgesprungen und hat den Platz freigemacht. Das hätte ich ja nie erwartet!", lachte Toni.

Die Reaktion der Beteiligten war einfach so konträr zu dem, was sich zuvor noch in seinem Kopf abgespielt hatte.

„Das heißt für mich, dass die meisten Sorgen oder Gedanken, die wir uns machen, wie jemand reagieren könnte, völlig unbegründet sind. Oder hatte jemand von euch mal so eine richtig negative Reaktion von jemandem?"

„Ich hab mal einen grantigen Wiener in Wien nach dem Weg zum Eiffelturm gefragt", erzählte Mrs. Liebherzig.

„Der hat mich ziemlich böse angesehen und mich angeschnauzt *‚Was heißt, wo ist da der Weg zum Eiffelturm? Was für ein Schwachsinn!'* und ist weitergegangen. Im Gegenzug hat eine Kundin mal einen total netten Typen genau dasselbe gefragt, und er hat ihr den kompletten Weg von der Mariahilfer Straße zur U-Bahn, zum Flughafen nach Paris, und wie man von dort dann zum Eiffelturm kommt, erklärt."

Toni war fasziniert.

„Woran liegt das glaubst du, dass Menschen so unterschiedlich reagieren?", wollte er von Mrs. Liebherzig wissen.

„Ich habe da ein paar Dinge beobachtet: Es liegt einerseits an deiner eigenen Einstellung und deinem eigenen Befinden. Wenn du selbst nicht gut drauf bist und noch dazu einen Fremden so etwas Ungewöhnliches fragst, ist die Wahrscheinlichkeit groß, dass dein Gegenüber auch eher irritiert oder schlecht gelaunt reagiert. Wenn du selbst davon überzeugt bist, dass du immer wieder abgelehnt wirst, suchst du dir unterbewusst auch Personen aus, die dich wirklich ablehnen.

Wenn du jedoch gut gelaunt bist und dein Gegenüber so richtig anstrahlst, werden dessen Spiegelneuronen aktiviert, und er hat den Impuls, zurückzulächeln. Meine persönliche Intention ist immer, dass die anderen bei so einer Aktion auch ihren Spaß haben. Ich möchte keinen veräppeln. Vielmehr mag ich die Herausforderung und suche mir bewusst jemanden aus, der gerade genervt oder grantig dreinschaut. Da gehe ich dann mit der Intention hin, dass ich diese Person zum Lächeln bringe. Und oft funktioniert das auch. Zwar nicht immer, wie man beim grantigen Wiener sieht, aber doch die meiste Zeit. Und das ist ein geniales Gefühl!"

„Auf welche Aktion, die du dich mal getraut hast, bist du besonders stolz?", wollte Toni nun von Mrs. Liebherzig wissen.

„Puh, das ist gar nicht so einfach zu beantworten. Ich habe echt schon viel ausprobiert. Eine konkrete Situation fällt mir ein, als ich mit Bob in einem Resort auf den Seychellen war. Wir sind gerade von einem Strandspaziergang zurückgekommen und haben gesehen, dass einige Gäste noch beim Abendessen waren. Es waren sicher so an die hundert Leute. Dort gab es auch eine große Bühne, auf der in der Ecke schon ein Maskottchen auf seinen Auftritt wartete. Bob hatte damals die spontane Idee, einer von uns sollte doch auf die Bühne laufen und dieses Maskottchen umarmen. Kaum hatte er das ausgesprochen, war ich auch schon unterwegs dorthin. Nicht bedacht hatte ich, dass die Bühne ja einen Meter hoch war. Deshalb hat es etwas gedauert, bis ich es dort hinaufgeschafft habe. Ich hab nochmal auf die vielen Menschen geschaut, die beim Essen waren und darauf gewartet haben, dass die Bühnenshow beginnt. Da hat mein Herz ganz schön zu klopfen begonnen. Doch dann hab ich Bob gesehen, der mir zugelächelt und schon seine Kamera gezückt hat. Also hab ich mir gedacht *‚Pfeif drauf, ich mach das jetzt einfach!'* und bin losgelaufen. Meine Arme hatte ich weit ausgestreckt und bin den weiten Weg bis zum Maskottchen in dieser Pose gelaufen. Zum Glück hat sich das Maskottchen am Ende niedergekniet, sonst hätte ich einen Riesensprung hinlegen müssen. Und so bin ich einfach in seine Arme gelaufen und wir haben uns herzlich umarmt. Ein fantastisches Gefühl!", erzählte die kleine Mrs. Liebherzig mit aufgeregter Stimme.

„Als Bob mir später Fotos gezeigt hat, war es spannend zu beobachten, wie auf den ersten Fotos noch keine Menschenseele auf die Bühne gesehen hat, später ein paar wenige und am Schluss nahezu alle. Ja, da war ich richtig stolz auf mich."

„Wie cool! Hast du die Fotos da?", wollte Toni wissen.

Mrs. Liebherzig nickte und zeigte allen die Fotos. Ihr Lieblingsbild war jenes, auf dem sie gerade dem Maskottchen in die Arme sprang und selig grinste.

Toni war beeindruckt. Diese Frau hatte schon so oft ihre eigene Komfortzone verlassen und so viele Kunden trainiert, damit auch diese mehr Abenteuer erlebten. Er nahm sich fest vor, selbst immer wieder diesen Muskel zu trainieren.

Nachdem ihre Schützlinge ihren Mut eindrucksvoll bewiesen hatten, hüpften auch Mr. Freudenkuss und Mrs. Liebherzig wie die kleinen Kinder auf der Promenade herum, tanzten und lachten glücklich. Als sie zurückkamen, forderten sie Olivia, Carla und Toni auf, sich nochmal umzusehen.

„Was glaubt ihr, haben wir alle heute positive Stimmung verbreitet?", fragte Mr. Freudenkuss die drei Freunde.

Alle sahen sich bewusst um und entdeckten viele zufriedene Gesichter und lachende Menschen auf der Promenade.

Es lag ein wohliges Knistern in der Luft. *Mission erfüllt.*

„Und jetzt gehen wir essen! Uschi hat gerade geschrieben, dass sie beim Italiener einen Tisch reserviert hat", sagte Toni.

61

Als Olivia den Veranstaltungssaal betrat, staunte sie nicht schlecht. Der ganze Saal war mit bunten Lichterketten dekoriert, die wie Girlanden an den Wänden hingen. In der Ecke spielte ein hübsches Mädchen hoch oben mit einer Geige. Um ihren Bauch herum war ein Tuch bis zum Boden gespannt, das aussah, als ob sie einen zehn Meter langen Rock trug. So etwas hatte Olivia ja noch nie gesehen. Sie hatte auf einem Plakat in der Stadt entdeckt, dass hier heute eine *Fuck up Night* für Unternehmer stattfand, und sich spontan ein Ticket dafür gekauft.

Die Idee der Veranstaltung war, dass Unternehmer aus allen möglichen Branchen auf der Bühne von ihren größten Fettnäpfchen, Fehlentscheidungen und Herausforderungen berichteten.

Zum Glück auf Englisch, sonst würde sie nicht viel verstehen. Dazu gab es traditionelle kroatische Küche und leckere Cocktails.

Da die anderen keine Zeit hatten, hatte Olivia beschlossen, allein hinzugehen. Auf der Bühne konnte sie schon den Moderator der Show erkennen. Er ging noch einmal seine Karten durch und wartete, bis alle ihren Platz gefunden hatten. Auch Olivia hatte ihre Nummer gefunden und ging geradewegs auf den ihr zugewiesenen Tisch zu. Dort saßen bereits ein paar Männer und Frauen.

„Hi, I'm Olivia“, begrüßte Olivia alle, die schon am Tisch saßen.

„Hi, I'm Tom“, antwortete ein großer, schlaksiger Mann neben ihr.

Er war Investmentbanker. Neben ihm saß seine Frau Trudi, sie war Deutsche und hatte einen Kaugummi erfunden, der nach Cheesecake schmeckte. Trudi zog gleich ein paar Packungen aus ihrer Tasche und hielt sie Olivia hin.

Cheesecake? Als *Kaugummi*?

Das wollte Olivia unbedingt probieren!

Sie nahm dankend eine der grellgrünen kleinen Packungen und probierte einen Kaugummi. Er schmeckte *grauenhaft*.

Olivia hatte Mühe, dass sie nicht gleich ihr ganzes Gesicht verzog. Sie liebte einen traditionellen New York Cheesecake. Den hatte sie immer gegessen, als sie mal als Au Pair ein halbes Jahr in den USA gelebt hatte. Und nein, danach schmeckte dieser Kaugummi definitiv *nicht*.

Trudi sah Olivia erwartungsvoll an. Was sollte sie jetzt sagen?

‚Am besten einfach ehrlich sein', dachte sie sich.

Mit falschen Heucheleien konnte sie selbst nichts anfangen. Und das würde Trudi schließlich auch nicht weiterbringen. Doch wie konnte sie das auf eine charmante Art und Weise kommunizieren?

„Und? Wie schmeckt er dir?", fragte Trudi.

„Um ehrlich zu sein, schmeckt er mir nicht", sagte Olivia und sah Trudi direkt in die Augen.

„Es tut mir wirklich leid, dir das so zu sagen, aber er schmeckt auch überhaupt nicht nach Cheesecake."

„Wenn das so ist, sollte ich vielleicht wirklich noch etwas an der Rezeptur feilen. Du bist mittlerweile die zehnte Person, die mir das heute sagt. Ich war mir selbst nicht sicher, ob er schon marktreif ist und hab ihn meiner Familie und ein paar Freunden zum Kosten gegeben. Die meisten haben gesagt, dass er ihnen schmeckt! Geschmäcker sind natürlich verschieden, aber vielleicht wollten ein paar einfach nur höflich sein", begann Trudi zu erzählen.

„Danke für deine Ehrlichkeit. Das schätze ich wirklich sehr."

Olivia atmete erleichtert auf. Selbst wenn es Trudi nicht so gut aufgefasst hätte, war es der richtige Impuls gewesen, ihr die Wahrheit zu sagen.

Plötzlich spürte sie eine Hand auf ihrer linken Schulter.

„Das gibt's doch nicht! Was für eine schöne Überraschung, dich hier zu treffen!"

Diese Stimme kannte sie doch von irgendwoher.

Olivia drehte sich um und vor ihr stand *Leon* – ihr Gesangs-Fan von der Promenade.

„Hey, was machst *du* denn hier?", freute sie sich riesig.

Am Tag ihrer Mutprobe hatte sie es sehr schade gefunden, dass er so schnell verschwunden war. Sie hatte gar keine Gelegenheit mehr gehabt mit ihm zu plaudern.

„Ein Freund von mir hat mir von diesem Event erzählt und ich dachte mir, das ist eine coole Idee. Also bin ich hier", grinste Leon Olivia an.

„Man sieht sich also wirklich immer zwei Mal im Leben. Schön, dass das bei uns nicht so lange gedauert hat. Ich hätte mir in den Hintern beißen können, dass ich dich nicht sofort nach deiner Nummer gefragt habe."

Die beiden holten sich etwas zu trinken und setzten sich wieder an den Tisch. Leon nahm direkt neben Olivia Platz – auch wenn hier gar nicht sein Name stand. Er tauschte sein Kärtchen einfach aus und verfrachtete somit einen gewissen Noah Bellington an einen Tisch ein paar Meter weiter.

„Jetzt lernen wir uns gerade erst kennen und ich erzähle schon von meinen größten Fettnäpfchen im Business", stellte Leon schmunzelnd fest.

„Wie? Hast du dich etwa für die Bühne gemeldet? Wow! Das find ich mutig!", freute sich Olivia. „Ich werde dir besonders laut applaudieren."

„Sie haben übrigens gemeint, sie hätten noch einen Platz frei", meinte Leon plötzlich und grinste Olivia an, die zunehmend nervös wurde. *Er meinte doch nicht etwa?*

„Nein, das kann ich, glaub ich, nicht. Außerdem wüsste ich gar nicht, was ich da erzählen soll", wich Olivia aus.

„Sicher doch. Ich trau mich wetten, jeder Unternehmer hat nicht nur eine, sondern ganz viele solcher Geschichten. Das ist doch DIE Gelegenheit, sie zu erzählen und dafür auch noch gefeiert zu werden!“, spornte Leon Olivia an.

„Ich sag dir was, wir würfeln drum. Hab ich eine höhere Zahl, gehst du auch auf die Bühne. Hast du eine höhere Zahl, hast du einen Wunsch frei.“

Das klang durchaus verlockend.

Olivia mochte solche kleinen Spiele.

„Also gut“, stimmte sie zu.

Leon holte zwei Würfel aus seiner Tasche und hielt sie Olivia hin.

„Trägst du die immer mit dir herum?“, lachte sie.

„Für solche Situationen wie jetzt, ja!“, grinste Leon sie an.

Olivia nahm die beiden Würfel, küsste sie, rollte sie in ihren Fingern und würfelte.

Zwei und sechs ergaben zusammen acht. Nicht schlecht. Damit sollte sie aus dem Schneider sein. Sie überreichte die beiden Würfel Leon. Der schloss seine Augen und würfelte eine Sechs und eine Drei.

Er hatte gewonnen!

Leon riss seine Hände in die Höhe und stieß einen kleinen Jubelschrei aus. Das bedeutete, dass Olivia sich auch für die Bühne meldete. Sie gratulierte ihm zu seinem Sieg und ging mit Herzklopfen zum Moderator, um sich anzumelden.

Was genau sie erzählen wollte, wusste sie zwar noch nicht, aber wenn sie in den vergangenen Wochen etwas gelernt hatte, dann, dass mutige Schritte zu wunderbaren Gelegenheiten führten.

Als Olivia von der Anmeldung zurückkam, saß Leon mit einem fetten Grinser am Tisch.

„Ich bin mir sicher, du wirst das rocken“, sagte er.

„Schön, wenn du dir da so sicher bist. Wie hast du entschieden, was du erzählen möchtest?“, fragte ihn Olivia.

Leon überlegte einen Augenblick und sagte dann: „Das lag irgendwie auf der Hand.“

Bevor er näher erklären konnte, was er damit meinte, ertönte eine Melodie und der Moderator begann alle zu begrüßen.

„Ladies and Gentlemen, welcome to our *Fuck Up Night*!“

„Jetzt geht's los!“, sah Leon Olivia vorfreudig an.

„Please welcome our first speaker, Leon Fischer!“

62

Olivia bekam große Augen.

„Du bist der *Erste* auf der Bühne?“, fragte sie Leon.

„Ja, da hast du noch von allen die meiste Aufmerksamkeit!“, grinste Leon und ging auf die Bühne.

Alle waren gespannt, welche Geschichte er jetzt erzählen würde.

„My dad is Mexican, so I always loved mexican food and drinks ...“, begann Leon zu erzählen.

Neben ihm befand sich eine große Leinwand mit der kroatischen und sogar deutschen Übersetzung.

„Bei einem Urlaub in Thailand war ich ganz begeistert von diesen kleinen Booten, mit denen einem auf den Flüssen und Seen Essen und Getränke serviert werden. Genau das wollte ich in Österreich auch ausprobieren. Ich habe mir also auf dem Neusiedler See ein Motorboot gekauft – und das, ohne irgendetwas von Booten zu verstehen. Das Boot habe ich mit einer kleinen Küche ausgestattet, damit ich mexikanische Sandwiches zaubern konnte. Für frische selbstgemachte Limonaden gab es ein großes Kühlfach mit Eiswürfeln und ich habe richtig schöne Cocktailgläser besorgt. Da ich Tischler bin, habe ich alles an Land gebaut, was mir großen Spaß bereitet hat.“

Leon hatte ein Talent für große Auftritte und genoss es, dass ihm alle gespannt zuhörten.

„Zu Beginn hab ich mich noch von einem Schiffsbauingenieur beraten lassen, doch bei den letzten Einbauten dachte ich mir, das wird schon passen, wenn ich es allein mache. Als wir das Boot dann zu Wasser lassen wollten, hat es zuerst fast nicht durch die Einfahrt vom Hafen gepasst. Doch irgendwie haben wir es doch geschafft. Als der Kran das Boot schließlich zu Wasser gelassen hat, ist es einfach umgekippt! Fast die gesamte extra eingebaute Küche ist mitsamt dem Kühlfach und allen Einbauten einfach untergegangen. Irgendwo hatte ich mich da wohl beim Schwerpunkt verrechnet. Das war so ein richtiger Fuck-up-Moment. Alle sind beim Kran gestanden und haben die Hände über die Köpfe geschlagen. Es war ein halbes Vermögen, das da einfach so vom Wasser weggespült wurde. Das Ganze ist jetzt vier Jahre her. Mittlerweile habe ich einen neuen Plan. Ich weiß jetzt, was schiefgelaufen ist und habe viel aus meinen Fehlern gelernt. Mit einem völlig neuen Konzept und gut durchdachten Plänen starte ich demnächst als Franchise Unternehmen auf unterschiedlichen Seen in Österreich durch. In Kürze könnt ihr euch also geniale mexikanische Sandwiches und Getränke beim *Happy Mexican* holen. Und diesmal erleide ich damit garantiert keinen Schiffbruch. Danke für eure Aufmerksamkeit!"

Leon lächelte in die Menge und das Publikum schenkte ihm tosenden Applaus. Mit so einem Selbstbewusstsein ein derartiges Fuck up zu erzählen, beeindruckte Olivia. Leon kam zurück zum Tisch und wurde auch hier mit Applaus empfangen.

„Thank you so much", sagte er in die Menge.

Und an Olivia gewandt meinte er: „Jetzt bin ich auf deine Geschichte gespannt."

„Na da kann ich mit meiner Story nicht mithalten. Das ist ja wie aus einem schlechten Film."

„Ja, in dem Moment hab ich mir das auch gewünscht, dass es einfach nur ein Film oder ein schlechter Traum wäre. Aber mittlerweile bin ich echt dankbar dafür. Das klingt jetzt vielleicht komisch, aber dadurch haben sich so großartige Dinge ergeben. Der Schiffsbauingenieur ist zum Beispiel jetzt mein Geschäftspartner", strahlte Leon.

„Ich finde es wirklich wunderbar, wie du damit umgehst und deine Idee noch einmal neu umsetzt. Ich weiß nicht, ob ich den Biss dazu gehabt hätte", bewunderte ihn Olivia.

„Danke", sagte Leon lächelnd.

Die beiden hörten den weiteren Rednern aufmerksam zu.

Eine Geschichte war verrückter als die andere.

Und schließlich wurde Olivia auf die Bühne gerufen.

Als sie aufstand, sagte sie sich *‚Ich sammle erste Male'* und atmete tief durch.

„Please welcome on stage: Olivia Lamini!", rief der Moderator und Olivia betrat die Bühne.

Im Publikum sah sie Leon sitzen, der ihr aufmunternd zulächelte.

„I'm a food truck designer and once had a customer who wanted a japanese food truck", fing Olivia an zu erzählen.

Auch bei ihr erschien auf der Leinwand die deutsche Übersetzung dazu.

„Ich habe ihm also einen richtig schönen knallgelben Food Truck entworfen mit großen japanischen Schriftzeichen als Logo. Ich hatte ihn extra noch einmal gefragt, ob er sich bei den Zeichen auch sicher war, und er meinte: *‚Ja, das passt sicher. Ich kann ja selbst etwas Japanisch'*. Bei der Eröffnung stand also der fertige Truck auf einem Festival und hat für großes Aufsehen gesorgt. Ein paar Japaner, die sich davor versammelt hatten, diskutierten wie wild. Ich war natürlich neugierig und hab die Japaner gefragt, was denn los sei, doch sie wollten nicht richtig mit der Sprache rausrücken. Anscheinend stand auf dem Truck nämlich ein richtig heftiges Schimpfwort! Es ging so weit, dass der eine einen Kübel mit roter Farbe geholt und ihn einfach über das Schriftzeichen geschüttet hat! Ein anderer Festival-Besucher hat vor lauter Wut gegen den Food Truck getreten, und weil wir völlig vergessen hatten, die Bremsen zu fixieren, ist der Truck auf einmal ins Rollen gekommen und einen Abhang hinuntergesaust. Zum Glück ist er unversehrt in einem Acker gelandet."

Olivia hatte zufällig ein Foto vom Truck dabei, wie er voller Farbe und Dreck mitten im Acker stand. Das Bild wurde eingeblendet und sorgte für Lachen im Publikum.

„Ich bin Olivia Lamini und ich entwerfe außergewöhnliche Food Trucks. Danke für Ihre Aufmerksamkeit!"

Als sie mit ihrer Geschichte fertig war, applaudierte das Publikum begeistert. Sie bedankte sich und ging von der Bühne runter Richtung Leon. Der hatte noch immer Tränen in den Augen vor lauter Lachen.

„Und du hast gesagt, du weißt nicht, was du erzählen willst?", lachte er. „Die Geschichte ist grandios!"

„Schön, dass sie dir gefällt. Hier ist auch der richtige Rahmen dafür, sonst erzähle ich die Geschichte nicht so gern. Lauter Unternehmer, die dich dafür feiern, wenn du scheiterst und danach wieder aufstehst, gibt's nicht so oft", grinste Olivia.

Als sie das Foto vom Food Truck auf der Leinwand sah, lachte sie selbst laut los.

Plötzlich beugte sich Leon zu ihr herüber und flüsterte ihr ins Ohr: „Hast du morgen Nachmittag schon etwas vor? Ich würde dir gerne noch etwas zeigen."

Er hatte so ein ganz besonderes Funkeln in den Augen.

Olivias Knie wurden ganz weich.

„Ich werde am Vormittag an meinem Entwurf arbeiten, aber am Nachmittag hätte ich ein paar Stunden Zeit. Sehr gerne. Verrätst du mir, was wir machen?", grinste sie ihn an.

Was hatte er bloß vor?

„Das ist eine Überraschung. Verrate mir nur eines: Hast du Höhenangst?"

„Nein, hab ich nicht. Jetzt machst du mich aber neugierig", sagte Olivia.

63

„Wie geht's dir, Diego. Wie war dein Tag?", fragte Mrs. Liebherzig den kleinen Mr. Freudenkuss.

Er saß gerade am Fensterbrett in seinem Zimmer und sah verträumt den Wellen zu.

„Sehr gut, danke. Zwischen Toni und Uschi dürfte es gefunkt haben. Und Carla ist glücklich mit Ben. Ich glaube, ich habe gute Arbeit geleistet."

„Und wie geht's dir *wirklich*?", fragte Mrs. Liebherzig nun mit Nachdruck.

Ihr brauchte er nichts vorzuspielen.

„War klar, dass du mich durchschaust. Ehrlich gesagt bin ich etwas frustriert. Auf einmal gibt es so viele glückliche Pärchen um mich herum. Versteh mich jetzt bitte nicht falsch: Ich LIEBE meinen Job, und ich freu mich so für jeden, der einen Partner findet und glücklich ist. Es ist einfach so genial, wie vielen Singles ich schon helfen konnte. Und gleichzeitig wünsche ich mir eben auch schon so lange eine glückliche Beziehung. Das macht mich etwas traurig. Ich hab da gestern zum Beispiel diese geniale Bucht entdeckt, in der man mit Delfinen schwimmen kann. Das wäre so ein fantastisches Date. Aber mit wem bloß?", fragte Mr. Freudenkuss traurig.

„Denkst du wieder an Jessica?", wollte Mrs. Liebherzig wissen.

Mr. Freudenkuss sah sie überrascht an. Woher wusste sie das?

„Um ehrlich zu sein, ja. Aber selbst, wenn ich sie wiederfinde – wie sollte ich mit ihr ein normales Date verbringen, wenn ich so klein bin?"

Er konnte nur mit Mühe die Tränen zurückhalten.

Mrs. Liebherzig setzte sich zu ihm ans Fensterbrett und nahm ihn liebevoll in den Arm. Manchmal war das das Beste, was man für sein

Gegenüber tun konnte: den Menschen einfach fest drücken. Der kleine Mr. Freudenkuss schloss genießerisch seine Augen. Es war so schön, in den Arm genommen zu werden.

Nachdem sie zehn Minuten so dagesessen waren, wandte er sich an Mrs. Liebherzig.

„Du hast mir einmal gesagt, wenn ich bereit bin, hinzusehen, soll ich mich bei dir melden. Ich denke, jetzt ist es so weit. Hast du vielleicht Zeit, mit mir eine Übung zu machen?"

„Sehr gerne", grinste Mrs. Liebherzig. „Lass uns in das Dachgeschoßzimmer gehen. Dann haben wir ein anderes Setting."

Sie holte ein Tablett mit frischem Minz-Wasser, Gläsern und Taschentüchern – natürlich alles im Kleinformat. Aus ihren Sitzungen wusste sie schon, dass sie oft genau diesen wunden Punkt traf, an dem ihre Klienten ganz froh waren, wenn Taschentücher bereitlagen.

Als Mrs. Liebherzig im Dachgeschoßzimmer ankam, wartete dort schon der kleine Mr. Freudenkuss auf sie.

„Diego, zuerst möchte ich dir dazu gratulieren, dass wir das jetzt machen", eröffnete sie feierlich die Übung.

„Dankeschön", sagte er und lächelte etwas nervös. Es war nicht so einfach für ihn, Schwäche zu zeigen.

„Wenn du bereit bist, würde ich vorschlagen, dass wir gleich starten."

Mr. Freudenkuss nickte.

„Welche Emotion kommt in dir hoch, wenn du daran denkst, dass du immer noch Single bist?", fragte Mrs. Liebherzig gleich direkt.

„Ich fühl mich traurig. Und hab Angst, dass ich allein gelassen werde", erwiderte der kleine Liebesexperte niedergeschlagen.

„Und wo genau im Körper spürst du diese Emotion?", fragte ihn Mrs. Liebherzig.

„Es fühlt sich an wie eine schwere Last auf meinen Schultern."

„Und wenn du dieses Gefühl mal so richtig hochkommen lässt, und du diese Last auf deinen Schultern spürst, also dem Gefühl so richtig Raum gibst und es sich mal ausbreiten darf: Kannst du dich erinnern, wann du dieses Gefühl das allererste Mal hattest?“, hakte Mrs. Liebherzig weiter nach.

„Puh!“, entfuhr es Mr. Freudenkuss und er zwickte seine Augen zusammen.

Diese Last auf den Schultern war unglaublich schwer.

Er hatte Mühe, sich gerade auf dem Sessel zu halten und nicht komplett in sich zusammenzusacken.

„Das erste Mal hatte ich dieses Gefühl, als mein Opa gestorben ist.“

Und da kullerte auch schon die erste Träne. Vor Mrs. Liebherzig zu weinen, machte Mr. Freudenkuss nichts aus. Er wusste, dass sie einiges gewohnt war.

„Wie alt warst du da?“, fragte sie ihn.

„Da war ich zwölf Jahre alt. Wir haben immer so viel gemeinsam gemacht. Er hat mich mit dem Moped mitgenommen und mir meine Milchzähne mit einer Schnur an der Türklinke gezogen. Wir haben gemeinsam Karten gespielt. Er war einfach immer für mich da, wenn ich was gebraucht habe oder einfach nur reden wollte. Und dann war er auf einmal weg“, erzählte der kleine Mr. Freudenkuss weiter.

„Er war krank und es ging ihm schon ziemlich schlecht, also brachte man ihn ins Krankenhaus. Meine Familie wollte ihn noch einmal besuchen, aber ich durfte nicht mitfahren, weil ich eine Grippe hatte. Also bin ich zu Hause geblieben. Am nächsten Tag ist er gestorben. Das war so unfair! Ich konnte mich nicht einmal mehr richtig von ihm verabschieden!“

Der kleine Mr. Freudenkuss schluchzte laut auf und nahm sich ein Taschentuch.

„Wenn ich ehrlich bin, bin ich wirklich wütend auf meinen Opa. Dass er einfach so gestorben ist! Obwohl er ja noch gar nicht alt war. Er war erst 70 – das ist doch kein Alter. Doch er hat immer gesagt, dass er nicht alt werden will. Der Wunsch wurde ihm erfüllt", erzählte Mr. Freudenkuss mit einer Mischung aus Trauer und Wut weiter.

„Wenn er jetzt vor dir stehen würde, was würdest du ihm gerne sagen?", fragte ihn Mrs. Liebherzig.

„Ich würde ihm sagen: Warum hast du mich im Stich gelassen? Ich wollte dir noch so viel erzählen, aber du bist einfach aus meinem Leben verschwunden. Ich hatte dich so gern, und dann warst du auf einmal weg", klang Mr. Freudenkuss wütend.

„Hast du deshalb vielleicht Angst, dich anderen Menschen gegenüber zu öffnen? Weil du dich davor fürchtest, plötzlich im Stich gelassen zu werden?", fragte ihn Mrs. Liebherzig.

„Ja, das kann sein."

„Ist es dasselbe Gefühl, das du Jessica gegenüber hast?"

Der kleine Mr. Freudenkuss atmete schwer. Er wollte Jessica nicht böse sein. Er wollte einfach nur wissen, was damals passiert war.

„Ja, es ist ähnlich. Sie war auch von einem Moment auf den anderen einfach weg. Das hat mir damals den Boden unter den Füßen weggezogen."

„Wenn Jessica jetzt vor dir stehen würde. Was würdest du ihr sagen?", fragte ihn Mrs. Liebherzig.

„Ich würde sie fragen: Warum bist du auf einmal verschwunden? Warum hast du keine Nachricht hinterlassen? Wo bist du hin? War unsere Liebe echt, oder hast du mir etwas vorgemacht? Bist du einfach weggelaufen? Was ist mit dir passiert? Ich will nicht wütend sein auf dich, weil ich dich geliebt habe, aber um ehrlich zu sein, bin ich es. Du hast mich von einem Moment auf den anderen allein gelassen und bist nicht mehr aufgetaucht. Seitdem habe ich keine Frau mehr so wirklich an mich herangelassen. Weil ich immer Angst davor habe, dass mir das Gleiche noch einmal passiert."

Mrs. Liebherzig legte ihm ihre Hand auf seine Schulter. Sie wusste, dass es nicht leicht für ihn war, das alles zu sagen.

„Und jetzt nimm wahr, was sie dir antwortet", fuhr sie fort.

Er hatte Jessica genau vor sich. Ihre braunen glatten Haare und ihre rehbraunen Augen. Sie sah vor seinem geistigen Auge wunderschön aus und lächelte ihn liebevoll an. Er konnte ihre Stimme laut und deutlich hören:

„Es tut mir so leid, Diego. Bitte verzeih mir. Komm an den Ort, an dem wir uns das letzte Mal gesehen haben. Dort wirst du deine Antworten finden."

Der kleine Mr. Freudenkuss wollte sofort aufspringen und loslaufen, doch Mrs. Liebherzig hielt ihn zurück.

„Diego, lass uns erst noch diesen Prozess abschließen", sagte sie ruhig.

„Magst du deinen Opa etwas fragen? Jetzt wäre eine gute Gelegenheit dazu."

Mr. Freudenkuss überlegte. Da gab es so einige Dinge, die er ihn fragen wollte. Mit Tränen in den Augen setzte er das Gespräch mit seinem Opa fort.

„Warum wolltest du nie alt werden? Wieso hast du nicht daran gedacht, was das für mich und die ganze Familie bedeutet? Was sagst du, wie ich mich entwickelt habe? Beobachtest du mich manchmal?", fragte der kleine Mr. Freudenkuss laut in Richtung Himmel.

„Und jetzt nimm bewusst wahr, was er dir antwortet.", sagte Mrs. Liebherzig leise.

Mr. Freudenkuss hörte aufmerksam zu. Er konnte seinen Opa direkt vor sich wahrnehmen, mit seiner gemütlichen Statur und seinem seligen Grinsen.

„Lieber Diego, es tut mir leid, dass ich so früh gegangen bin. Ich hatte einfach den Glauben, dass man im Alter nicht mehr fit ist. Was übrigens ein absoluter Blödsinn ist. Ich bin unglaublich stolz auf dich und natürlich beobachte ich dich und bin auch immer wieder für dich da. Ich bin für euch alle da, auch wenn ihr mich nicht sehen könnt. Erinnerst du dich daran, dass Severin dir Mrs. Liebherzig geschickt hat? Ich hab dafür gesorgt, dass er die Webseite entdeckt, weil ich wusste, dass sie dir helfen kann."

Es tat so gut, das zu hören. Und es war ganz egal, ob sich das alles nur in seinem Kopf abspielte, oder ob sein Opa gerade wirklich vor ihm stand.

Oft gab es unausgesprochene Dinge, die so viel Raum einnahmen. Durch ein Zwiegespräch – und sei es nur in Gedanken – konnte man oft Klarheit gewinnen. Mr. Freudenkuss merkte, wie er sich zunehmend entspannte und diese schwere Last immer mehr von seinen Schultern abfiel.

Er stellte seinem Opa noch ein paar Fragen, bis er das Gefühl hatte, dass er fürs Erste alle Antworten hatte, die er brauchte.

„Sehr gut, Diego. Und jetzt atme bewusst alles, was noch zwischen euch steht, aus. Lass alles los, was dich in dieser Beziehung noch belastet. Stell dir vor, dass euch ein ganz besonderes Band verbindet und dieses Band immer stärker wird, auch wenn dein Opa nicht mehr lebt", leitete ihn Mrs. Liebherzig an.

„Dasselbe machst du bei Jessica. Atme all die Wut und den Liebeskummer aus, den du jetzt schon so lange mit dir herumträgst. Mach dich wieder frei. Verzeih ihr, auch wenn du nicht weißt, was damals geschehen ist. Und stell dir auch hier diese ganz besondere Verbindung zwischen euch vor, die du für immer in deinem Herzen trägst. Sie hat es damals geschafft, dass du dein Herz einem Menschen gegenüber ganz weit geöffnet hast. Allein dafür solltest du ihr danken."

Er spürte, wie sich jetzt auch die restliche Schwere in Luft auflöste.

Schon früher hatte er eine ganz besondere Verbindung zu seinem Opa gespürt, die jetzt wieder stärker und stärker wurde. Und Jessica hatte ihm gezeigt, was Liebe ist. Dafür war er ihr unendlich dankbar.

Mr. Freudenkuss konnte fühlen, wie ihm auf einmal der Rücken gestärkt wurde.

Er bedankte sich bei beiden für so viele schöne Stunden, die er mit ihnen verbringen durfte. Und dann stellte er sich vor, dass er seinen Opa und Jessica fest umarmte.

Wenige Minuten später verabschiedete sich Mr. Freudenkuss gedanklich von Jessica und seinem Opa und öffnete langsam wieder seine Augen. Mrs. Liebherzig saß ihm lächelnd gegenüber.

„Wie geht es dir jetzt?“; fragte sie behutsam.

„Ich fühle mich so, als hätte jemand einen riesigen Felsen von meinen Schultern und meinem Herzen genommen“, antwortete der kleine Liebesexperte.

„Das freut mich sehr. Diese Übung ist damit zwar beendet, aber ich würde gerne noch etwas anderes mit dir machen. Dazu brauchen wir Bob, wenn das für dich okay ist?“

„Ich denke schon“, antwortete der kleine Mr. Freudenkuss. „Ich vertrau euch da. Wenn du sagst, wir brauchen ihn, dann kann er gerne dazukommen.“

Mrs. Liebherzig holte ihr Handy heraus und rief Bob an. Der war zufällig gerade von seiner Surfstunde zurückgekommen und stand wenige Minuten später bei ihnen im Dachgeschoßzimmer.

„Hallo, Schatz! Danke, dass du so schnell Zeit gefunden hast. Ich brauch dich für eine Übung – ich würde mit Mr. Freudenkuss gern den *Trust Fall* machen.“

Mr. Freudenkuss kannte die Übung.

„Du stellst dich vor Bob und mich, lässt dich nach hinten fallen, und wir fangen dich auf.“

Mit dieser Übung sollte das Gefühl, sich fallenlassen zu können, noch gestärkt werden.

Mr. Freudenkuss war einverstanden. Er stellte sich mit dem Rücken zu Mrs. Liebherzig und Bob. Diese gaben sich über Kreuz die Hände und machten sich bereit, um den kleinen Liebesexperten aufzufangen.

„Jetzt denk daran, dass du darauf vertrauen kannst, dass genau die für dich richtigen Dinge geschehen. Schließ deine Augen, lass dich fallen und spüre, dass du getragen wirst. Von uns. Vom Universum. Von allen, die du kennst, und die dich gernhaben", sagte Mrs. Liebherzig.

Mr. Freudenkuss schloss langsam seine Augen, nahm einen tiefen Atemzug und ließ sich zurückfallen. Er landete sanft und sicher in den Händen von Mrs. Liebherzig und Bob.

Es war ein geniales Gefühl, von ihnen aufgefangen zu werden und dadurch dieses Urvertrauen in jeder Zelle zu spüren. Glückselig hing er noch eine halbe Minute in den Armen der beiden und grinste sie von unten an.

„Ich danke euch", flüsterte er ihnen mit Freudentränen in den Augen zu.

Gestärkt durch die Übung und voller neuem Mut wollte Mr. Freudenkuss bald schon an jene Stelle zurückkehren, an der er Jessica das letzte Mal gesehen hatte. An den Strand von Baška.

64

Ben und Carla spazierten in Vrbnik auf dem steilen Weg zur Marina hinunter. Carla war fast fertig mit den Unterlagen für den Kauf des Lokals und Ben hatte schon damit begonnen, die Pläne für den Umbau zu zeichnen. Doch das durfte warten.

Jetzt hatten sie endlich einmal Zeit für sich.

Die Felswände leuchteten in der Sonne in einem cremigen Weiß. Dazwischen wuchsen bunte Blüten und Sträucher an den Wänden entlang. Der Duft von frischem Rosmarin stieg Carla in die Nase.

Als die beiden am kleinen Hafen angekommen waren, gingen sie den Steg vom Wellenbrecher entlang bis zur äußersten Spitze. Von hier unten hatte man einen genialen Blick auf die hoch oben liegende Spitze von Vrbnik. Ben und Carla kuschelten sich aneinander und genossen den idyllischen Anblick.

Die Häuser waren direkt in den Felsen hineingebaut und sorgten für ein einzigartiges Stadtbild.

Ben war begeistert.

„Schau mal, da gehen Stufen hinunter!“, sagte er plötzlich und deutete auf die kleine Steintreppe direkt unter ihnen. „Lass uns schauen, wohin die führt.“

Ben stieg die Treppe hinunter und reichte Carla seine Hand. Einmal mehr war Carla glücklich, dass sie so einen Gentleman an ihrer Seite hatte. Unten angekommen, setzten sie sich auf die großen Steine, die etwas im Verborgenen lagen.

Ben zog Carla zu sich und küsste sie.

„Ich werde nie vergessen, wie du am Markt inmitten von diesen vielen aufgeplatzten Orangen gesessen bist“, lachte er, als sich ihre Lippen wieder trennten.

„Ich auch nicht“, schmunzelte Carla beim Gedanken an ihre Panne.

Sie hatte sich früher immer gefragt, wo sie den Mann finden würde, der perfekt zu ihr passt. So hatte sie es nicht erwartet. Die beiden genossen diesen wunderbaren Nachmittag, gingen schwimmen und sonnten sich auf den Steinen.

„Sollen wir noch eine Spritztour machen?", fragte Ben auf einmal.

Was meinte er damit? Was für eine Spritztour? Sie sah ihn fragend an.

„Schau mal, was dort angefahren kommt", meinte Ben und zeigte nach hinten.

Carla riss ihre Augen weit auf und konnte es nicht glauben: ein roter Austin Healey!

Woher wusste er?

„Olivia hat mir von eurer Autofahrt erzählt, und dass es schon immer dein Wunsch war, mal so ein Auto zu besitzen. Gestern bin ich zufällig auf ein Oldtimer-Geschäft gestoßen, das diese Autos vermietet. Ich dachte, das wäre doch ein perfektes Geschenk für deinen Geburtstag!"

Carla fiel Ben um den Hals. Sie konnte nicht glauben, wie aufmerksam er war! Die beiden packten schnell alles zusammen und liefen zu dem roten Schmuckstück. Carla berührte glückselig die Motorhaube und kletterte auf den Fahrersitz.

Vor einer steilen Straße blieben sie erst mal stehen.

„Da würde ich jetzt lieber etwas Anlauf nehmen", sagte Ben etwas nervös.

Er hatte keine Ahnung, ob der Oldtimer es da hinaufschaffen würde. Carla blieb einige Meter vor der steilen Anfahrt stehen und gab Vollgas. Ohne Probleme fuhren sie den Hügel hinauf. Nun konnten sie in Ruhe die Insel erkunden. Carla bog auf die Landstraße in Richtung Krk Stadt ein.

Als sie zurück zur Villa kamen, wartete schon ein großes Paket auf sie, das an *Carla Stern* adressiert war.

„Für mich? *Noch ein Geschenk*?", fragte Carla ungläubig.

„Mach es auf und sieh nach", grinste Ben vielsagend.

Carla öffnete das Paket und zum Vorschein kamen unzählige kleine Styroporkügelchen. Darunter war das eigentliche Geschenk großzügig in Luftpolsterfolie eingepackt.

Als sie es herausnahm, traute sie ihren Augen kaum.

Der *Orangenlikör*!

„Was? Wie hast du das gemacht?", staunte Carla.

„Meine Schwester hat mir geholfen. Während ich weg war, hat sie bei mir Zuhause die Blumen gegossen und immer wieder den Likör umgerührt. Jetzt können wir ihn gemeinsam filtern und fertigstellen! Was meinst du?"

„Das ist eine tolle Idee! Und einen davon könnten wir ja Uschi schenken. Als Dankeschön für ihre Gastfreundschaft."

„Super, so machen wir das", sagte Ben.

Sie holten beide Glasflaschen mit der Flüssigkeit, den Orangenscheiben und Gewürzen heraus und suchten in der Küche nach einem Sieb. Gemeinsam leerten sie nach und nach den gesamten Inhalt von Carlas Mixtur durch das Sieb in eine weitere Glasflasche. Dasselbe machten sie mit Bens Gemisch. Die beiden Liköre sahen einander sehr ähnlich, nur die Farbe war unterschiedlich hell.

Für Uschis Geschenk besorgten sie eine weitere edle Glasflasche. Welchen Likör sie wollte, sollte sie sich am letzten Abend selbst aussuchen.

65

DAS willst du mit mir machen?", fragte Olivia und zeigte auf die große Zipline vor ihnen.

Leon war mit ihr zum *Flying Eagle* gefahren. Er grinste sie an und nickte. Olivia musste lachen. Sie hatte in der Vergangenheit ja schon so ihre Erfahrungen mit Ziplines bzw. einem Flying Fox gesammelt und wirkte deshalb plötzlich alles andere als entspannt.

Sollte sie Leon die Geschichte erzählen?

Sie entschied sich dafür.

Schließlich waren sie schon gemeinsam bei der *Fuck up Night* gewesen.

„Hahaha, das hätte ich gerne gesehen!", lachte Leon, als Olivia ihm erzählte, wie sie sich am Kahlenberg mit dem Seil zur Plattform ziehen musste. „Aber hey, hier kannst du ganz entspannt sein. Ich verspreche dir, ich pass auf dich auf."

Das war so süß von ihm.

„Also gut, dann lass uns fliegen", entschied Olivia.

Sie kauften sich die Tickets und ließen sich Helm und Ausrüstung geben. Es waren nur wenige Leute vor ihnen, also kamen sie ziemlich schnell an die Reihe.

„Magst du zuerst fliegen, oder soll ich?", fragte sie Leon.

„Ich flieg zuerst", beschloss Olivia.

Sie stellte sich an den Rand der Plattform und folgte genau den Anweisungen des Mitarbeiters.

Von hier aus hatte man eine geniale Aussicht. Olivia blickte auf die vielen Berge rund um die Schlucht, über die sie gleich fliegen würde.

In dem Moment machte es *Plopp* und die kleine Mrs. Liebherzig tauchte auf Olivias Schulter auf.

„Wie schön! Du fliegst mit mir mit?", freute sich Olivia.

„Ja, das wollte ich mir nicht entgehen lassen! Und, wie geht's dir?"

„Ich merke gerade, dass es stimmt, was du gesagt hast. Mein Körper zeigt die üblichen Anzeichen, wenn ich aufgeregt bin. Ich habe stärkeres Herzklopfen und mein Mund ist etwas trocken. Also hab ich gerade ein Wasser getrunken und mir vorgestellt, dass ich die ganze Anspannung einfach ausatme. Das hilft mir schon mal. Außerdem möchte ich eine schöne Erinnerung an Ziplines haben – das letzte Mal war ja eher mit einem Hoppala verbunden."

„Perfekt, das klingt nach einem Plan!", zwinkerte ihr Mrs. Liebherzig von der Seite zu.

„Bist du bereit?", fragte der Mitarbeiter der Zipline.

Mrs. Liebherzig versteckte sich noch schnell in Olivias Pullover, damit sie beim Fliegen nicht weggeweht wurde.

„Jaaaaaaa!", schrie Olivia und sauste mit viel Schwung die Zipline zur nächsten Plattform hinunter.

„Wohoooooo!", riefen Olivia und die kleine Mrs. Liebherzig gleichzeitig in die Berge hinein.

Es war ein großartiges Gefühl, so hoch oben in der Luft einfach zu schweben. Olivia genoss die herrliche Landschaft und fühlte sich wie ein Vogel. Leicht und frei. Als kleines Kind hatte sie immer die Vögel bewundert, die mit ihren kleinen Flügeln schlugen und vom Wind getragen wurden.

Mit viel Schwung erreichte sie die nächste Plattform und wurde dort von einem Mitarbeiter sanft gestoppt. Sie sah nach Mrs. Liebherzig, die mit roten Wangen und strahlenden Augen in ihren Pullover eingekuschelt war und sie anlachte. Wie schön, das mit ihr gemeinsam erleben zu können! Mrs. Liebherzig war ihre ganz persönliche *Heldin*.

Jetzt konnte sich Olivia umdrehen und beobachten, wie Leon dahergeflogen kam. Sie machte Platz auf der Plattform und blickte nach oben. Da rauschte er schon mit einem lauten *Juhuuu* auf sie zu. Als er von dem Mitarbeiter auf der Plattform gestoppt wurde, hatte Leon einen fetten Grinser im Gesicht.

„Wow, das war ja genial!", strahlte er Olivia an.

„Was für ein Flug – und dann noch mit dieser Aussicht! Fantastisch!"

Als er wieder abgeschnallt war, ging er direkt auf Olivia zu und umarmte sie voller Freude. Dabei spürte er sein Herz wie wild pochen. Da musste sie an die Geschichte denken, von der ihr Mrs. Liebherzig berichtet hatte.

Zwei amerikanische Psychologen, Donald Dutton und Art Aaron, hatten mit einem Brückenexperiment herausgefunden, dass solche Extremsituationen das Flirten und Kennenlernen fördern, und wir dadurch andere Menschen anziehender finden. Anscheinend kann der Körper nämlich nicht unterscheiden zwischen einem Adrenalinausstoß und dem Gefühl, verliebt zu sein. Deshalb sollte man auch mal ein Date mit einem gewissen Kick haben.

Olivia genoss Leons Umarmung in vollen Zügen. Er drückte sie fest an seine Brust und sie konnte sein herrlich duftendes Aftershave einatmen.

Als sie sich langsam voneinander lösten, sah er sie mit seinen strahlend blauen Augen liebevoll von oben an.

„Sollen wir die nächste Zipline gemeinsam fliegen?", fragte er sie.

„Was, das geht? Ja, voll gerne! Lass uns das machen!"

Die beiden gingen zur nächsten Zipline und ließen sich zusammenbinden. Olivia hing vorne und spürte, wie sich Leon von hinten ganz fest an sie drückte.

Es war ein wunderbar vertrautes Gefühl, als ob sie ihn schon ewig kennen würde.

„Seid ihr bereit?", fragte ein Mitarbeiter.

„Ja!", riefen beide im Chor.

Also gab er ihnen einen kleinen Schubs und sie flitzten gemeinsam die Zipline hinunter. Der Flug vorher war schon fantastisch, aber das Gefühl, mit Leon gemeinsam zu fliegen, toppte alles.

Olivia spürte, wie ihr ganzer Körper prickelte. Diese Kombination aus Wind, Flug und einem attraktiven Leon direkt hinter ihr sorgte für eine Ganzkörper-Gänsehaut. Sie spürte seinen warmen Atem in ihrem Nacken und genoss die Aussicht.

Es war so schön, einem Mann nahe zu sein und gemeinsam einen derartigen Adrenalinkick zu erleben.

„Schau mal. Dort sieht man sogar das Meer!“, rief Leon über ihre Schulter hinweg.

Und tatsächlich. Olivia folgte seinem Finger und entdeckte hinter dem Hügel das blau glitzernde Meer. Mit einem unglaublichen Glücksgefühl im Bauch kamen sie zusammen bei der nächsten Plattform an.

„Das war eine super Idee, danke dafür“, strahlte Olivia Leon an.

„Sehr gerne. Ich hatte gehofft, das würde dir gefallen. Ich hab es zufällig vor ein paar Tagen entdeckt, als ich mit dem Auto vorbeigefahren bin, und wollte es unbedingt ausprobieren. Umso besser, das mit dir teilen zu können.“

Leon sah ihr tief in die Augen und Olivia erwiderte glückselig seinen Blick.

In dem Moment beugte er sich zu Olivia hinunter und küsste sie. Inmitten dieser wunderbaren Kulisse. Olivia sank in seine Arme und ließ sich von dem Kuss in eine andere Welt entführen. Sie fühlte sich so geborgen, so aufgehoben, so angekommen. Als ob sie schon die ganze Zeit hier hingehörte. In Leons Arme.

Minuten später räusperte sich jemand dezent neben ihnen. Nein! Sie wollte noch nicht aufhören zu knutschen! Es war doch gerade so schön. Als sie erneut ein Räuspern hörten, blickten sie langsam hoch.

Sie hatten ganz übersehen, dass sie noch mitten auf der Plattform standen und damit den Weg blockierten für den Nächsten, der losfliegen wollte.

Leon begann zu lachen und zog Olivia ein paar Meter weiter. Dort knutschten sie seelenruhig weiter. Sie wusste gar nicht, wie ihr geschah. Sie fühlte sich wie ein verliebter Teenager.

Zehn Minuten später lösten sie sich schön langsam voneinander und gingen händchenhaltend zur nächsten Station.

Passierte das alles gerade wirklich?

„Willst du noch mit mir essen gehen? Ich kenne da ein großartiges Restaurant in Baška. Da gibt's richtig guten Fisch. Es heißt Bag", fragte Leon und Olivia stimmte zu.

Bag. Das klang hervorragend.

66

Schade, dass ihr morgen wieder fahrt. Ich hätte gerne noch mehr Zeit mit dir verbracht."

Uschi sah Toni verliebt in die Augen, als sie vom nahenden Abschied sprach. Ihm ging es genauso. Er hatte die Zeit mit Uschi unheimlich genossen. Sie hatten zusammen die Insel erkundet und unglaublich viel Spaß gehabt. Noch nie hatte er so viel mit einer Frau gelacht wie mit ihr. Doch sie wohnte auf Krk und er in Wien. Wie sollte da eine gemeinsame Zukunft aussehen?

„Ich habe mir dazu schon Gedanken gemacht", meinte Toni.

„Nächstes Semester beginnt mein Turnusjahr. Das könnte ich ja eigentlich auch in Kroatien machen. Ich war mir nicht sicher, was du zu der Idee sagst. Aber wenn du dir das vorstellen kannst, nehme ich mir hier eine Wohnung. Dann könnten wir uns weiterhin sehen, ohne Tausende von Kilometern voneinander entfernt zu sein."

Uschi wusste gar nicht, was sie sagen sollte.

„Das würdest du für mich tun? Nach Kroatien ziehen?", fragte sie ungläubig.

„Ja, ich würde mein Turnusjahr gerne am Meer und am liebsten mit dir verbringen. Und danach sehen wir weiter, hätte ich gesagt."

Toni lächelte Uschi erwartungsvoll an. Sie fiel ihm glücklich um den Hals und küsste ihn.

„Das ist eine wunderbare Idee! Und jetzt lass uns zu den anderen gehen. Heute ist doch die große Abschiedsfeier."

„Fünf Minuten haben wir noch", erwiderte Toni und knutschte seine Uschi noch mal genüsslich.

Sie hatte ja so *weiche Lippen …*

67

Fast alle versammelten sich auf der Terrasse zum großen Abschiedsessen. Nur der kleine Mr. Freudenkuss fehlte. Wo war er bloß?

Uschi erhob ihr Glas und hielt eine kleine Ansprache: „Ihr Lieben, es war so schön, dass ihr alle meine Villa in den letzten Wochen mit so viel Freude und Lachen erfüllt habt. Carla, du hattest genau den richtigen Riecher beim Kaufvertrag, und dank dir konnte ich ihn heute mit einem guten Gefühl unterzeichnen. Ich danke dir für deine tolle Arbeit. Ich konnte mich zu 100 Prozent auf dich verlassen und freu mich sehr, dass ich jetzt endlich mit der Renovierung des Lokals beginnen kann. Und damit nicht genug, dass du selbst so eine tolle Anwältin bist, hast du auch noch deinen wunderbaren Ben mitgebracht, der mir bei den Plänen und der Realisierung helfen wird. Manchmal schickt einem das Universum einfach genau das, was man gerade braucht."

„Manchmal? Ich finde immer", flüsterte Mrs. Liebherzig ihrem Bob zu und schmunzelte dabei zufrieden.

So viele ihrer Wünsche ans Universum hatten sich manifestiert. Und auch wenn sie sich etwas gewünscht hatte, das sich vielleicht in einer anderen Art als erwartet gezeigt hatte, hatte Mrs. Liebherzig gelernt, damit umzugehen.

Sie wusste, dass auch Herausforderungen dazu da waren, um zu wachsen, oder um auf ganz neue Ideen zu kommen, die oft besser waren als die ursprünglichen.

„Und manchmal wird man vom Leben auch ganz schön überrascht", fuhr Uschi fort und zwinkerte dabei Toni zu.

„Wir möchten uns auch bei dir für deine Gastfreundschaft bedanken und haben noch ein Geschenk für dich!", verkündete Carla und stellte die beiden Likörflaschen auf den Tisch.

„Einen selbstgemachten Orangenlikör. Ben und ich haben uns an zwei Rezepten versucht, die wir jetzt blind verkosten werden. Du darfst dir gerne den aussuchen, der dir besser schmeckt.

„Was für eine schöne Idee!"

Uschi liebte selbstgemachte Geschenke.

„Will noch jemand kosten?", fragte Carla in die Runde.

Alle wollten kosten!

Carla und Ben teilten für alle Augenbinden aus und stellten vor jedem jeweils zwei kleine Gläser auf den Tisch. Damit sie gleichzeitig mit den anderen mitkosten konnten, übernahm Fernando den Rest. Er wartete, bis alle ihre Augenbinden umgebunden hatten und schenkte dann Carlas Likör in das linke und Bens Likör in das rechte Glas eines jeden Gastes.

Vorsichtig tasteten alle mit der rechten Hand zu den Gläsern und kosteten. Fernando musste grinsen. Es war ein Bild für Götter, wie alle mit ihrer Augenbinde dasaßen und blind nach den Gläsern tasteten.

Heimlich machte er ein paar Fotos für die Momente, in denen er etwas zu lachen brauchte.

Carlas Likör gewann ganz knapp das Gruppenvoting. Doch Uschi entschied sich für Bens Likör.

„Jetzt ist, finde ich, der perfekte Zeitpunkt, an dem jeder von seinen großen Träumen erzählt. Was sagt ihr dazu?", fragte Mrs. Liebherzig. „Ich fange gerne an. Ich träume davon, dass Bob und ich noch ganz viele Reisen unternehmen werden und weiterhin so geniale Kunden haben. Es erfüllt mich mit Freude, euch alle so glücklich zu sehen. Wer macht weiter?"

„Ich träume davon, dass Leon der Richtige für mich ist und wir gemeinsam den geilsten Food Truck bauen, der jemals auf dem Wasser gefahren ist", fuhr Olivia fort.

„Davon hast du mir noch gar nichts erzählt", ertönte plötzlich eine Stimme hinter ihr.

Olivia drehte sich um und da stand Leon.

„*Du* hier?"

„Ich hab ihn eingeladen. Ich dachte, du würdest ihn gerne an deinem letzten Abend hier sehen", gestand Uschi.

Noch bevor Olivia irgendetwas erwidern konnte, ergriff Leon das Wort.

„Ich weiß, wir haben uns erst kennengelernt, aber ich spüre, dass du die Richtige für mich bist."

Er setzte sich zu Olivia und gab ihr einen fetten Kuss.

„Wovon träumst du noch?"

Olivia war völlig perplex und wusste nicht, was sie sagen sollte. Nach all den vielen Dates, in denen sie einen Freak nach dem anderen getroffen hatte, war es mit Leon auf einmal so *leicht*. So klar. Er spielte keine Spielchen, sondern sprach einfach aus, was er empfand, und was er wollte.

Sie hatte das Gefühl, er stand schon nach so kurzer Zeit voll und ganz hinter ihr. Mit dieser Gewissheit traute sie sich auch, den anderen mehr von ihren Träumen zu erzählen.

„Ich möchte gerne richtig coole Food Trucks auf der ganzen Welt entwerfen und die außergewöhnlichsten Orte und Plätze bereisen. Ich stelle mir vor, dass große Marken auf mich zukommen und ich zum Beispiel einen Schoko-Food-Truck designen darf. Ich möchte auch so eine Villa auf Krk haben – darum beneide ich dich, liebe Uschi. Die letzten beiden Wochen von hier aus mit Blick aufs Meer zu arbeiten, habe ich in vollen Zügen genossen. Das sollte ich viel öfter machen. Ich kann schließlich von überall aus meine Designs entwerfen. In meiner Villa hätte ich so viele Schlafzimmer, dass mich Familie und Freunde jederzeit besuchen können. Ich wünsche mir, dass ich von

Kunden zu den exotischsten Plätzen eingeflogen werde. Ich möchte surfen lernen und zu klettern beginnen. Ich möchte mehr Zeit in der Natur verbringen und so magische Momente feiern wie jenen auf der Zipline mit Leon. Es ist, als ob gerade eine Riesentür geöffnet wurde, hinter der einfach alles möglich ist", schwärmte Olivia.

Selig sah sie in die Runde und alle lächelten sie an.

„Ich bin mir sicher, dass du das alles erreichen wirst", meinte Mrs. Liebherzig sentimental. „Das und noch viel mehr."

„Und mit Surfen können wir gleich morgen Früh beginnen, bevor wir nach Hause fahren", zwinkerte ihr Bob zu.

Durch Olivia angeregt, erzählten auch die anderen von ihren großen Träumen und Wünschen, und wie sie diese nach dem Erreichen gemeinsam feiern wollten.

68

Der kleine Mr. Freudenkuss hatte sich ein Taxi bestellt und fuhr damit von Vrbnik nach Baška. Er hatte keine Ahnung, was ihn dort erwarten würde. Schließlich hatte Jessica nur in seiner Vorstellung gesagt, er solle nach Baška an den Strand kommen.

Würde er dort wirklich Antworten finden?

Sein Herz klopfte laut, und er versuchte sich abzulenken, indem er sich die Landschaft ansah. Nach einer halben Stunde Fahrt bezahlte er den Taxifahrer und ging zu Fuß die Promenade entlang an vielen kleinen Geschäften und Lokalen vorbei. Es war ein buntes Treiben, viele Menschen saßen draußen in den Cafés und Restaurants, die in schnörkelige Bäume und bunte Sträucher eingebettet waren.

Die Promenade mündete in einen langen Strandabschnitt. Mr. Freudenkuss ging vor bis zu jenem Platz, an dem er Jessica das letzte Mal gesehen hatte. Mit seiner Körpergröße brauchte er dafür etwas länger. Das Wasser war türkisblau und die Berge rund um die Stadt spiegelten sich im Meer.

Je näher er kam, desto aufgeregter wurde er. Er hatte mittlerweile seine Schuhe ausgezogen und spazierte am Meer entlang über den groben Kiessand. Immer wieder spürte er, wie das Meer über seine Füße schwappte und sich langsam wieder zurückzog. Als er ganz vorne an der Spitze angekommen war, sah er sich erst mal in aller Ruhe um. Er konnte auf den ersten Blick weit und breit nichts erkennen. Mr. Freudenkuss setzte sich direkt ans Ufer und blickte gedankenverloren aufs Meer hinaus.

Plötzlich hörte er hinter sich eine Stimme.

„Diego?“

Er drehte sich um und traute seinen Augen nicht.

„Jessica!“

Danke!

Vielen Dank an meine große Liebe Jakob – du bist so ein Geschenk für mich! Danke an meine Eltern und Geschwister Helene, Matthias, Martin und meine Verwandten für eure Unterstützung und fürs Mitfiebern. Danke an meine Firmpatin Karin, dass du mich von Anfang an in meinen Ideen und meinem Business bestärkt hast. Danke an meine Ausbildner und Coaches Maria, Monika, Bianca, Clemens, Sandra, Stefan, Romana – durch euch konnte ich alte Blockaden endlich loslassen, geniale Techniken lernen und richtig groß denken. Danke an all meine Freunde, mein Netzwerk und meine Peergroup Peeps Julia, Caro, Kerstin, Iris, Nina, Christiane, Martina, Emanuel, Ela, Monika, Doris, Christine, Angelika, Martin, Marie-Theres, Werner, Stephanie fürs miteinander Feiern. Ein ganz besonderer Dank geht an Monika und Brigitte, die mich extra in Kroatien besucht und mit mir aufs fertige Buch angestoßen haben. Danke an meinen Vermieter Marino – die Location mit Infinity Pool in Klimno war ein Traum! Danke an meine Vermieter Davor und Zoran und ihr wundervolles Lokal Bag in Baška – ein magischer Ort, um sein Buch fertig zu schreiben! Danke an meine ehemaligen WG-Mitbewohner, ich erinnere mich sehr gerne an unsere gemeinsame Zeit. Danke an meine Kunden – ihr habt es möglich gemacht, dass ich in den letzten Jahren in Einzeltrainings und Workshops so viel über Dating und die Liebe lernen und miterleben durfte. Danke an Lisa Keskin für deine wertvollen Buchtipps. Vielen Dank an meine geniale Illustratorin Kaila Ingram. Du hast mit deinen Zeichnungen Olivia und Mr. Freudenkuss zum Leben erweckt. Danke an meine Lektorin Conny Sellner. Du hast dem Buch so einen wunderbaren Feinschliff verpasst. Danke an meine Leser:innen – ich freue mich, euch vielleicht schon bald bei einem Training oder im Rahmen einer Lesung persönlich kennenzulernen.

Über die Autorin

Susi Bartmann ist Wahre-Liebe-Coach und beschäftigt sich mit dem Thema Beziehungen, seit sie mit 15 Jahren allein in die USA gereist ist. Ihre eigene große Liebe lernte sie 2013 bei einem Event kennen und hat seitdem eine ganz spezielle Mission: mehr Liebe in die Welt zu bringen und für mehr glückliche Pärchen zu sorgen. Ihre Trainings zeichnen sich durch ihre intuitive, empathische Art, ihre eigenen Dating-Erfahrungen und viele unterschiedlichste Ausbildungen aus, anhand derer sie die besten mentalen und aktiven Techniken entwickelt hat.

Auf ihrem Youtube-Kanal und auf ihrer Webseite befinden sich unzählige Videos, mentale Übungen und Meditationen rund um Dating und die Liebe.

www.mentallove.at

Quellen

S. 58/59: Powerposing, Amy Cuddy, TED Talk 2012

S. 169/170: Aladin und die Wunderlampe, Märchen aus 1001 Nacht, Walt Disney Film, 1992

S. 264: Brückenexperiment von Donald Dutton und Arthur Aaron, 1974

S. 234/235: Zitat aus: Ain't no mountain high enough, Marvin Gaye, Text: Nickolas Ashford, Valerie Simpson

S. 242-250: Fuck up Nights – eine Idee von Leticia Gasca und Pepe Villatoro über das Scheitern als Schritt zum Erfolg im Business